我喜欢从生命经历和情感深处生长出来的真实文字，既明亮、温暖，又有声色、力量，庄居湘的《岁月不居》就给了我这种阅读感触。她诚挚地丈量着这个活泼泼的生命世界，于自然风景、沉思行走、人情世故、岁月变迁中，发出对万物万相的探索与习得。从容中有思考，情趣中见胸襟，欢喜中藏悲悯，看似属于个人化的书写表达，实则映射着芸芸众生和天高地阔。

——沈念（鲁迅文学奖获得者）

作 者 简 介

　　庄居湘，女，高级记者，长沙晚报社党委委员、副社长、副总编辑。1988年毕业于兰州大学，从事新闻工作30余年。出版了《融媒时代地方政府舆情应对》《湖南新媒体产业发展报告》等著作。2019年获得中宣部授予的"文化名家暨'四个一批'人才"荣誉。

岁月不居

散 文 随 笔

庄居湘/著

湖南师范大学出版社

序 一

双手运笔写人生

——说说庄居湘和她的《岁月不居》

谭 谈

好些日子没有到那座高山下、那库碧水旁的省文艺家创作之家去了。国庆、中秋假期，准备到那里去小住几日。动身的前一天，一位女士送来她厚厚的一摞书稿，这是她即将出版的一部散文集子。于是，我带着这摞书稿，走进了白马湖边那个温馨、熟悉的小院……

一进入院门，一股浓烈的桂花芳香便扑鼻而来。哦，小院里的几株桂花树，像约好了似的，枝头上的花朵儿，一齐笑眯眯地全咧开了嘴，散发出醉人的清香来。

这几天里，我就在这满院的芳香里，坐在这花枝摇曳的桂花树下，翻开这摞书稿。似乎，这一页页书稿的纸面上，也有花香溢出，那是书稿描绘的新时代、新生活的芳香！

庄居湘，是一位在新闻战线征战多年，并取得亮眼业绩的新闻人。1988年，她从大西北那座著名的大学——兰州大学新闻系毕业。到长沙报到时，工作人员头也不抬地问她：是去政府部门，还是去《长沙晚报》？她想也没想就回答道：《长沙晚报》！

从此，她与《长沙晚报》结缘了，一干就是三十五年！从记者、部主任到副总编辑、副社长，一路踏实走来，在每一个岗位上，都留下一串闪光的足迹。当记者时，她常常深入街道小区和县乡村寨、工厂矿山，跑遍了全市的角角落落，热情地把笔触对着基层的群众，写出了一篇篇漂亮的新闻作品。

一次，她获悉全国劳动模范、采煤大工朱伯权在岗位牺牲的消息后，立即带队奔赴煤炭坝，不顾劝阻深入到百余米矿井下的采煤工作面采访……当她从矿井里爬出来时，满脸煤灰，黑得像一个"非洲人"，之后全身不适打起了吊针。但她感到此次采访非常有收获，不仅鲜活了新闻稿件，而且还丰富了自己的人生。她常常把自己融入采访对象的生活情景里，带着深深的感情动笔。在写《雷锋式少年赵宁》时，她一边写，一边流泪。一篇稿子写完，她用掉了一盒纸巾……

她如此投入，如此拼搏，自然也得到了社会的认可、人们的尊重。她先后获得了中国新闻奖、湖南新闻奖、赵超构新闻奖等一百多篇（次）。三十出头，就担任了长沙这座大城晚报的副总编辑，评上了新闻系列的正高职称：高级记者。她先后被推举为湖南省十佳新闻工作者，湖南省新闻出版领军人才、国家新闻出版领军人才，还入选中宣部 2019 年文化名家暨"四个一批"人才。2022 年 5 月出版了 31 万字的新闻类专著《融媒时代地方政府舆情应对》。

她的生命，在新闻领域里绽放出了绚丽的光彩。然而，这位洞庭湖边走出来的妹子，有股湖南人敢拼敢闯、永不满足的劲。她一只手在新闻领域挥毫、创造人生精彩的同时，另一只手却挥动在文学领域里，让自己的人生在文学创作上绽放异彩！这不，一部二十万字左右的散文集《岁月不居》，不久就将摆放在广大读者的面前！

新闻和文学，都是码字，都是用文字表达思想，反映生活，歌颂时代。然而，它们却又有不同。新闻写作，是逻辑思维，观点直白，用事例证明观点。反映生活迅速，直击时代潮头。而文学创作，则是形象思维，作者的观点、思想，常常隐藏在一个个形象里。自然，它们又能互补长短。新闻反映时代迅速，感受生活敏锐，接受社会面宽广，这能极大地为文学创作提供养料，丰富创作素材。而文学优美的文字，又能改变新闻行文的呆板，使新闻变得生动。

她常常感到，生活里许多人和事，感动她，使她欲罢不能，但又不便用新闻写作反映出来。这时候，她就挥动另一支笔，写成文学作品。集子里"人物"这一辑中的许多篇什，无论是写自己那个迷恋汽车的儿子，还是写裁缝袁师傅，她都十分巧妙地运用了"文学"这支笔。

作为新闻人，她的敬业，她的勤奋，自不待言。在主业之余，她不放过生活给予她的任何一次感悟，这一百多篇散文，自然是她勤奋写作的结晶。2007年 10 月到 2008 年元月，她作为长沙市的中青年干部，被派往美国培训三个月。九十天里，她写了八十多篇短文（日记），还及时给报社开辟的"多赢在美国"

的专版供稿。她就是这样，准确、细致、勤奋、忠实地记录着生活，记录着生命，歌颂着时代。

集子里的"人物""生活""文化""感悟""美国见闻"五辑中的短文，写的都是小人物、小题材、小感悟，然而，字里行间，却处处折射出大时代的光彩，散发着新生活的芳香！

假日里，坐在这弥漫着花香的小院，欣赏这些文字鲜活、紧贴时代的美文，不能不说是一种美的享受！

这些天，小院里，一树树桂花正在盛开。让我摘一枝芬芳的桂花，献给《岁月不居》，赞美这位两手运笔写人生、绘春秋的女士！

2023 年 10 月 3 日晨于白马湖

（作者系中国作协原副主席、湖南省文联原主席、著名作家）

序二

岁月不居　温情以待

奉荣梅

　　岁月不居，光阴有痕。岁月中的各色光影，烙印在记忆深处和梦寐之中，也可以文字为篓，永久留驻。三年前的秋天，报社同事庄居湘发给我一百多篇散文稿，说拟结集出版，以记住过往岁月中那些闪亮的印痕。她在三十出头时，就担任了我所在晚报的副总编辑，后任副社长，编务繁忙之余，竟然有了如此数量的锦绣文章，让我有些吃惊。沉淀三年之后，她的书稿又添不少新作，更是厚重，再令我欣喜。

　　二十世纪九十年代中期，我从外单位招考到长沙晚报编辑副刊，当时天天在报纸版面上露脸的女记者名字屈指可数，在我的心目中她们都是风风火火的长沙辣妹子形象。与我年龄相仿的她，已是一名有八年一线采写经历的"老记者"、新闻采访部门负责人，她给我的第一印象却是一个温柔的邻家小姐姐模样。她在那个集聚着特立独行的男记者团队里，像糅合剂一样，善于用人之长，以柔克刚，策划采写出一篇篇有影响力的好新闻、系列报道，年年都有各种奖励、荣誉在身。

　　我真正与她近距离接触，是她曾分管副刊的数年间。她审稿尊重编辑，尊重文学规律，而且她自己也坚持撰写散文随笔。这本《岁月不居》前部分，写各色人物，谈风景文化，忆生活点滴，悟人生际遇，世情亲情，无所不涉，不少篇章我都曾先睹为快，还有过一些私下交流；后部分篇章，以日记体记录赴美学习、生活、游踪与感悟，我也读过一些，心有所动。

　　因有一颗温柔之心，一双良善之眼，她善于在琐屑平凡的日常生活中发现创作的题材，显示出独特的观照方式和细致入微的体察能力。"人物""生活"篇章中，有写亲人熟人的，有写同学旧友的，有写采访对象以及某种机缘相识的人等。她从平易处落笔，按照生活的本来面貌描写生活中真实的人物，真情流露，挥洒自如："如今，儿子是我的'陪驾'。因驾龄不长驾车上路，心里怯怯的，但只要儿子坐在我的车上，我就有种踏实感。"（《小车迷》）；"他们都是普通人，但身上都有闪光点。就说晖哥吧，他干了一辈子工作，只当了一个工会小组长，但我觉得他值得我学习和尊重。"（《晖哥》）；"老父是千千万万最基层的老百姓中的一员，就像大片森林中最不起眼的一片树叶，远离树根，不事张扬，然而，它能敏感地感知四季、感知春风夏雨、感知秋阳冬雪……"（《八旬老父的春联》）……她的笔下大都是凡人小事，在被忽略的生活琐事之中，写得形神兼备，语言简洁平朴，如泉水汩汩而出，缓缓而流，像她永远温柔的性格，文字中流动的是一种柔和、平静的格调。

深沉的生命追问，能够使得散文的意蕴深刻感人，让读者在其中悟出某种世间道理或人与人之间的关系，甚至探寻人类生存的意义和生存价值。"夏永文，一个名不见经传的企业设备技师，却将他的眼睛、他的身体、他的一生化作春天献给了别人。"《永文永生》写的是她表妹夫，一个热爱摄影、健身，坚持十几年爱心献血的技师，在罹患癌症时决定捐献器官和遗体。往事旧情，涌入笔底，平淡道来，深情动人，流露出真挚的情怀和强烈的情感。《微笑的向日葵》中的美姐，是作者三十多年前采访中结识的一位区宣传干部，身患中晚期肺癌，但她很乐观反而安慰为她担忧的作者：没事，人的生命不在长度而在发光度；我这辈子过得很开心，等治疗结束，我就去旅游拍照写文章……乐观的美姐数年之后肝癌痊愈了，但又患舌癌，接着丈夫患病，养女病故，十数年间家庭遭遇多重厄运，但美姐坚强地说"缘尽向前看"，以一种坚韧的微笑面对命运之神的挑战。情感细腻的作者读出了其中的苦涩与隐痛，写道："但我相信，她的内心肯定有过剧烈的疼痛，只是她不纠结、不外露而已。就像我们见到的向日葵总是围着太阳露出灿烂的微笑。又有谁知道，太阳落西后的那段时间，它是如何度过的呢？"情不可遏溢于言表，作者是在用心去体察人心，是一种心灵上的感应，在生命的追问中呈现一种悲悯情怀。

因为记者的身份和强烈的学习欲望，她也有很多机会行万里路、读万卷书。"文化"一辑，既有对古麋鹿风姿、神秘青瓷文化、谢灵运永嘉山水的诗情、滕王阁的文化符号、陶然亭的清净世界等人文历史的漫笔，也有对余光中的诗《汨罗江神》、周星驰导演的电影《美人鱼》、迟子建的小说《额尔古纳河》的评点。在"美国见闻"中，以日记体形式，见微知著地呈现美国社会科技、教育、经济、生活、风情等各个方面的见闻、感受以及丰富的教益。

《大丰麋鹿姿》从古诗文中的麋鹿姿、麋鹿志和麋鹿游到大丰麋鹿国家级自然保护区逍遥自在的麋鹿风姿，读到一段跨越八十多年的曲折艰辛的扑朔迷离的麋鹿回归史；《读瓷》读到作者儿时过年的温馨回忆："坐在父亲身边，看着父亲左手扶小钎右手挥小锤，不紧不慢地敲着，心里总会冒出一种莫名其妙的激动和憧憬，仿佛父亲敲出的不是一个字，而是全家的幸福和过年的美味……"细腻地解读着那些展出瓷器惊艳背后的孤寂与故事；"滕王阁在中国文人心里，它是永远的精神寄托和文化象征。"（《永远的滕王阁》）文笔在滕王阁的历史与现实中游走，结尾直抒胸臆；《在汨罗江畔吟〈汨罗江神〉》发出慨叹："两千多年来，汨罗因屈原而闪闪发光，'汨罗'不再仅仅是地域概念，它已被赋予了丰富的屈原精神内涵而被诗人们激情讴歌。"

美国见闻录中，记录了参观伯克利大学、斯坦福大学、各种特色博物馆，探营硅谷和众多工厂，多次考察旧金山、硅谷，还乘车纵横美洲大地千余里，观尼亚加拉大瀑布、科罗拉多大峡谷、高山湖泊太浩湖等自然奇观，游世界大都市纽约、首都华盛顿、港口城市洛杉矶、不夜城拉斯维加斯、南加州圣迭哥等地。在北加州海湾沙滩，"那一大群肥硕的懒懒地躺在白色沙滩上晒太阳的海象，在我们脑海里深深地留下了一幅生动和谐的自然场景"。在夏威夷的阳光海滩上，"也许是入乡随俗吧，平时我们这群中规中矩的人，也像一群野孩子一样，穿着泳衣光着脚丫子一头扑进太平洋温暖的海水之中"按照学习教育、异域景观、特色人文、他乡生活四个类别，她以简练的笔墨、细腻的感觉、自我的视角，抓住某一点切入，立体、多方面地描写美国多元化的文化现象。

她性情温厚，但也不乏职业的敏感性、锐利的眼光，时常对时事世情针砭一番，来上"温柔一刀"。无论是在"感悟"篇还是美国游学笔记中，都有许多人生悟说文字。"无论是苏格拉底说的'点燃火焰'还是其父说的'唤醒'，我理解，都是在说，教育要激化孩子的内生动力和学习热情。"（《家长"盯跟管"不如点燃火焰》）；"每每看到那些因生活所迫的人，在院子里的垃圾桶里翻来翻去拾荒时，我不知道别人什么感觉，而我总是莫名其妙地生出一股感激之情，我想这给我们的垃圾没有分类总算来了一个弥补的机会。"（《并非杞人忧天》）异域风情文化，带给她的不仅仅是感官的新奇与刺激，她体察到诸多中西方文化与理念的差异，生发出一些理性的思考与启示。她认同硅谷精神"就是首创精神和不屈不挠的职业精神"。"他们身上就是有那么一种精神，有那么一种博大的理想，有那么一种想把全世界的所有信息进行整合的野心和雄心。"（《硅谷有颗无形的精神种子》）在参加华人圣诞聚会时，她也捕捉到海外游子的艰辛打拼和深深的故土情结："像邵阳这样的海外游子并不是国内人们想象的那么轻松，他们有欢笑、有成功，但也有挣扎、有挫折……"聚会时文先生由衷地对作者说："在国外，实际上我们都是孤儿，我们就是以这种聚会的形式找到一种祖国和家乡的温暖！"（《在国外，实际上我们都是孤儿》）故乡成了海外游子心灵深处永远温柔的去处，永远的守望地，华人在聚餐的乡音乡情中体验温情、彼此慰藉。

正如在《相逢何必曾相约》中，她透露了自己当年在兰州大学读书时的一个小秘密："当年，在班里的元旦游艺晚会上，我竟被男生定为'最温柔的女孩'，令同寝室好友不服气。"看来，英雄所见略同，她三月春风般的温柔，从大学时代一以贯之地持续了几十年，温暖着周遭的人们。

也如郁达夫所说，一粒沙里见世界，半瓣花上说人情。"我是那种用放大镜找优点的妈妈，总是觉得儿子身上有许多的闪光点。"（《将哈佛训言悄悄挂进儿子房间》）庄居湘还自爆在家庭中追求的生活艺术，其实，她在文字里，也常常拿起放大镜对准生活现场，不断发现真善美，笔下流淌着对世事人情充满善意与爱意的无限柔情与温情，冲淡而平和。岁月不居，她温情以待。

（作者系中国作协会员、长沙市作协副主席、湖南省散文学会副会长）

目 录

人物

"神童"钊钊

　　四岁的钊钊,能通读小学 1～6 年级的语文课本、背诵 300 多首唐诗宋词、会用英语讲故事、能绘画、会编舞、会作诗、会珠算、会武术……在一次省会艺术童星大奖赛中,同时获得两项奖,而且在获奖者中年龄最小。他像一颗脱颖而出的小星星,吸引了许多惊讶和羡慕的目光,也深深地吸引了我。八月的长沙骄阳似火,我怀着一颗好奇心来到湖南第一师范宿舍,轻轻敲开钊钊家的门。

　　这是一个皮肤晒得有点黑、眼睛亮亮的、牙齿白白的健康活泼的孩子,他神采飞扬,与我想象中少年老成的"神童"形象大相径庭。他很顽皮,一进门,就比画着要和我进行武术比赛,和别的顽皮孩子没有什么两样。令我吃惊的是,不一会儿,他拿来一幅他刚画的画,指着画说:这个穿漂亮裙子的是阿姨,钊钊变成了孙悟空,手里拿着金箍棒,钊钊和阿姨比武,蝴蝶来帮忙了,蜜蜂来帮忙了,小鸟也来帮忙了……他口齿是那样清晰、伶俐,一首充满稚气的儿童诗就这样脱口而出,一幅充满童趣的画就这样游戏而成。更让我吃惊的是,他非常有礼貌地说:"阿姨,我是因为喜欢你,才和你比武的呢!"

　　在我一再要求下,他的父亲谢老师才肯拿出一沓钊钊的获奖证书,有美术的、绘画的、英语的、舞蹈的……有市级、省级、国家级的,还有海外评奖的。据一些教育界的知名人士说,在钊钊的同龄人中,某一方面的发展达到或超过钊钊的不乏其人,而发展如此全面的孩子却很少见。然而,钊钊的父亲却谦逊地说:"只要教育得法,每一个孩子都能做到这些,甚至做得更好。"

　　谢老师自幼嗜书如命,当过教师,下过海。多年来,一直潜心于教育研究,特别是在创造性思维、智力开发及非智力因素培养等领域有自己独到的见解。他不仅读完并考试通过了教育心理学研究生的全部课程,而且涉猎的书籍远远超过了这个范围。在他家好几排塞得满满的书架里,摆放的大多是关于教

人物

育的书籍。不仅如此，他还在实践中摸索出了一套自己的教育方法，这不仅在钊钊身上得到了成功的验证，而且在他的朋友圈中的孩子身上做推广，也取得了令人鼓舞的成绩。

谢老师认为人生最关键的时期在幼儿期。他说培养孩子要从负两岁教起。什么是负两岁教育呢？谢老师解释说，一般来说，最早的教育也不过是胎教（即从负一岁开始），而负两岁教育强调，父母在孩子孕育一年之前，就应该做好充分的准备，奠定好的经济基础，选择好的生活环境，调理好身体和心理，尤其是改掉不良的生活习性，然后选择在心情愉快的时候受孕。在胎儿的成长期间，就更要创造良好的体内外环境，并着手于"胎教"，同时为孩子出生后的教育做好知识和技能的准备。

我问谢老师，教孩子学这么多东西，会不会把孩子累坏？谢老师说，钊钊爱学习就如同喜欢吃糖一样轻松愉快。认到"宴"字时，他会告诉你，这是"秦王昔时宴平乐"的"宴"，认到"汇"字时，他会告诉你还有智慧的"慧"、开会的"会"字读音与它相同。他一点没有枯燥感。他不仅熟读了小学语文的各册教材，还读过《葫芦娃》《西游记》（少儿版）《十万个为什么》等。小耗子的骄傲自大，小花猫的诚实，狐狸的狡猾等，大大地丰富了他幼小的内心世界，使他觉得读书其乐无穷。看钊钊背李白的《将进酒》，苏轼的《水调歌头》，听他那抑扬顿挫的语调，看他那多变的表情，我能够感觉到，他在陶醉、在享受那韵律、那节奏、那意境之美。

钊钊学过跳舞，练过功，然而，他更喜欢自己编舞。当音乐响起来的时候，钊钊便像一只小天鹅自由地飞舞。他时而微笑，时而蹙眉，动作变化有致，落落大方，让人不得不相信此刻他就是一只小天鹅。

钊钊有一件宝贝——算盘，引以自豪的本领便是把"一二三四五六七八九"连加后变成"九八七六五四三二一"和打"六六六"。这把小算盘一到他的手上还变成琴、小汽车、宇宙飞船。妈妈常常心疼算盘，爸爸却总是说，千万别阻止他，大不了再买一把。

可以说，钊钊的每一个富有创造性的动作、每一句富有想象的话语，都能得到爸爸的鼓励和肯定。钊钊吃饭用左手，很多人建议要他换过来，爸爸则不同意，支持他用左手吃饭，同时也鼓励他"左右开弓"，右手也试着用。现在钊钊左右手取物、操作的能力都很强，写字时也是今天用左手写，明天用右手写。

由于父母工作上不得已的原因，有段时间钊钊去了外婆家。刚从外婆家回到父母身边时，不管家里有什么吃的东西，他总是抢在最前面，哪怕自己不喜欢吃的，也不许别人动一动。谢老师便给他讲孔融让梨等故事，教他做人的道理。而现在呢，如果有一篮苹果，他一定会把大的先给爷爷奶奶、爸爸妈妈和带他的姐姐，自己吃最小的。有时候分到自己正好没有了，他就会说"下次妈妈买了我再吃"，让在场的亲人都感动不已。他还学会了关心周围的人，懂得了为他人着想。他常常说："妈妈上班真辛苦，我给你讲个故事让你轻松一下。""爸爸你不要烦恼，我给你讲个笑话，让你笑一笑。"他每次吃最喜欢吃的旺旺饼干时，总要留一块给妈妈、爸爸和带他的姐姐。

对待陌生人他也非常有礼貌。那次，他到电视台录节目，满眼都是不认识的人，可他并不害怕，自由自在地在仅有的空间唱着、跳着，不小心踩到一位过路人的脚，那人没在意继续走。可钊钊在意了，他跟着挤进人群里，找到那人说："叔叔，对不起，我刚才不小心踩到了你的脚。"那位叔叔有点吃惊然后摸了摸他的头说："好孩子，没关系！"

（2000 年 8 月 24 日《长沙晚报》原题《探访"神童"之谜》）

小车迷

有些东西真是与生俱来的，就像我儿子迷车。

儿子现年 10 岁。从知道玩玩具的时候起就开始迷车。那时候，小朋友都喜欢玩大炮长枪之类的玩具，而他对这些却毫无兴趣，每次进商店都小手一指要"嘀嘀"。儿子不喜欢叫人，朋友德哥不"信邪"，对我儿子嚷道："叫伯伯，伯伯给你买汽车。"儿子经不住汽车的诱惑，竟破例开了"金口"。乐得德哥赶紧横过马路到对面玩具店去买汽车。日积月累，家里汽车竟堆了一墙角。如果不是搬家将这些玩意淘汰了的话，开个玩具"车博会"绝对没有问题。

儿子迷车还喜欢画车。两三岁的孩子没人教他画车，可是拿起纸笔画的就是汽车，居然还像模像样。特别令我诧异的是，连汽车屁股后面的尾气管这么隐蔽的小东西也被他观察到并画了出来，后来幼儿园的老师把他画的汽车在教室里贴了一面墙，算是给他开了个"汽车画展"。儿子上学后，我请一位画画的朋友教他画画，儿子提不起兴趣。有一天朋友对他说："宽宽，画一辆汽车。画好了，长大就可当汽车设计师。"不想，这句话点中了"要害"，儿子的小脸蛋激动得红扑扑的，似乎每个细胞都兴奋得在燃烧。朋友后脚刚走，他就迫不及待地拿出纸笔，一边熟练地画着汽车，一边对我夸口道："妈妈，长大了我要当个快乐的汽车设计师。"从此，他对画画来了兴趣，但画的仍然是汽车，练习本上、日记本上、书上……到处都是"小汽车"。如今，他学会了电脑绘画，我家电脑上以"4513"打头保存的文件名，大多是儿子有关汽车的"杰作"。

儿子迷车绝不是叶公好龙。一两岁时，儿子有辆红色的小汽车，坐在上面双脚一撑，能滑行很远。他整天骑着，在狭窄的院子里游来荡去，一双莲藕似的小腿那么一撑露出两只小脚板，像极了划水的小鸭子。稍大一点，每次路过市青少年宫，他总要吵着去开碰碰车。过去，紫凤公园有个碰碰车场，10 块钱开一圈，每次，他开了一圈又一圈，直到我囊中羞涩。第一次带他到世界之窗去，不巧进门不远就看见一个卡丁车场，他像一块铁被磁石吸住了，好说歹说我们才把他拉走。可是后面世界之窗那些著名景点，不管是"比萨斜塔"还是"巴黎圣母院"，都提不起他的兴趣，没办法只好折回去，让他过了一把开车的瘾。

儿子迷车也迷汽车书。每次进书店，只要看见了有关汽车的书，不买他是绝不会走的。如今，如果有十天半个月不进书店，他就会在适当的时候巧妙地提醒我："妈，该买'book'了。"家里《汽车与你》《汽车族》《汽车杂志》《中国汽车画报》等杂志都找得到。不仅如此，他还经常上网看汽车，看到漂亮的就会忍不住下载，家里电脑的桌面就是一辆新潮的"兰伯基尼鬼怪跑车"。

走在街上，他眼里只有汽车，远处的汽车他不用看标志，瞟一眼形状，他就能讲出一个子丑寅卯来。一次去一旅游景点玩，我们一下车就被小桥流水的景色吸引住，而他一下车，却大喊一声"美人豹"。乍一听，大家以为他看见了豹子，赶忙问他在哪里，他却指着远处树林下一辆别致的汽车。

如今，儿子是我的"陪驾"。因驾龄不长驾车上路，心里怯怯的，但只要儿子坐在我的车上，我就有种踏实感。他总会及时提醒我打转向灯、换挡，指导我倒车。有时，他还会帮我打开警示灯、空调等。但"陪驾"有时也会显得不耐烦。一次，在阿波罗商场地下停车场停车时，感觉和右边的车离得有些近，我越往左打，车却越往右靠。儿子情急之下竟模仿一种大人无可奈何的口吻，对我嚷道："往右打，大姐！"我愕然。

（2003 年 8 月 5 日《长沙晚报》）

蝴蝶兰

新年上班第一天，一位离职的小美女同事来和我道别，捧来了一株盆栽的蝴蝶兰，十几朵淡黄色的花像一只只翩翩起舞的蝴蝶。在这雨雪交织的冬天，我仿佛闻到一缕缕芬芳的春天气息。欣赏着兰花，我想到了另一位别着蝴蝶夹的姑娘，一位萍水相逢的漂亮姑娘。

元旦前夕，我参加市里组织的一次培训，培训班是一个 270 多人的大班，我坐在倒数第二排靠走廊的座位。左手边是一位叫莎的姑娘，小脸大眼睛白皮肤，齐肩长的头发向后拢着，上面别着一只蝴蝶夹。课后闲聊才得知，原来早在四五年前我们就有过交情，她曾帮过我的忙，但彼此没有见过面。说她是姑娘，其实是位 70 后，但很显年轻。而这次不期而遇，对我来说，前情未了，却又欠下了新情。

流感，都是该死的流感。总之从见面那天下午开始，我就浑身疼痛、鼻子不通、喉咙嘶哑、食欲不振……下课了，我只好跑到医务室拿了两片感冒药吃了，饭也没吃就到房间睡觉去了。第二天上课，我感觉头重脚轻，只好趴在桌子上，她悄悄地把她的外衣盖在我身上。下午的讨论我们没坐在一起，但在一组。晚上七点半还有一场讨论，我有点冷，加穿了衣服，坚持到了讨论室。她跑过来，跟我商量说：晚上，我给主持人建议一下，让你第一个发言，然后你去房间休息。果然，如她所言，我在会上第一个发了言。接着她又跑来摸了摸我的额头，说：不行，我送你去医院。我说，还是先去医务室看看。医务室给我量了体温——38.5℃，但医务室没有退烧药。她果断地说：我开车送你去医院。她思路极清晰，提醒我带身份证。同时，又到她房间拿来一件外套给我披上。外面黑漆漆的，她说，离这里最近的也就是市中心医院了。我坐上她的私家车，只见她驾着车左弯右绕，好一会工夫才终于到了医院。医院人真多，她拿着我的身份证和医保卡去挂号和办手续，而我则被护士叫过去量体温、测血压，然后是抽血和问诊。医生给我开了输液药物，因为不想耽误课程我希望带去学校打，医生说，只要学校医务室有人能打就可以。她立即找人和学校医务室联系好。可是当我们回到医务室，医务室护士说，医务室没有针和其他辅助材料。她二话没说，让我回房间休息，而她和另一位同学立即开车又去医院取。

不知过了多久，他们带着所有的药和辅助材料回来了，她请医务室的护士到我房间帮我输液，没有医院那种吊药瓶的架子，他们将药瓶挂在墙头灯架上，然后对护士说，你回房间休息，换水时再打电话给你。她索性从学校的衣柜里找来一条被子，靠在我房间的另一个床上陪护着我。我昏昏沉沉的，一会儿醒一会儿睡，打第三瓶时，已到了凌晨一点多。她怕自己睡着，还设置了闹钟；看我开始出汗，她就起身将毛巾用热水冲一冲，然后拧干给我擦拭，一遍又一遍……她在房中忙来忙去，一会儿摸摸我的头，一会儿又看看吊水的瓶，一会儿又喂我喝水，蒙眬中只见她头上的蝴蝶夹真的变成了一只蝴蝶，在房中飞来飞去……

讲真，这样的细致周到和无微不至，除了小时候生病时，父母这样做过外，我真的没有再遇到过。

四天的学习，终于结束。我的感冒也渐渐地好了。对她，我心存感激无以言表。而此刻桌上这盆淡黄色的蝴蝶兰，美丽芬芳，沁人肺腑。好长一段时间，我只要闭上双眼，一只粉嫩的蝴蝶就在脑海中翩翩起舞，不知道是她头上的那只，还是这盆蝴蝶兰的花朵。但我知道，她在我心里播下了关爱的种子，我想，我要让这颗种子发芽开花，用明艳的花朵，回赠未来的春天。

(2018 年 1 月 15 日《长沙晚报》)

"荒唐"的阿春

　　人生是什么？有人说，人生是一个不断做出选择的过程。按理说，什么样的选择决定什么样的结果。然而，偏不，我的同学阿春的三次人生选择，可以说都不被人看好，甚至有人认为很荒唐。可她却从一条条崎岖小道走到了一处处奇峰异境，领略到了独特的人生风景，活出了别样的人生精彩。

　　那是20世纪80年代上中学时，记不得是哪个学期了，只记得教室窗前有一棵大玉兰树，洁白硕大的玉兰花开满树冠。我和阿春坐在二楼靠楼梯教室的第三组第一排，我坐右边，她坐左边。我往左看时，总能看到白色鲜嫩的玉兰花和阿春小脸上那双水汪汪的大眼睛，我总喜欢眯着眼睛看，因为这样看，玉兰花就像一双手托着阿春那可爱的小脸蛋。她是一个羞怯、柔弱，用大眼睛说话的可爱同学。上课回答问题时，她声音细细的，有时嘴唇还因紧张微微颤抖。可那时谁能想到，在她柔弱的外表下却有一颗坚韧不拔的心。在后来的人生里，她做出了一个又一个大胆甚至被认为"荒唐"的决定，让人们一次又一次地对她刮目相看。

　　对一个漂亮女孩子来说择佳偶而嫁是人生的一次关键选择。她考上的是一所师专，毕业后分配到中学教英语，属于国家工作人员。在别人看来她捧着金饭碗，找一个条件相当甚至更好的人结婚，这是顺理成章的选择，也是父母的期盼。然而，有一天她突然羞羞怯怯地向父母说，她看上了外地工厂医务室一个技校毕业且视力不好的青年按摩医生。开玩笑吧？可她不是那种古怪精灵的女孩子，从来都是说一是一。父母急了，自己的女儿如此娇小柔弱，如果找个视力不好的人做丈夫，将来的家庭重负谁来承担？坚决反对，然后反复劝说，最后以断绝家庭关系进行施压。可是没有用，她表面不顶撞，但内心没有半点犹豫退缩和商量余地。父母一时气急，将她的衣服、书，一股脑儿往外扔，她哆哆嗦嗦地捡起这些东西抱在怀里，一副不知所措的样子，但内心的主意仍没有半点改变。其实，她和那个按摩医生，只在几次偶然机会见过几面，双方就神使鬼差地爱上了，且到了非彼此不嫁娶的程度。没法子，父母只得同意了这门亲事。婚后，小两口十分恩爱。按摩师丈夫发现她是近视眼却不愿戴眼镜，眼睛常常又累又模糊。每天晚上便给她做眼部按摩缓解疲劳，一天又一天持之以恒，她眼睛的近视竟奇迹般地好了。自此，她认定，按摩是个好东西，丈夫的技术顶呱呱，而这点感悟像一颗种子埋在了她心里。后来，她居然做出了第二个在旁人看来十分"荒唐"的选择。

时值1993年，改革开放的春风不断吹拂，她心里的种子开始闹腾了。丈夫下岗了。怎么办？一般来说，首先得保住自己的金饭碗，保证家庭的日常开支。而被人认为"荒唐"的是，她干脆一不做二不休，主动砸掉自己的金饭碗，从娘家借来2000元钱，和丈夫下海开按摩店，因为她相信按摩能造福于人，因为她相信丈夫的手艺能打天下。起初，他们可是吃尽了创业的苦头，没有品牌、没有开店经验、没顾客上门，一个月下来，连60元的房租都交不起……她流着泪、咬着唇，但内心没有任何动摇。好心的房东一而再再而三地宽限房租，还有许多热心人为他们出主意和提供方便。别人的关心别人的好，她默默地记在心里，这些又为她以后做的第三个选择留下了诱因。他们设法将按摩椅摆到人多的地方，免费让人体验，慢慢地有了客人。凭着她丈夫精湛的技术，凭着她的和气善良，他们的按摩店生意渐渐地好起来了，从开第一家店到再开第二家、第三家……然后又从这个城市开到另一个城市，从按摩再扩展到职业培训。生意越做越大，越做越红火，家里有了一定的积蓄，可以炫耀、享受一下了吧，可是她既不买名车，又不买豪宅。后来女儿留学国外，给她买名品包包衣物等，怕她拿去送人，每次都拆了包装后再给她，可她基本不用。这个女人有了钱想干什么呀？

2010年，出人意料的是阿春和丈夫倾其所有，创办了一所老弱病残的托养中心。这是一个收益少利润薄、运作不好甚至要贴钱的行当。有人说她很荒唐，已经有了熟门熟路的赚钱生意，却偏要来做这个赔钱又麻烦的事，不知谁还说她"你又不是民政局！"阿春不理，她的想法很简单：在最困难的时候，社会帮助了他们，她要回报社会。这便是阿春的第三次重要选择。起初，托养中心人手不够，她便亲自为老人穿衣喂饭、端屎接尿，深更半夜送老人看病，冰天雪地里寻找走失的智障老人。她为了盖一所条件好、设施齐的托养院，将

人物

几家按摩店作为抵押进行贷款。她为了节省资金，她既做设计师，又做采购员甚至搬运工。她还不断地学习，跑遍全国30多家做得好的托养机构，请来专业的管理团队，进行科学管理。如今，她的托养机构已由一家发展到多家，床位由原来的30多张，发展到现在的1000多张，并被列入国家民政部门确立的惠民工程试点单位。据媒体报道，她家已拥有资产近2亿元。

　　正是春暖花开的日子，她带我参观她的托养机构，这里环境优美，所有设施都是为老人专业设计的。她和她的照顾对象相处是那样的亲切自然，从她的眼神里，我读到的是一种心灵深处发出的最真切的关怀和关爱。她告诉我，目前，她和先生搬到了托养所，每天晚上她必须查一遍房，看看所有照顾对象，才上床睡觉，也只有这样，才能睡着。我对她说：你是上帝派来的天使，专门来帮助老弱病残的天使！这时，我想起我们中学窗前的玉兰花，那么洁白、那么无瑕。

（写于2018年3月8日）

晖 哥

真的不要忽视周围的人。说不定，他身上有某种可贵的东西值得你学习，而且，有时还闪闪发光呢！

正月初六，本来第二天就要恢复上班了，却因为新冠疫情肆虐延假了。我所在单位接到一个任务，要抽调 5 人组成的工作队去社区支持抗疫工作。我知道这是一个有点危险的工作，派谁去呢？看到许多医生纷纷主动请缨到疫情严重的湖北工作，我们能不能也来一个主动报名呢？我的提议得到了主要领导的认可，征集令很快在单位几百人的微信群中发出。作为始作俑者，我第一个报了名。随后报名的接二连三，最让我没想到的是，平时不显山不露水的晖哥像是突然从哪里冒了出来，抢着报了名。

晖哥是我们报社的报二代，他父亲是我们的老行政科长。1988 年，我大学毕业分到单位，安排我宿舍的就是晖哥的父亲陈科长。陈科长经常穿着一身很整洁的藏青色中山装，话不多声音也不高，做起事来很认真。不知怎的，看到他我总会联想到自己的父亲。当时，我被安排住在一栋筒子楼的单间，令人可喜的是还带一个阳台，那时真的是件令人羡慕的事情！第二年 7 月的一天，我外出回来，发现一张从门缝里塞进来的字条。字条是陈科长写的，其意是目前单位宿舍紧张，新分来的两名男大学生没地方住，希望我搬到同一层的一个房间和两个女生合住。字迹很工整认真，语气也很温和尊重。我二话没说，立马腾出了房子。

晖哥是 20 世纪 60 年代初出生的人，不仅长得酷似陈科长，穿着也总是像他父亲那样整整齐齐的样子，在单位后勤部门工作，也算是子承父业了。以前我和他没有工作上的交集，没有怎么留意过他，倒是近两年有了一些接触。他是工会小组长，开会时听过他几回发言，觉得他还蛮有想法的，做事也很热心。他能来报名我自然很高兴，因为报名的只有五人，少一人都不行。

人物

　　我们工作队的人员很快就确定了，有两个"90后"，一男一女，女的是一个靓妹，听说还是富二代，用晖哥的话说，从她身上看不到一点"骄娇"二气；男的名盼盼，我一听就知道他是第11届亚运会前后生的人，因为那届亚运会吉祥物就叫"盼盼"，不过，他现在已经是一岁孩子的父亲了。还有一个"80后"的美女，是有两个孩子的年轻妈妈。加上我和晖哥两个"60后"，我们这个五人工作队被派到芙蓉区西龙村社区帮助工作。

　　这天长沙小雨转阴，一大早，在家隔离了多天的我们小心翼翼地走出各自家门，到单位大门前统一乘坐一辆7座的别克车向社区出发。在车上我隔着口罩提高嗓门问坐在后排的晖哥："你五十七八的人啊，坐在家里搞隔离不舒服些啊？为何要主动跑到社区来冒这个险？"说完，我扭头看晖哥。晖哥小平头理得整整齐齐，头发乌黑但不知道是不是天然的。他竟戴着两层口罩，里面的是白色纱布的，外面的是白色纸质的，一看就知道他是一个生活上比较讲究的人。他说："我在后勤工作，与社区打交道多，有经验！"他的回答很朴实，我用大拇指给他点了个赞！同时，我联想到那些临近退休的医务工作者，在要求到湖北疫区一线工作时说得最多的一句话就是：让我去吧，我有经验！

　　我们很快就加入社区拉网式的排查工作中，主要任务就是给每家每户打电话，询问户籍地、有没有去过湖北、有没有接触过湖北籍人士、有没有不适症状等。有上万个电话要打，社区工作人员、工作队、志愿者，每个办公室飘出的都是打电话的声音，让人感觉好像进了当年的电信大楼。打着打着，我的眼睛花了，社区提供的姓名与电话表格子又小，经常看上一行又跳到下一行去了，很是恼火。我不得不放下电话，让眼睛和喉咙休息一下，站起来走一走，顺便到其他办公室看看队友的情况。大家都在接打电话之中，没空搭理我，只有晖哥正好接完一个电话。我问他眼睛花不花，他告诉我一个诀窍：拿把尺子放在要打电话的那一行下面，遮住紧挨的其他电话，这样就不会看错行了。我没有尺子，就找了一本书遮着，果然好多了！

　　我们工作队负责两个楼盘的排查，社区给的评价是我们摸排的数据最翔实。其实，电话那端的居民来自全国各地，有操五湖四海方言的普通话，有各种各样的态度和情绪，虽然大部分人都能积极配合，但也有个别居民，抑或胆小，抑或戒备心过强，不肯说出自家情况。遇到这种情况，晖哥总有办法让电话那端信任他、配合他。特别是遇到去过湖北或与湖北人有过接触的人，要问清本人及随行人员的姓名、身份证和电话号码,确实是一件不容易的事!晖哥果然有经验,东一句西一句扯几句闲谈,把单调的询问电话打成了一个个聊天电话,问完情况还要补上几句关心提醒的话,收获了不少"谢谢"。

此次,晖哥自然而然当起了工作队的"后勤部长"。7 天 14 个来回,每次他最早到达车上,每次约定时间 5 分钟前我都会准时接到他的提醒电话,每次上车他都会给每个队友及时递上塑料手套。一天早晨,我们刚到社区的一间办公室,发现瓷砖上好像沾着一块污迹,晖哥想都没想,从身上摸出一张餐巾纸准备弯腰去擦。社区人员见状,立即拿来扫把撮箕说,这是凳子上掉的一块漆皮。在回家的车上,我想起晖哥那个动作,便说,看样子你在家里经常做家务事啊!他说,我每天到父母家给父母做中餐和晚餐。我说,那这几天中午你没有时间去做怎么办?他说,我头天晚上为他们准备好,中午两老热一下即可。我有些调侃地说:"你真是忠孝两不误啊!"其时,我内心升腾起一股好感与敬意。

第二天早晨我出门的时候,正好碰到八十多岁的陈科长和夫人,他们两口子戴着口罩、背不驼腰不弯地并肩往门外走,说是到外面透透气。坐在车上等队友的晖哥见到父母后,连忙从车窗探出脑袋喊道:"陈爹爹陈娭毑,你们莫到人多的地方去啊!"一路上,晖哥还谈起他的爱人、女儿、女婿,给我们看他小外孙健康活泼的照片,满脸洋溢着幸福之情!

整整 7 天,我近距离地认识了晖哥和其他队友,他们都是普通人,但身上都有闪光点。就说晖哥吧,他干了一辈子工作,只当了一个工会小组长,但我觉得他值得我学习和尊重。其实,我们这个社会除了精英,绝大部分都是晖哥这样值得尊重的平凡人。平凡如斯,幸福如斯,情怀如斯!这不正是和谐社会所期盼的吗!

(2020 年 2 月 27 日《长沙晚报》)

人物

永文永生

"我将春天付给了你，将冬天留给了自己。爱是没有人能了解的东西，爱是永恒的旋律……"罗大佑的这首《爱的箴言》曾经感动过很多人。可这毕竟是一首歌啊！而夏永文，一个名不见经传的企业设备技术师，却将他的眼睛、他的身体、他的一生化作春天献给了别人。

夏永文是香香的老公。而香香是我亲舅舅的女儿。香香与夏永文是技校同学，同在岳阳一家大型国企工作。香香身材像我舅舅，高高瘦瘦的，说话总是柔声细语。而夏永文一米七几的个子，对于二十世纪六十年代的人来说，算是比较标准的了，加上五官又很端正，也难怪香香开口闭口都是"我家帅哥"。他们有一个清水出芙蓉似的女儿，大学毕业考上公务员，又顺利喜结良缘，还喜添了一个小宝宝。假日，他们总是全家老小结伴出去旅游，真是幸福的一家。

可天有不测之风云！今年3月4日，香香在朋友圈突发一条讣告：爱人夏永文由于身患"原发灶不明，低分化腺癌"，于今天8时42分病故，享年56岁。根据爱人2017年10月在中国红十字会的登记及遗嘱，遗体已由湖南省红十字会接走，眼角膜捐献给爱尔眼库，遗体捐献给中南大学湘雅医学院做病理、教学、科研之用。微信群里的亲友震惊不已。

夏永文的癌症是2018年3月发现的，到去世时正好是两年。当时来长沙治疗，我去医院看他，他穿着一套蓝格病号服坐在床头看手机，还饶有兴趣地谈起他的业余爱好摄影，完全没有病入膏肓的状态。未料到他这么快就走了，更没有想到他会做出捐献器官和遗体的义举。

连日来，被感动所驱动，我仔细阅读了媒体的报道，上网欣赏了他发表的摄影作品，也细细品读了香香近几年的微信朋友圈和同事写的祭文，好想对他说一句：夏永文，你56岁的人生虽不长，但你在平凡之中活出了精彩，在奉献之中体现了价值！你用自己的行动谱写了一个大大的爱字。

在你眼里世界是那么美好，而你的生活又是这样的甜蜜。你的摄影作品里天空总是那么湛蓝，高山流水是那样的沁人心脾。你可知道，你在香香眼里又是怎样的景致吗？2019年6月19日，香香晒了你正在专注拍晚霞的照片，她是这样写的：你拍景，我拍你；你开心，我快乐！这是怎样的一种爱才能写出这样真情的句子啊。当然，我也曾看到你和女儿青青送给香香的生日蛋糕上写着：模范老婆、最佳老妈！你们就是这样浪漫的一家啊！你喜欢收藏，为了一套纪念币，你和香香早晨五点起床去排队；你喜欢健身，还热衷跑马拉松；即便你们全家送你去上海看病途中，你也没有忘记带上你的摄影器材到上海周边景点拍摄；只要病痛暂时缓解，你依然觉得生活美好如故……也许，你的内心，无数次涌起向天再借五百年的豪情吧！

工作是你永生永世的挚爱。你走时吩咐香香给你穿上平时那套浅蓝色洗得干干净净的工作服，按平时去上班的样子，胸前别上党徽。你用尽全身力气一字一顿说的最后一句话便是：我上班去啦！你由一名设备技术员升为主管，一辈子安于斯精于斯，技术上精益求精。去年的一天，正在生产的设备发出异响，维修班左找右找查不出原因。正在生病的你被请到现场，你听了一听，不假思索地说了一句"万向接头少了点油"，果真手到病除，令同事们佩服不已！设备管理是个精细活儿，一次单位维修链条要更换其中一段，同事们回忆说，你拿出游标卡尺仔细测量链条长度和间隙，买多长、买什么型号，都交代得清清楚楚，买回来装上分毫不差。在你生病时，工作又是你的一剂消除痛苦的良药。你一边治疗一边上班，家人医生劝你不要去，你说：跟同事们说说话、聊聊天，干点力所能及的事情，也能减轻一些病痛……

你是一个唯物主义者，也是一个无私奉献者。早在生病前，你就悄悄地在中国红十字网上签署了器官捐献书。被确诊为不治之症后，你又毫不犹豫地决定捐献遗体。生命垂危之际，你担心的是眼角膜能不能捐献的问题。当得知你的眼角膜取下后，能让两个人复明时，香香在微信里写道：亲爱的，一切随你所愿，你安息吧！今后有两只美丽的大眼睛代你看世界！

夏永文去世那天是3月4日。第二天香香在微信里留下了心语：亲爱的，终于明白你为什么走得这么匆忙，因为你要用另外一种方式度过3月5日学雷锋的日子。往年的3月5日你总是把袖子挽得高高的，无偿献血400毫升，坚持了十几年，今年不能献血了，你干脆把自己整个身体都献出去了……

斯人已逝，生者如斯。永文，活着的不仅仅是你的眼睛，还有你的精神、你的温暖、你的爱恋、你的春天。

（2020年3月16日《长沙晚报》）

人物

微笑的向日葵

　　如果把生活比着太阳的话，她就是那一盘永远朝着太阳微笑的向日葵。她说起话来，嘴巴一张一张，不时露出那雪白均匀整齐的牙齿，让人想起那排列整齐的葵花籽；而她说话时那特有的嘴唇微微向外翻的动作却令人想起向日葵周围那圈金黄色的花片迎风摇曳的样子。

　　六月初的一个周末下午，天气阴沉沉雾蒙蒙，淅淅沥沥地下着小雨，我和她坐在她家四室两厅的房子里，屋子虽大但很暗，头顶上亮着的一盏艺术灯在雾气弥漫中看上去也睡眼蒙眬的样子。我打量着她，青丝染上了白霜，脸部皮肤松弛了许多，身材也微微走了形，但说话的样子还是那样好看，说话的声音仍然是那样洪亮，真气很足，即便说着一个沉重的故事，但她时不时还"嘿嘿"带着笑声，像极了向日葵那火红的花蕊和金黄的花片传递给人们阳光明媚的感觉。说着说着，我感觉我们之间因时间造成的距离感渐渐消失了，好像又回到了从前。

　　三十年前，我大学刚刚毕业分到报社当记者，美姐是当时叫东区的宣传干事，我写她拍，我们合作了不少当时有影响的报道，如《病榻上的微笑》《五朵金花》等，她虽然大我十二三岁的样子，但那时还是个大龄未婚女青年。她是个活跃分子，工作之余与一群青年朋友冬泳、健身、旅行、摄影……一天到晚乐呵呵的。她像一团火，总能点燃我有些冰凉的情绪，和她一起快乐欢笑。我们无话不说，几乎每周都会聚在一起。

　　后来，她与一个大她四岁的画家定哥结了婚，当时，定哥也是一个大龄未婚青年，两人情投意合，都有艺术气质，并决意做丁克，一直没要孩子。直到1995年左右的一个夏天，他俩领着一个看上去七八岁瘦瘦弱弱、面露菜色的小女孩到我家来玩，才知道这个小女孩的养父因病去世，家中又找不到亲戚，街道干部找到他们，要他们做件好事收养这个女孩，因为只有他们具备收养资格。这个女孩也很乖，一进门就叫他们爸爸妈妈。他们就这样半是同情半是爱怜地收养了这个小女孩，并给她取名叫璐璐。璐璐性格温和听话，一天到晚跟在他们后面，爸爸妈妈地叫着，他们走到哪儿都宝贝似地带着，如同己出，她经常分享一家人搂在一起幸福爆棚的照片给我欣赏。

可是，天有不测风云。2005 年初，许久不见她，我几次打电话到她办公室，她同事说她生病了，我以为感冒发烧，没当回事随手就挂了电话。令我万万想不到的是，她这样一个运动爱好者、乐天派，居然在体检中查出了肺癌，而且是中晚期了。据她说，手术取掉一根肋骨，还切掉了一块肺。我去看她，她因化疗掉光了头发，戴着帽子。她见我有些忧伤的样子，对我嘿嘿一笑说，没事，人的生命不在长度而在发光度。她说，我这辈子过得很开心，等治疗结束，我就去旅游拍照、写文章，走到哪算哪。她说，我该吃吃该喝喝，胃口还不错，一副虎倒不失威的样子。后来，她真的去旅游了，国际国内……只是没有倒下，而是身体越来越好。

2015 年，我跟她先生约了一幅画去了她家，她告诉我，她身体的各项指标都很正常了。女儿璐璐从自己的卧室走出来，身材苗苗条条，五官周正，说话柔声细语的，完全是个好看的大姑娘了。她说自己已大学毕业工作了，我问她找男朋友没有，她羞怯一笑地说"没有"，转身回自己的房间去了。后来，我还收到过璐璐发来的新年祝福短信。

一晃又是几年过去了。今年六月初，我接到一个朋友的委托，要我帮他儿子介绍对象。我便想起璐璐来了，便在美姐的微信上留了一句言：璐璐找对象吗？不久，手机嘀的一声，她回信息了。我忙打开一看，便是：我女儿于 2018 年 7 月 27 日在上班途中突发急病去世了！我简直不敢相信自己的眼睛，发了一连串的问号过去。她发来几张璐璐墓地的照片过来，这下我不得不相信了。我想去看看，并且安慰美姐和定哥，他们老年丧女实在是不幸！约了两次，美姐要么在外打球，要么在陪母亲看病。这个周末下午，天从早晨开始下雨一直断断续续没有停，我打电话给她，问她在干什么，她说下雨出不了门，窝在家里，我便驱车去了她家。

一见面，她问我：你有没有听出，我说话的声音有些变化？我摇了摇头！她说，2018 年 5 月，她查出舌癌，舌头切掉一点点了。我仔细一听，果然有那么一点点大舌头的味道，但不提醒感觉不到。我们的谈话就这样开始了。我自始至终都没有主动说话，只盯着她嘴唇一张一合，不时露出那排整齐好看的牙齿来。

她说，其实，璐璐大学毕业那年就出现精神不正常的现象，后来，她悄悄托人打听她的亲生父母，原来这是她奶奶的隔代遗传，她的姐姐妹妹都有这个毛病。美姐带她到处找医生看病，到了北京全国治疗精神病最权威的医院，开了最好的药，病情还控制得不错。正常时可以上班，春天有些情绪不稳定，就会失踪几回，最远的一次她走路到了湘潭。每每这个时候，美姐和定哥寝食难安，半晚上骑着单车打着手电到处找，还好，无论什么时候，璐璐都记得他们的电话，几次都是派出所打电话过来通知他们去领的人。璐璐和正常的女孩子一样，有自己喜欢的男孩子，也有男孩子追她。美姐告诉她，可以追求爱，但必须说出病情；如果对方知道实情后不愿意，也没有关系，爸爸妈妈养你，等我们老了，我们仨一起去住敬老院。

2018年5月，美姐说，她查出了舌癌。做手术之前，她没有告诉她，说：璐璐，妈妈要去医院做个手术，爸爸要去医院照顾我，你就到医院调养几天。当时，璐璐情况不错，医院还不肯收，美姐只好把家里的情况和盘托出，医生才勉强收了她。美姐出院后，就把璐璐接了回来。然后，她们三个人开了一个小会，把实情告诉了璐璐。她说，你爸爸有精神抑郁症停不得药，你身体也不太好，我又得了第二癌症，我们三个人每天都要服药。但这并不要紧，我们三个人拼起来是个三角形，三角形最稳定，只要我们三个人互相照顾，就没有什么过不去的难关，谁也阻挡不了我们全家的幸福。就在那年的母亲节，美姐还在微信上幸福满满地晒了女儿送给她的母亲节礼物和他们的全家福。她发自心底的笑像一把燃烧的火，点亮着全家的希望之光，驱散了全家心头的阴霾。

2018年7月26日晚上，是一个令她难忘的晚上。那天，璐璐爬到她的床上，说要和妈妈睡，她们说了一会儿话就睡了。7月27日早晨，美姐像往常一样，悄悄地起床，做好三个人的米粉，自己吃了一碗粉就出门搞锻炼去了。没想到上午九点多，接到医院电话，说是她女儿在上班途中突发心脏病被人送到医院正在抢救室，她和定哥赶到医院，可一切已无力回天……她百思不得其解，平时没有心脏病，怎么会突发心脏病呢？是不是过量吃了治精神病的药呢？！

"缘尽向前看"，我看到美姐发的微信，知道美姐不纠结过往，心态已调整过来。她说，我女儿虽然出生寒苦，但在我家 22 年是幸福的，她也给我们带来无尽的乐趣。我不后悔收养了她，现在我们两口子天天念着她的好，好好地过我们的日子。

　　谈到她的病，她说，我相信科学，我会认真地服药，认真地调养，但我绝不背精神包袱。认识美姐 30 余年，我总见她乐呵呵的样子，但我相信，她的内心肯定有过剧烈的疼痛，只是她不纠结、不外露而已。就像我们见到的向日葵总是围着太阳露出灿烂的微笑。又有谁知道，太阳落西后的那段时间，它是如何过的呢？据说，向日葵会趁天黑慢慢地调整自己的朝向，以便第二天太阳出来时，它又能朝着东面的太阳微笑。

（写于 2020 年 6 月 7 日）

裁缝袁师傅

　　2008 年的一天，一位两年未见面的漂亮女性朋友，穿着一件别致的白色蕾丝宽松套头衫，配着一条微喇白底条纹的长裤，踩一双白色半高跟皮鞋，款款走入我办公室。顿时，我只觉蓬荜生辉，春风荡漾！她告诉我，这是她自己想的式样，请裁缝做的衣服。她的"指定"裁缝师傅就是袁师傅。

　　当时，我听了很吃惊，现在还能找到裁缝师傅？现在还能买到布？我还以为个体裁缝师傅已经销声匿迹了呢。后来，她果真带我去了一家布市，还真大啊！她还带我去浏正街见了袁师傅。

　　袁师傅的工作间是一个 20 多平方米的老旧房子，里面放了一张约 1.5 米宽的床，一个老式衣柜，还有裁剪衣服的案板、缝纫机等，临街的墙上开着一扇窗，房子还算明亮。袁师傅放下手中的活，满面春风地接待我们。她中等个子，皮肤没有怎么晒过太阳的样子略显苍白，齐肩长的头发随意地用皮筋束在后脑，眉毛淡淡的，没有做过修饰，眼睛还算大，笑起来露出两排整齐的牙齿。她给我仔细地量了尺寸，在本子上做了记录。她把我们带来的样衣和布料包在一起。没有什么寒暄，我们就匆匆走了。两三个月后，接到她的电话，说是衣服做好了。衣服做得真不错，针脚精致，大小也很合适，穿着尤其舒服，价格也还合理。

　　男人有事没事，喜欢呼朋唤友去喝酒，而女人则大多愿意相约去干点共同喜欢的事情，比如去听音乐会、去逛街、去做头发……而我的朋友圈其中有一项就是相约去买布料、去做新衣。两三个女性朋友相约布市，这个布摊看看，那个布摊瞧瞧，看中了你扯一段我买一段，其乐无穷。而我乐在其中的不仅仅是购布本身，而是和朋友腻在一起放松且亲切的感觉。十多年了，一年一次从未间断去找袁师傅做衣服。只是，袁师傅早搬出了那个老旧的出租屋，在市中心建湘路一小区大厦购买了一套两室两厅的公寓。

那是五一假期，我和一朋友开车去取衣。门卫大声嚷嚷：找谁找谁？我们说找袁师傅，门卫立即开启了栏杆放行。来到12楼，我们按了门铃，袁师傅见是我们，立即拉开了门。我们说，门卫还挺给您面子，说找您就让我们进来了。她说：是的，门卫还给我家的汽车固定了一个车位呢。袁师傅取出新衣，让我们试。朋友是个直性子，一边试一边高兴地夸道：太好了！大小合适，好看！袁师傅脸上也乐开了花。

这是我第一次和袁师傅聊家常。没想到，袁师傅是一个很愿意和人交流的人，她一开口，仿佛那扇一直闭着的心门，彻底对我们敞开了，心里的喜悦像开了闸的洪水奔涌而出。

她是1961年生人，家在长沙县北山乡黑麋峰后山的村庄，小学没有毕业，就辍学了。家境贫寒，她是家中老大，有两个妹妹一个弟弟，早早地为父母分忧，下田干农活。当时，男人学木匠，女人学裁缝，在农村比较流行。父母送她到长沙市学了三个月的裁缝，回到家里，她开始帮左邻右舍做衣服，操练手艺。后来，她成了家，生下一女一儿。1988年，迫于生活压力，她自己下山独自到长沙城闯荡，靠裁缝手艺谋生。

其时，曾经被"蓝、黑、灰"压抑多年的年轻人开始疯狂地追求时尚。她的一个表妹，家住热闹的南门口，又特别爱穿着打扮，看中了商店的衣服只试不买，而让她站在一旁偷学式样，什么领、口袋开在哪儿……她默记在心，回来后就凭记忆将新款衣服做出来。她表妹人长得漂亮，穿着表姐模仿剪裁出来的新款，走在街上，回头率很高，也吸引了不少小姐妹们前来找她做衣服。慢慢地，她有了一定的小名气。那时，长沙流行接裁缝到家里上门做衣服，俗称做上门功夫。这一做就是十年。

没有多久，服装工业规模化时代来临，人们直接到商场买衣穿了。"上门工夫"没得做了，怎么办？她读书少，没别的本事，别的裁缝放弃这一行当，只有她咬牙坚持。为了省钱，她在浏正街租了一间破旧的房子接布料帮人量身定做衣服，刚开始生意十分清淡。一天，机会来了，一位老顾客的高档呢子大衣穿旧了，他特别喜欢这件大衣，但又买不到了，怎么办？便抱着试试的态度，买来布料对袁师傅说，你能不能照着原来的式样做一件？她说：我试试！几天几夜茶饭不思，最后她成功了。从此，这位顾客成了她的铁杆粉丝，找她做衣服，一做就是二十多年……

日子如闪电，一晃她60岁有余了。我问她，眼睛还好不？还做衣不？她很肯定地说：做啊！我是做裁缝的命，天生一对好眼一双好手！眼睛不花，穿起针来快得很；手也奇怪，夏天再热，手背出汗，但手心从不出汗。我的客人都是老顾客，有的要我做了三十多年衣服。从她口里蹦出来的名字，好多都是我职场上敬仰的朋友、长沙城的名媛。

"前天，我们全家人聚会，我们这一辈四姐弟，小时候因为家穷，没有一个上大学。遇上了改革开放时代，全家人都搞得不错，四姐弟共有9个小孩，7个上了大学，有稳定工作，两个没考上大学的学了厨师，去年在广州开餐馆赚了好多钱呢！"袁师傅兴奋地告诉我。

阳光透过窗子柔和地洒在她的脸上，她兴奋、傲娇，每一个细胞仿佛都能点燃！

（2022年11月11日《长沙晚报》）

生活

喜添"新丁"

五一节放7天假，这本是件好事，可我和他爸都没有假，儿子只能一个人待在家里玩。我们真想不出该给他买个什么样的玩具。

一个雨后放晴、空气清新的周末，儿子和我来到教育街，徜徉在花鸟虫鱼间。这里猫儿跳狗儿叫，鸟语花香虫啾啾，儿子的脚像是被磁石吸引住了，一个小时后，仍不愿离开，最后只得答应他买一个小动物回家。

这是一只白色的小猫，才两个月，瘦骨伶仃，瞪着一双圆圆的略带忧郁的大眼睛，对我们咪咪地叫着，让人好生怜爱。儿子说："妈，它好可怜，我们带它回家吧！"好吧，我毫不犹豫地付了款。当儿子抱着小猫进入宿舍院子时，小猫咪咪的叫声，吸引了很多大人的目光，令人吃惊的是，一回头只见儿子屁股后面跟着七八个追着看小猫的小男孩，我儿子的小脸上浮起几许得意的神采。

我们给"新丁"洗了个热水澡，筑了一个舒适的窝。可是，一到晚上，它不停地叫，像是哭泣。儿子说：它想它妈妈了。一向粗心的老公，竟然起床抱着小猫哄着。我觉得它好像是生了病，便把一粒消炎药碾成粉末，并搅到水中，喂给它喝。起初，小猫以为是什么好吃的，张嘴便吃，可尝了一口后，一脸的痛苦，把嘴抿得紧紧的，那样子还真可爱。第二天，它的病好了，不叫了。晚上，我下班回家，门一响，它飞也似地跑过来迎接我，亲热极了。晚上，我在家做家务，看书看报，它总是身前身后绕膝而跑，细声细气"咪咪"地叫着，我便给它取名为"咪咪"。每次，我和它说着话，它抬起头，很认真地望着我，似懂非懂的样子。

让我吃惊的是我们家那口子，平时下完班，总是保龄球馆里泡着。自从来了咪咪后，下完班早早地就回来了。这猫也很奇怪，总喜欢往他怀里钻。一天半夜，我醒来，竟发现他正煮泥鳅给咪咪吃。"天啊，我晚上要是想吃东西你会起来吗?"我吃惊得有点"吃醋"了。白天,老公总要给我来几个电话,谈论咪咪之聪明与可爱。我那儿子更不消说了,平时回家喜欢玩电游,现在回家围着咪咪转,只听他整天咯咯地笑着。然而,我有点烦了,自从咪咪来后,家里多出了许多事,给它做饭、洗澡、吹毛、倒屎盆……有时回来晚了,还有些牵肠挂肚。我说,把它送人。老公吓唬我说:儿子会哭脸。儿子吓唬我说:爸爸会生气。心想,其实我也只是吓唬吓唬你们。

(2000 年 5 月 5 日《长沙晚报》)

去看青海湖

　　曾经，我去东海观过潮，在南海追过浪，也见过不少的名湖名川，唯其13年前到过的青海湖深深地镶嵌在我的心里，不时地泛起涟漪，拍打着我，牵引着我。

　　那年我在兰州上大学，刚刚结束毕业实习，离开学还有五六天，我们几个家远的同学便相约去看青海湖。

　　青海湖应该是湖，然而，当它映入眼帘时，第一感觉便是海。它是那么宽广、蔚蓝，远远的水天一色，舔一舔，如海水一般涩。然而，较之大海，它似乎没有海的怒啸、海的惊涛。它静静地坐落在青藏高原那宽广无边开满黄色小花的草原上，远远地看去就像一颗硕大的晶莹剔透的碧玉落在一块厚厚的鹅黄的绒毯上。天空湛蓝湛蓝，白云大朵大朵，青海湖在蓝天白云笼罩下，又酷似一位睡美人，那样安详，那样甜美。一群鸥鸟在湖边自由自在地飞翔，它们的羽毛与阳光辉映着熠熠闪光，宛若一只只白色的精灵，又如一群调皮的孩子嬉戏在母亲的床榻前，那样祥和甜美。

　　见到青海湖，我们似一群被久关的鸭子扑向大海。不管是男孩、女孩，统统踢掉鞋子，卷起裤腿，手拉手在湖边呼唤、奔跑，一时间，我们忘掉了都市的嘈杂、尘世的浮躁，一任湖水冲刷、拍打。还有什么比心灵的奔放和自由更让人心旷神怡呢！

　　无拘无束地疯累了、玩够了，我们这才发现如此美景，却少见游人。在湖边，整整一天，我们只遇到了四个人，两个是四川来的大学生，两个是路过此地汽车抛了锚的司机。虽然大家素不相识，但在这远离尘嚣的地方，都有一见如故之感。

　　虽是夏季，青海湖畔的夜晚由于温差的变化，颇有几分寒意。我们三路人马，聚在湖畔，燃起一堆篝火，唱歌、跳舞、讲家事、数星星……心与心的距

生活

离拉近了，人与自然融为一体了，我还仿佛闻到了青海湖熟睡的气息，嗅到了她迷人的体香。

那晚，青海湖是那样平静，但又有谁能断定，在她的心灵深处，没有孕育大浪大潮呢?

我期待着下次的青海湖之行。

（2000 年 7 月 25 日 《长沙晚报》）

相逢何必曾相约

"我是李文老师。""我是段老师。""我是李磊老师。"5 月 20 日一个周末的晚上我正在超市闲逛，竟连续接到三位大学老师到了长沙的电话，我简直不相信自己的耳朵。毕业 17 年了，由于学校远在西北，没有回过学校，没有见过老师，然而随着年龄的增大，却常常梦里找寻。今天怎么啦，三位老师同时"降临"长沙！我把推车一扔，直奔家里，哆哆嗦嗦地翻开电话本，把这一喜讯向我的师弟师妹们传递着……师弟师妹们开始激动地张罗着，这个抢着要请饭，那个抢着要接车，就像小时候家里来了珍贵的客人，兄弟姐妹争着要打酒、买肉、杀鸡宰鸭一样兴奋起来。

17 年足以改变一个人的容颜。当年，三位老师都是系里的青年才俊，李文老师是班主任，两只眼睛大而亮，特别和气沉稳，他和同学们除了师生情外，还多一份大哥的亲切；段老师说话平和，讲课不紧不慢，娓娓道来，脸上永远挂着浅浅的略带羞怯的笑；而李磊老师身材魁梧，海拔特别高，性格外向热情，下课时同学们总喜欢围着他天南地北地聊，当时，他和同系的张老师正演绎着浪漫爱情。17 年了，他们变了吗？我猜想着他们的样子，也担心着老师们见到我会怎样的吃惊。当年，在班里的元旦游艺晚会上，我竟被男生定为"最温柔的女孩"，令同寝室好友不服气。如今，我已是一个 12 岁男孩的妈妈了。"老师，你们要有心理准备，见到学生别太吃惊，小心晕倒啊！"——第二天，由于老师们要开会，我和三位老师用手机信息聊着。一块新电池用完了，又一块变得滚烫。最后我的手机显示，收到信息 58 条，这是我一生中发信息和收信息最多的一天，这些特别的信息我久久不舍得删除。

说好了下午 6 时半，师弟到我家来接我，然后，再去接老师。可是我按捺不住一颗激动的心，6 时就站在了大门口，整整半个小时，我笔笔直直地站着，竟一点不知道累。单位好几个师傅经过我身边，问我是不是要用车，我竟不知

生活

031

如何回答好。

"胖了，胖了。"段老师还是那么实在，一见面直抒己见，而两位李老师有些"猾头"，竟不发表评论。餐桌上，段老师仍然是浅笑盈盈，偶尔来几句"经典"。李磊老师浪漫依旧，用手机拨通家里的电话，和他的夫人即张老师用充满诗意的语言描绘着现场的情景。多么精彩的"现场直播"啊，不愧是新闻记者的师爷。而师弟师妹们轮番抢着和张老师说话，"两地连线"的场面异常火爆。我坐在李文老师旁边，我们悄悄地说着当年的那些淘气事，同学们变着花样到他家蹭饭吃，野炊把他家的锅把弄断了，谁也不敢当面还，蹑手蹑脚地放在他家走廊上溜走了……

经过岁月的打磨，当年的三位青年才俊如今都是成功的中年人士了。李文老师已是兰州大学新闻与传播学院的院长、教授，而段老师、李老师则分别调到了南京大学和中国传媒大学，段老师是南京大学新闻传播学院的副院长、教授，李磊老师则是中国传媒大学艺术传播系主任、博士、副教授。三位老师分别代表三所大学来到湖南大学参加中国岳麓传媒与文化产业国际论坛和新闻史学方面的研讨会。

相逢何必曾相约。17年里，多少次梦想回学校走走，和老师聊聊，却没有实现。不经意间，三位老师竟不约而同地站在了自家门口，让人不得不感叹人生聚聚散散的奇妙，生活蕴藏着的偶然和必然之间的巧合。

(2005 年 5 月 26 日《长沙晚报》)

八旬老父的春联

这些年回茶盘洲娘家总是大包小包，其中少不了旧报纸。老父年近八旬，坚持练习毛笔字，老人节俭惯了，新纸舍不得写，专找旧报纸写。于是，只要回家我就会带上一叠旧报纸。今年遭遇五十年不遇的冰冻天气，老人身边没有一个子女，不知他情况如何。于是，农历二十九我早早地带上一捆旧报纸回家了。

回到家，只见门框上贴着一副对联。上联：冰雪抗灾下基层；下联：中央领导为人民，横批：国泰民安。一看就知道是老父的笔迹，心想老父的字确有长进。大年三十，弟弟回来了，带来了漂亮喜气的春联。弟弟找来梯子，正要撕掉旧对联换上新春对联，老父一看，急了，大喊不行，说今年我们就用这副春联过年。弟弟很困惑，老父一一说来，说得我们的心里亮堂堂的。

老父虽然年事已高，但非常关心国家大事。他说今年湖南等地遭遇五十年一次的冰冻灾害，中央领导本可以坐在家里发发指示就行了。他说，你们看见没有，总书记穿着套鞋下到几百米深的煤矿为灾区筹煤，总理两次来到灾民中间，硬是站在冰雪里面，了解灾民的生活；省委书记把自己身上的棉衣脱给受灾司机穿……这是多么了不起的领导，遇上这样的领导是我们老百姓的福啊，这样的领导我们老百姓要坚决拥护啊。

"下基层""为人民"，这些话，我不知听过多少遍也写过多少遍，这次从老父亲的嘴里听来，硬是觉得特别真切。老父是千千万万最基层老百姓中的一员，就像大片森林中最不起眼的一片树叶，远离树根，不事张扬，然而，它能敏感地感知四季、感知春风夏雨、感知秋阳冬雪……

一滴水可以折射太阳的光芒。这次冰冻雪灾我们湖南灾区损失虽然很大，但是我们收获也很多。它考验了我们的党和政府，也考验了我们的人民。虽然没有电没有水，但是大家没有怨言，有的只是温暖、感动和涌动的爱心。患难

生活

见真情，它使党和人民的心贴得更近了。

　　雪后的阳光格外温暖。照在洁白的雪上，也照在我家的门框上。"冰雪抗灾下基层　中央领导为人民"两行字内容很直白、朴实，书写也不专业，但是却反映了老百姓的心声，这些字连同洁白的雪一起在阳光里熠熠闪光。

（2008 年 2 月 21 日《长沙晚报》）

将哈佛训言悄悄挂进儿子房间

怎样来激励儿子呢？干巴巴的说教是打动不了90后的。为什么很多有爱心很认真的妈妈反而成了唠叨的代名词呢？我想我不要重蹈覆辙。

今天在《读者》杂志上看到《哈佛图书馆墙上的训言》一文，文内共20条训言，我一条一条地读，觉得对中学生很有针对性和指导性，如第一条就是：此时打盹，你将做梦，而此刻学习，你将圆梦。第五条：学习时的痛苦是暂时的，未学到的痛苦是终生的。最后一条便是：没有艰辛，便无收获。利用中午休息的时间，我将其中有针对性的格言拿到打字店打印过塑，下班后悄悄地挂在儿子房间的墙上。

儿子从小就很有主见，选择什么学校，选择什么课程等统统是自己做主。而我们对他的教育从没有强迫，更没有打骂，有的只是平等交流和润物无声。其实儿子自身很优秀，也不需要我们过分操心。每天早晨6时半起床去学校，从不要我们提醒；中午要在校队练跆拳道，这是他自己的选择；晚上坚持学习到十点半，从不叫苦。在生活上，他也具有一定的自我约束能力，为了控制体重，每餐只吃一碗米饭。我所能做的就是，尽量让那一碗饭变得扎实一些，尽量做一些让他感到可口的菜肴。今晚特意为他做了一盘他爱吃的孜然牛肉，看他吃得津津有味，我心里也美滋滋的。此外，家里冰箱保持有牛奶、鸡蛋、果汁等，以保障他生长发育的营养。在学习上，他坚持自己的事情自己安排，我们也从不干涉他。我是那种用放大镜找优点的妈妈，总是觉得儿子身上有许多的闪光点。我们一家说话都是轻言细语，儿子也没有和我们高声大叫对抗过。

有人说，女主人会左右一个家庭的气氛，只要女主人的心情好，家庭的气氛就会非常好。我想，我作为女主人，不管自己心情好不好，都要让家庭的气氛好。每天进家门前，我会将所有的压力和烦恼暂时搁在门外，以轻松愉悦之心回到家里。今天，家里气氛一如既往的好。饭后，儿子稍事休息，喝一杯果汁后，就进了他的房间。我进了我的书房，他爸牢牢地占据客厅。其实，我的手头有许多的工作要做。可是，儿子有请求了，请我帮他查找有关中学生课外阅读喜好类型及其影响的资料，我二话没说，立刻放下手头的事情。完成儿子交办的任务已是十点半。儿子的作业也完成了，这时我开始和他交谈。我问他看到墙上的哈佛训言没有，他说：看到了，讲得还蛮有道理哩。我知道我的目的达到了。然后趁机向他介绍了哈佛大学。我们的交谈成了我们一天中快乐的时光。

儿子在愉悦中进入梦乡，我的心情也如乡村的夜晚一样恬静……

（写于 2008 年 4 月 7 日）

儿子的道歉

"妈，昨天晚上挺对不起您……"今天中午，收到儿子从学校发来的一条短信，我的心像毛毛细雨洒在一片干涸的绿叶上，倍感滋润和欣慰。儿子正处于青春叛逆期，昨晚和我发生争执，这也是他长这么大第一次和我争执，我没想到，儿子能自我反省还和我道歉。

昨晚，和儿子一起散步，他总是戴着耳机听音乐，我担心会损伤他的听力。加之，和我聊天他总是啊啊的，我必须放大嗓门说话，所以，我希望他取下耳机。谁知，他说他的耳机音量开得很小，不会损伤耳朵。一边说一边取下耳机让我听，我听后说声音太大了，他降了一档，然后要我继续听，我听后说还是有点大，他便又降了一档，我说正常了。他怀疑我在说假话，便问我听到了什么，我便把音乐的节奏打了出来，他说，节奏说明不了问题，要把英语歌词说出来。我英语听力本来就不好，何况这是英语歌，因此，我听不懂也说不出来。我不过是随便说说而已，谁知这小子特别较真，硬说第二次降档的声音不可能听到，听音乐不能只听节奏，还要找第三者来鉴定……随后一个多小时都不高兴。我一直心平气和与他说话，告诉他做人的道理，一是听力这种东西，个体是有差异的；二是世界上很多事情是不可能弄得一清二楚的，也不必弄得一清二楚，要学会包容。他显得有些郁闷，回家后，躺在床上不说话，我知道他还没有越过心里的坎，仍在生气。我则表现得若无其事，走进他的房间，帮他开空调并调好温度，给他盖上毛巾被，掩上房门就出去了。

今天中午收到儿子的信息后，我本想立即回信息表扬他懂事。但是，我想再缓一缓，考验一下他的耐心，便装着没有看见。晚上放学回家，儿子问我收到他的信息没有，我说手机没电了。便问他是什么信息，儿子只好当面跟我道了歉……后来，我打开手机，儿子问我看到信息后什么感觉，我说：太感动了！于是，他说他也是因为被我感动了。他说，昨天晚上他生气躺在床上时，心里还在想"怎么摊上这样一个母亲!"而当我走进他房间帮他开空调、盖毛巾被时,他彻底感动了,所以今天特意跟我道歉!他说,"妈妈,你昨天晚上是不是也很恨我?"我说:"怎么会呢?你是我的儿子,而且又这么懂事!"他说,要是这件事发生在期末考试之前就好了,因为期末考试的作文题是《母爱》。如果把这件事情写进去,《母爱》肯定还能多打两分。

（写于 2008 年 7 月 12 日）

圈 子

　　最近我发现，两个无论是工作性质，还是地域远近，或者年龄差异，好像是八竿子打不到一起的人，某一天的某种场合竟会奇迹般地坐在一起、玩到一起，惊讶之余我弄明白了，相同的兴趣和爱好或者相同的需求，是人们形成圈子的纽带和底层原因。

　　昨天，因工作需要，我被邀请参加摄影发烧友自发组织的一个聚会（简称摄友或色友）。走进会场，我有点吃惊，走进去黑压压的一片，人来得出奇的多。会议的议程还不少，竟然没有人打瞌睡或提前离开。更让我吃惊的是在自由提问环节时，不时还会冒出一两个平时开会坐主席台的政界人物，环顾四周你还会发现平时忙得团团转很难找到的大老板竟然就坐在你的左右前后……原来，他们都是摄影爱好者。

　　物以类聚人以群分。人们工作之余，会因某种爱好和兴趣走到一起，形成一个圈子。在这个圈子里，大多不问职位高低、老板大小、年龄老少，大家推崇的是谁的技艺高、能力强。一个做美编的年轻同事，我几次见他开着私家车到我住的院子接一位退休老师傅出去。我很纳闷，他们俩怎么玩到一块去的呢？后来一问，才知他们竟是钓鱼的朋友，也就是钓友，据说，他们也有一个不小的钓友圈子，经常组织钓鱼活动。

　　我老公喜打保龄球。经常会带回来一些各行各业的名片，都是他的保龄球友。一次，我和他开车出去，他忘了系安全带，车被一位交警拦住，那位交警给我们行礼后，头伸到车窗前时，突然来一句"晓哥呀"，原来他们是打保龄球的球友，经常在一起切磋球艺和比赛。类似这种圈子数不胜数，玩得较高级新鲜的就有驴友圈，驴的谐音旅，自助游的朋友圈。

　　其实想一想，每个人都有自己的圈子。我研究生班同学还有个有意思的圈子叫妈妈圈，因为他们的孩子差不多大小，上同一个幼儿园。形成圈子后，经

生活

常互相帮忙。

　　其实就是这些形形色色的圈子组成了我们的社会，这些圈子重重叠叠，既交织出了我们这个社会复杂的人际关系，同时，又使我们的生活丰富起来，多彩起来。

（写于 2008 年 7 月 28 日）

雨中 **jogging**

　　我有清晨到烈士公园跑步的习惯。今晨如此，可是下到楼底才发现天空中飘着霏霏细雨。去还是回？我有些犹豫，但最终还是不想扫了自己的兴。

　　雨是霏霏的，浸润着肌肤，也浸润着大地和万物。雨中的烈士公园竟是别样的楚楚动人。从民俗村大门走进公园，展现在我眼前的公园竟像一位羞怯的美少女。年嘉湖、跃进湖两汪碧波像两只含情脉脉的眼睛，清清的、静静的；亭檐古桥倒映在水里，是那样的深邃和宁静；湖边高大茂密的树一棵接一棵，围成两圈，乍一看去就像美少女双眸周围长长的睫毛，微风拂过好像还扑闪扑闪的，而那空气中雨气形成的白雾，更像少女头上裹着的白纱巾。我穿着红色的运动衫，慢跑在年嘉湖和跃进湖中间的林荫道上，大脑里闪现头裹白纱、额点朱砂、有着长长睫毛和大眼睛的美少女，想象着自己就是美丽鼻额上那颗鲜艳的朱砂。

　　今晨，整个公园是属于我的。平时沸腾的公园今晨显得异常安静，平日里在地上写字的老人和小孩没来，跳扇子舞的大妈大嫂也没来，舞剑和打太极拳的红男绿女也没来……自然那些各式音响设备吱吱嘎嘎各唱各调的嘈杂也没了，公园里静静的，我独自拥有这满园的绿色、满园的清新、满湖的碧水和那些淡淡的倒影……拥有不是占有，不必在乎时间的长短。这一刻我感觉我是多么的富有。

　　雨只是霏霏的，而且还越来越小，我庆喜我的执着。围着年嘉湖慢慢地跑着，气血在我的身体里也慢慢地加速运转，我微微地喘着气，长长地呼出身体里的废气，大口大口地吸进清新湿润的空气，整个人都神清气爽起来……运动是件多么愉快的事情。那年我从手术的麻醉中醒来，身体不能动弹，看着护工在病房里走来走去，心里不知有多羡慕。心想只要自己能起来运动，干什么脏活累活都行。与那时相比，现在我是多么的快乐，我不仅行动自如，而且还可以坚持慢跑一小时不停歇。

其实，我不是一个运动型的人。住在烈士公园附近快十年了，到这里跑步只不过是近两三年的事。我对慢跑的兴趣源自一个英语单词 jogging（慢跑，音嚼根）和一幅美丽的照片。2007 年为了应对出国培训英语考试，口语老师给我们一幅非常漂亮的西洋美女在晨曦中慢跑的照片，要我们用英语口述照片的内容，同时还要阐述 jogging 的好处。为了回答老师的问题，我们挖空心思寻找 jogging 的好处，早早晚晚地练习着，便渐渐地把自己真的说服了。我相信有这种情形的人还不只是我。因为后来我们到美国加州圣荷塞大学学习期间，每天晚上 7 时到 9 时有讲座，9 时之后，就会有同学在网上吆喝 jogging，总会有三五或七八人会从不同宿舍跑到楼下。我和 Rose 是最忠实的跑友。起初，我的体力极差，跑几步就要停下来休息，是 Rose 陪着我、指导我、鼓励我，我们跑跑停停，三个月下来，我竟然可以慢慢跑上一个小时。圣荷塞大学校园非常美丽，到处是有情调的树木和花草，尤其令人留恋的是那甜丝丝的空气。

今晨的烈士公园同样很美，空气也格外的清新，虽然没有 ROSE 的陪伴，但年嘉湖碧波荡漾，就像我心中荡漾的丝丝情谊，时时温暖着我。我庆幸我学会了 jogging，此生只要还能跑，我就不会放弃。

霏霏细雨还在继续，润湿了我的头发和衣裳，我慢慢地跑着，挥洒着自己的激情，任思绪在雨中自由徜徉……

（2009 年 5 月 29 日《长沙晚报》）

重返电影院

纯平、背投、液晶，随着新技术的不断推出，电视机屏幕越来越大，越来越清晰，加上 DVD 和影碟，坐在家里想看什么片子就可看到什么片子，特别是现在有了网络下载，更是方便。很多年都忘了还有电影院的存在，心想电影院只怕早都破产了。然而，事物往往物极必反，偏偏有许多人回过头来往电影院跑。

我家那名中学生就是这样。当然不能常常去，一是没有时间，二是消费不起，去一次连票带饮料零食，没有三位数就进不了门。他只在过节、生日和重大考试结束后，提出来去"奢侈""放松"一下。而我则不知不觉也有点喜欢上电影院了。在潜意识里，觉得上电影院是件很隆重的事，总会带着兴奋的心情梳洗打扮一下，思绪还往往会溜到小时候去。那时候，大我十多岁的哥哥刚刚参加工作，有一辆自行车，他常把我往自行车横梁上一放，脚往地下那么一撑，便潇洒地跨上自行车，吹着口哨，在晚风吹拂的小河边飞快地向一个叫俱乐部的地方奔去……至于看些什么电影不记得了，但当时那种兴奋的感觉还留在心里。如今，我们去看电影，方便的时候我会自己开车。看得出，坐在我旁边的儿子，高兴劲不亚于我当年，我知道这种感觉是坐在家里看电视或看碟无法找到的。当然，如今的电影院与过去相比，那也是鸟枪换大炮了，舒适的座椅、清洁的环境，还有令人特感刺激的音、像效果，也是我渐渐喜欢电影院的原因之一。

出差有时是一件很苦的事，旅途疲惫不说，夜晚的无聊也难以消遣。有次，我想起了电影院，花两个多小时看了一部叫 *Black Book* 的电影，战乱中的人性、爱情、亲情塞满我一脑子，一个晚上不知不觉就过去了……

不过，好像去看电影的大多是青少年。有次，我陪儿子去看《金刚狼》，朦胧的灯光下我感觉到坐在我右边的是一对年轻的情侣，正吃着香喷喷的爆米

生活

花。大约过了二三分钟，那位女生突然用很吃惊的声音叫我，然后感叹地说：真没想到，您还有这种心态看电影。原来，这是我前同事小敏，现在调到别的单位去了。我总在想为什么她那么吃惊，大概像我这种年龄的人很少来看电影吧。好在不久我就发现比我年龄更大的报社领导，他们两口子趁春节放假也去看电影，我窃喜。

最近在网上看到一份关于中国影视产业的分析报告，中国的国产影片以及票房收入正在向上攀升。

（写于 2009 年 6 月 12 日）

小孩心亮晶晶

一周下来，心中一片片浮云漂来，终于积压成了厚厚的乌云，正无以遣散，误喝半杯白酒，不胜酒力的我，顿时，面红耳热头发晕。一觉醒来，乌云散尽，心中一片空白，拿起电话想找人聊聊，寻找一些心灵的慰藉。

第一个电话就打给了弟弟。他带着老婆孩子回了老家，我记得他说过要带只小狗回家。父母身边没有子女，养条狗是一个不错的主意。可是，弟弟说小侄女又舍不得了，于是，我要弟弟把电话递给小侄女。我说，宝宝愿不愿意把小狗狗送给爷爷奶奶啊。她说，愿意倒是愿意，但是，爷爷奶奶家有只猫，小狗好像很怕它啊。她带着稚气的童声像一股清泉流进我的心田……"还有，我担心坏人偷了去把它吃了……"啊，一颗晶莹剔透的心，充满了对一个小生命多少怜爱啊。人之初，性本善啊！我还想劝劝她，我说，狗狗会不会影响宝宝学习？她奶声奶气地说：不会的，我在家记着她，一到学校就忘记它……

放下电话，我神清气爽起来，小孩心亮晶晶，人间最纯洁的心灵和情感。我还找到了一个答案，为什么见到小朋友，我总喜欢弯下身逗逗他们，不是老了的缘故，而是想感受一种纯洁和美好……

（写于 2011 年 12 月 11 日）

QQ 号被盗之后……

经常听别人说，QQ 号被盗了，没想到这事就真的发生在我身上。

今天，一大早我召集技术部和网站的几位同事，在办公室商量事情。网站老潘探头探脑好像找我有事，几位同事走后，老潘马上进办公室坐在我办公桌前，看着我不吭声，我说："找我什么好事？"他说："你不是在 QQ 上找我有事吗？"啊，今天我还没开电脑，我们俩都觉得很奇怪。这时，市政府的孙处长给我来电话说："你的 QQ 号是不是被盗了？"联想到老潘这事，我马上反应过来了，我说：肯定被盗了。

刚放下电话，又接到同事海英的电话，她说："你农行卡的开户行是哪个支行？"我说："问这个干什么？"她说："你不是要借钱吗？我正在中信银行给你汇，银行要我填写开户行。"啊，我明白了，盗贼在骗钱，我马上对海英说："天啊，我的 QQ 号被盗了，怎么连你这个老江湖都会上当啦，好险，幸亏打这个电话。"她说："你要借钱，我就没多想……"

刚放下电话，手机又响了，我的大学同学老浦很急切地对我说："你到底出了什么事啊？"我大吼："没别的事，我的 QQ 号被盗了，你赶快在同学群里帮我喊一声……"

我马上清理了一下思绪，想想哪些朋友与我关系好又没有防范意识，我想到了星池，一个电话打过去，果真她在银行准备给我打款……

剑锋也是好朋友，但到底是搞人事工作的，他来电说："骗子也找了我借钱，我让他回答几个问题，骗子一下就露馅了……"

为了防止骗钱事态的发生，我立即利用短信群给大家发了一条告示，以免大家上当受骗……

我紧急修改密码，总算把号子追回来了，在这里我要告诉朋友们，遇到借钱的事一定要多个心眼，一定要与本人核实，也一定要经常修改 QQ 号的密码。

　　此事让我心有余悸，感慨万千。假如骗子骗钱得逞，朋友们付出的钱，我认还是不认？不认良心会不会难受，认会不会觉得很冤，甚至可能还不起。心悸之余，我骂那几个准备付钱的朋友太傻，与此同时，心里却又暗涌着一股莫名的有些感动的热流……

（写于 2012 年 12 月 7 日）

越住越爱的老院子

周日的清晨，拉开七楼客厅落地窗前的白色窗帘，窗台上是自己亲手养了很多年的三角梅、蔷薇花等，一色地开着热情奔放的玫红色的花。窗前是院子正中的花园，花园里的乔木都已变成了参天大树，我认得的就有香樟树、桂花树、杨梅树、枇杷树、柚子树……蜂飞蝶舞鸟啁啾，沏一壶茗茶，或与家人聊聊天，或翻翻闲书，或涂涂画写写字，气定神闲地过着自己的周末。然而，两年或更早以前，我心却有些浮躁，周末不少时间都穿梭在大大小小的楼盘里，想寻一处能安身终老之所，如今，新房买好了，却发现我现在住的这个老院子随着"品质长沙"的建设，越来越舒适和有品质了。

我们这个院子是单位2000年左右盖的宿舍区，房子室内面积虽然不小，但住七楼却无电梯；宿舍院子绿化虽好，可前些年周围环境却不好。东边是东二环，家里装着两层隔音玻璃，晚上睡觉从不敢开窗户。北边是经济适用房小区，那小区北面早些年是一条"龙须沟"，沟上搭着一座简易的桥，"龙须沟"很臭，要命的是那时没有超市，每天还要经过"龙须沟"去买菜，摩托车、单车、板车还有挑担的，常挤得不可开交。沟的两边坑坑洼洼，晴天一身灰，雨天一脚泥，每天走过的人也是灰扑扑的。后来"龙须沟"变成了宽广的火炬路，环境大为改观。但是没过多久，晚报西街与火炬路违章建筑肆意横生，小商小贩乱摆乱放。不知何时附近还冒出了一个货运市场，宿舍院子外四周都能见到长长的、笨笨的货运车，吐着青烟艰难地在本不宽敞的小路上吃力爬行，造成的交通拥挤且不说，带来的噪声与污染让人的生活品质大打折扣。

搬到这处居所时，我儿子只有几岁，这里是他的乡愁之地。2016年初，他正在读研，发现"品质长沙"2016长沙城市微改造设计大赛征集作品的活动，正好与他的专业对口，他毫不犹豫地说要以改造院子周围的环境和交通为内容进行参赛，他让我站在办公楼24楼拍了许多我家住的院子及院子附近的图片传给他，他最初的设计就是要拆违以及货物市场外迁等。令他高兴又感到遗憾的是他的参赛作品刚刚设计好，年中回来一看，宿舍院子内外发生了巨大的变化，货运市场不见了，晚报西街东北角大片违章建筑不见了，靠近宿舍院子的东二环竖起了一排长长的隔音板；院子内新铺的黑色柏油路在绿树的掩映下形成了一道风景，下雨天再也不怕弄湿鞋子了。虽然，居住环境的迅速变化令他对参赛作品一改再改，但又让他对赞不绝口的2016"品质长沙"建设，留下了深刻印象。

如今，老院子生活圈真是越来越完美，对我来说，步行五分钟可以到达办公室；步行十分钟可以到达浏阳河风光带或烈士公园，地铁三号线、超市、学校、医院都在十分钟生活圈……即便是令人有后顾之忧的无电梯问题，也在进入实质性的加装前期工作之中。更可期待的是"北有中关村，南有马栏山"的远景规划，其中的马栏山鸭子铺就近在眼前！

（2017年6月12日《长沙晚报》）

龙王宫老家

我们单位曾经有一处宿舍位于长沙开福区通泰街南侧的新风街，22 年前，我和 71 位同事携家人住在这里。新风街原名龙王宫，大家习惯称这里为龙王宫。十年前和儿子交流，第一次听他称"龙王宫老家"时，略略有些诧异，后来一想，这里是他生活过五年的地方，有他童年的记忆和梦想，又怎能说不是他的老家呢。

据史载，很早之前，这里的确有个龙王宫，原名白善祠，祀白龙王。嘉庆初毁于水，咸丰二年（1852 年）再毁于兵火，终毁于"文革"破"四旧"。1996 年，单位为了解决年轻职工的住房问题，购买了位于龙王宫的一个小院子，院内拥有南北朝向的两排房子，每排是连体的两栋 8 层楼梯房，北面那排的两栋用钢管栏杆隔开，栏杆南面这栋是我们单位的，北面那栋是外单位的，南面那排连着的两栋都是我们单位的。我们院里的 72 户，绝大部分是两室一厅的户型，建筑面积 60 平方米左右。院子现在看来真的很小，两排房子之间距离大约只有八九米，中间是一片水泥坪，连棵树都没有。但在那时，能住上这样的房子，我们这 72 家房客个个心里都是美滋滋的。

这个院子最大的特点是小孩子多。十斤娃是这个院子里出生的第一个孩子，长得虎头虎脑，人见人爱，这个抱那个亲，从来都不认生。至于三四岁到八九岁会跑会闹的孩子，那是一大群。搬进来时，我家儿子快满四岁，一次我们路过教育街，看见一只瘦骨嶙峋的病猫，儿子见其可怜硬要买回来照顾。我们搂着小猫走进院子，小猫咪"喵喵"不停地叫着，哇，没走几步，就发现从两排屋里，以迅雷不及掩耳之势，蹦出一群孩子跟在了后头，随我们上四楼进了我家。那时，大家真是亲如一家，互相串门，有时还一起做饭吃。孩子们因猫玩到一块了。到了饭时还没走的孩子，很自然就和我们上桌吃饭，第二天，有个同事还打电话问我，薯条怎么做的。因为他家孩子吃了我做的薯条，觉得好吃，想学着做。

龙王宫离湘江很近。清晨或者傍晚，我们会到湘江边走一走，或跑跑步。那时湘江边没有专门的跑道和园林风景，有的只是渔舟唱晚与"落霞与孤鹜齐飞，秋水共长天一色"的自然景观。蔚为壮观的是，每到雨季，军民万众一心在湘江边垒沙袋奋力抗洪的情景。那时，城里排渍设施不完善，每有倾盆大雨，立交桥下、地势低洼之处便是一片汪洋。龙王宫离湘江只有一二百米远，往往湘江涨大水，我们院子里也要涨半米深的水。一次，单位从烈士公园借来两只鸭婆子游船放在院子里，让大家撑船上班，这可乐坏了孩子们，他们来来回回坐船玩，个个弄得泥一身水一身。

那时停电停水也是寻常之事。有一年夏夜，我在四楼的卧室里点着蜡烛写稿，耳朵里不时传来楼下坪里纳凉邻居的聊天之声。隔壁房间，我儿子和一个叫茂茂的孩子坐在木地板上下跳子棋，不知道是谁一脚将蜡烛踢翻，蜡烛顺势滚进席梦思床铺下，因床铺与地板的距离很小，手伸进去够不着蜡烛，身子又爬不进去，燃着的蜡烛引燃床布，发出一丝丝焦味。两个小朋友捡不到蜡烛，一边喊一边跑到厨房接水。见此情景，我的心几乎跳到嗓子眼了，立马跑到阳台向坪里纳凉的同事求救，几位男同事迅速冲到我家，将床抬开，取出燃烧的蜡烛，扑灭明火，避免了一场火灾的发生。时隔20余年，那一幕幕还清晰地浮现在我眼前。

如今，一切发生了翻天覆地的变化。72家房客早就搬进了有花园、有篮球场的报业小区，有的又从报业小区搬到了更高档的小区或别墅。龙王宫的那群孩子个个长得又高又俊又聪明，当时最小的都已大学毕业，大的则已成家立业，他们从事着各行各业。

过去的龙王宫周边都是小巷和棚屋，如今却进行了大改造。从龙王宫往南走十来米就是宽广的营盘西街，往东走百来米就是新建的通衢大道——黄兴北路，往西走二三十米是湘江路和美丽的湘江风光带，往北不远处的湘春路已拓宽成大街。龙王宫院子依旧，只是物是人非。这里和长沙其他街道一样，已不再担心涨水和停电停水了。长沙整个城市的基础设施建设已相当完善，连续十年获评"中国最具幸福感城市"。

虽是盛夏，我还是兴致满满地从龙王宫往北的小巷深处走去。越过通泰街进入西园北里，让我一时收不住脚步。灰色的麻石街、灰色的瓦顶、灰色的窗

生活

棂、灰色墙壁，和一排排古色古香的中式镂空雕花灯笼，形成了一种古朴雅致的格调。在长不过二三百米且弯弯曲曲的小巷里，一路经过了晚清重臣、湘军将领左宗棠居住过的文襄园，中国妇女运动先驱、我党组织战线杰出领导者帅孟奇就读周南中学时居住的旧址，当代金石书画家李立故居等。一路慢慢地看、细细地品，我仿佛感触到了这灰色深巷里洋溢着的人文气息和散发的历史余温。

龙王宫不过是长沙老旧城区的一个缩影。我深深地感到，长沙从大处看，变大了长高了变美了；从细处看，变得更细腻、更精致、更耐看、更有文化品位了。

（2018 年 7 月 30 日《长沙晚报》）

作别没有电梯的日子

"祝贺！坐上电梯了！全市第一家加装电梯成功的吧！" 9 月 4 日，当我在朋友圈晒出单位老房子加装电梯的消息时，收到朋友们的祝贺，心情颇为激动。至于说是不是全市第一家，不敢肯定，但第一批，肯定没错！

回想十八年前，供职的单位建了 11 栋 24 门没有电梯的七层楼房。几百名员工，基本上每人一套，最大的四室二厅二卫，最小的也有二室二厅一卫，令多少外单位的员工羡慕不已。当时，一边盖房子一边分房，分房以员工的工龄、职称、级别等打分，得分由高到低依次排队选房。我因评了高级职称，可选择四室二厅，但工龄又相对较短，打分最低。轮到我选时，供选择的只有顶层的几套房子了。综合比较，我选择了东头阳台对着院子花园的那套。

七楼虽说高一点，但房子南北通透，视野开阔。每间房都十分周正，客厅尤其大。我在对着花园的客厅落地窗户前做了一个榻榻米，有时摆上茶具喝茶，有时摆上垫子做瑜伽，有时对着花园坐一坐，发发呆。秋天和冬天，拉开窗帘，整个榻榻米上都洒满了金色的阳光，沏上一杯清香可口的龙井，就着阳光洒进杯里暖暖的味道，和着满院三秋桂子幽幽的花香，嗅一嗅，啜上几口茶，那种浑身由里到外的舒畅，真是妙不可言。

那时，我三十出头，走路带小跑，加上住新房的兴奋劲，真没觉得上七楼有多难。记得搬进来后不久，常值夜班，凌晨一二时回家，有时一边走一边想着别的事，不知不觉一口气冲到了屋顶，直到看见天上的星星才回过神来。记得那时有位作者写了篇《感谢六楼》，我推荐给住七楼的同事们看，说，住七楼多好，不仅视野开阔，还能在不知不觉中锻炼身体啊。

一住十八年。十八年到底有多长，算一算，足足可以长成一代人啊。每天上下楼梯要经过 13 户人家才回到自家。眼见着搬进来时几个抱着、牵着的孩子，现在长成了如花似玉的大姑娘和威武高大的帅小伙；眼见着搬进来时几个

生活

还是刚出校门的小姑娘、小伙子，后来谈爱、结婚、生子，如今他们的孩子又上了小学、初中；也亲眼见到两位德高望重的前辈，相继离世不复归来……

一住十八年。十八年在楼道里与邻居到底见过多少次面，有过多少个故事，数不清。一位曾住三楼移居新西兰多年的邻居，今年还在微信里讲，我儿子小时候，下楼时走在他们前面，走出楼道门时轻轻地将门虚掩，给他们留门的故事。我的姐姐，总是记得，很多年前来我家时，我家楼下老张将她的行李箱一口气从一楼扛到七楼的故事。我则记得，楼下尖起耳朵听我脚步声的一位姐姐，当我走过她家门前时，突然开门塞给我一个胖胖的、嫩嫩的大竹笋的情景……

一住十八年。十八年到底有多少天，掐指一算总共六千五百多天，以每天平均上下两趟计算，这十八年我至少上下楼一万三千多趟，消耗了多少卡路里，我不会计算。十八年来我的体重没怎么变，十八年来我的血压也没怎么变，有多少是上七楼的功劳，不得而知。但我记得迈克尔·柯蒂斯导演的电影《卡萨布兰卡》里有这样一句话："如今你的气质里，藏着你走过的路、读过的书和爱过的人。"我想，我上过的楼、感受过的情，应该也融进了我的身体和气质里吧。

一住十八年。上楼的兴奋劲儿早没了。过去上楼是往上冲，根本不知道回家有多少个台阶；后来是数着台阶一步一步地往上迈，122 级台阶数了一遍又一遍。台阶的一些地方有的蹭亮了，有的蹭烂了。而进入知天命之年后，开始变得不想上楼了。从办公室回家其实只用五分钟，但有时懒得上楼，午休宁愿蜷缩在沙发上。四楼住着一位快八十岁的长者，夫妻俩看上去身体很好，又相亲相爱，从七十岁开始，就经常天南海北住度假村或老年公寓，总觉得他俩过得好潇洒啊！有次遇着他们，没想到他们却叹息道："其实，我们是有家难回啊！"他们指的就是上楼困难！好在，如今装上了电梯，邻里们开始欢天喜地、敲敲打打搞装修，打算长期在这里居住。

作别没有电梯的日子，如今上下楼变得异常轻松和迅捷，不用再数台阶，也不用再经过 13 户人家门口，但几天不见 13 户，刚开始有一种空落落的情绪来袭；作别没有电梯的日子，衷心感谢为我们老楼加装电梯付出过努力的人，也希望更多的老楼装上电梯，让长者回家不再难，让美丽长沙更宜居；作别没有电梯的日子，竟还想说一句，感谢那段没有电梯的日子。

（2018 年 11 月 5 日《长沙晚报》）

神奇的花朵

今年正月初十恰逢西方情人节。在一微信群里，迈克的女朋友晒了迈克送玫瑰的照片和视频。

玫瑰看上去很水灵、鲜活，似乎还散发出淡淡的清香。看得出，小姑娘很高兴，很用心地将玫瑰插在花瓶里。好玩的是，小姑娘养的那只蓝眼睛小白猫好像也很开心，跟在女主后面屁颠屁颠地跑，玫瑰插进花瓶后，小白猫却站在花瓶旁一动不动了，也许，它也喜欢玫瑰的清香？但那红的花、白的猫与蓝的眼睛，还有小美女构成的画面却是真的很美很和谐。我似乎有些感动，点了多个赞，并写了一句：多给爱的人送鲜花吧！

现实生活不管开头多么新奇有趣，最终大多会趋向平静、平淡甚至充满压力，于是便有了苟且。我们大多数人还不能像毛姆的《月亮与六便士》里的斯特里克兰德那样，抛下满地的六便士摆脱苟且而去追求心中的月亮。那么在平淡或苟且的日子里，来束鲜花扮靓一下我们的生活，就像给平静的水面扔几块石头，激起些许浪花，延伸无数涟漪！一捧玫瑰如果能让满室生香、人喜猫欢，又何乐而不为。

花之于生活，似乎这么近却又那么远，它不是必需品，却也不是奢侈品，更不是多余品。似乎没人不喜欢它，人们都希望能拥有它。年前，一则《乞丐与玫瑰》的故事在网上广为流传，说的是一个卖花姑娘为了急于回家，将卖剩的最后一朵玫瑰随手送给了一个乞丐。乞丐美滋滋地将玫瑰带回家插在瓶子里，发现瓶子很脏和鲜花不配，于是便将瓶子擦干净；然后发现桌子很乱，与干净的瓶子和玫瑰不配，于是便将桌子收拾干净，然后照此类推收拾房子、收拾自己，直到找到工作渐渐地过上了干净的幸福生活。

这则故事充分地展现了一朵玫瑰花释放出的神奇的美的光芒。故事不管真实与否，但合乎逻辑，看似夸张但很励志、充满正能量。曾听过中央音乐学院一位教授在长沙音乐厅作的一场演讲,他认为审美意识和审美水平的高低直接关系到人民生活质量与水平的高低。《乞丐与玫瑰》的故事貌似印证了这一观点。正是一朵玫瑰的启蒙,开悟了一个乞丐的审美意识,从而提高了他的生活质量。

作为一名记者,曾目睹了 20 世纪八九十年代长沙第一批花店的开张,也感受了那些年每逢情人节天价玫瑰的疯狂,鲜花在那时似乎是一种时髦、浪漫甚至奢侈的符号。三八妇女节,曾有浪漫情怀的互联网企业订制了一批带露的玫瑰,每一枝都由花店用精美的装饰纸包扎好。一大早企业负责人站在公司门口给上班的女员工每人送上一朵精致而鲜活的玫瑰,让女员工们兴奋激动好几天,在那时这是一种最浪漫的创意和最受欢迎的福利。记得某年三八妇女节的夜班,搞艺术的一位男同事自费买来一捧玫瑰,出其不意地分发给上班的女同事,此事不仅成为大家津津乐道的美谈,而且着实大大地和谐了办公室的氛围。

渐渐地,随着品质生活的提升,人们对花的那股疯狂劲过去了。花开始真正融入寻常百姓家的生活。探望病人、祝福节日、机场迎送等,随处可见一束束的鲜花。一些能干爱美的家庭,阳台上一年四季开着楚楚动人的鲜花;追求审美情趣的人,会去学习插花,将自己生活、工作、学习的环境用插花布置得充满艺术情调;在超市买菜时,主妇们也会顺手买一把鲜花放在购物车里,带回家插在花瓶里。审美意识的提高和追求美好的愿望,让我们的生活变得有情调。

花之于家庭,除了审美还有爱的表达。我非常认同这样一句话:家是一个讲爱的地方,而不是一个讲理的地方。只要不是原则问题,一束鲜花一个拥抱,足以化解夫妻之间那些小小的摩擦、委屈和不快。

春风十里,让我送你一束芬芳而神奇的花朵。

(2019 年 3 月 11 日《长沙晚报》)

云上清明寄哀思

　　清明节又称踏青节、祭祖节等。与春节、端午节、中秋节并称为中国四大传统节日。它是唯一的一个既是自然的"二十四节气"之一，也是人文的传统祭祖节日。以往的清明节，我都是陪先生去乡下公公婆婆的坟上，按当地风俗放鞭子、挂纸幡，焚香烧纸祭奠，祈愿公公婆婆保佑全家平安。当时令我颇感欣慰的是，我的高龄父母都活着，而且健康地活着。没想到的是，就在去年清明节过后不久，父亲去世了，不到半年母亲也跟着走了……

　　不知有何讲究，今年清明节前，哥哥姐姐趁路上行人稀少时早早动身为父母去扫墓，而那时我确实忙得抽不开身，他们便拍了照发到我家的微信群里。只见新冢上挂着高高的红色纸球，飘着五颜六色的彩带。我想象着，纸幡在静静的山岗上随风摆动、孤独无奈的凄清，像是某个梦中少年的我，在茫茫旷野里孤立无助地寻找父母，声音嘶哑无力呼唤的情景。虽是色彩热烈，但抵挡不了心中生出的那份悲凉与凄清，看着照片，我已泪流满面。长眠地下的父母亲啊，你们感知到了哥哥姐姐来到你们身旁的气息了吗？希望那些随风摇曳的纸幡，能在冥冥中传递出信息，逝者不是孤独的，思念的亲人们来看望你了。姐姐在山上祭奠后，又到老屋周围绕了一圈，已是"白头无复倚柴扉"，物是人非无处话凄凉，四顾无言唯有泪千行。

　　清明假期，弟弟无法赶回，因为他离开上海回单位后，为防疫需要必须隔离 14 天。于是，我决定在家族群里为父母发起一场网上追思会。我说，今天是清明节，作为晚辈我们由于各种原因不能前去先辈坟前磕头，疫情防控期间政府提倡云祭奠，让我们在群里共同来祭奠我们的父母亲、你们的祖父母吧！我将父母的合影发在群中，附上追思图片：黑暗中燃着的一柱蜡烛，一束洁白的白菊。写着：父母大人安息吧！灵堂就算搭好了！弟弟献上一支白菊，留言：疫情防控期间，恕不能回家祭奠，愿父母在天之灵能感受到儿子拳拳思念之情。远在南海群岛保家卫国的侄儿留言：去年爷爷奶奶你们相继离去，因驻地特殊无法返回为你们送行，心中一直内疚！常思念小时候你们对我的呵护，长大后对我的关爱，今年清明还是无法回乡祭拜，在此向爷爷奶奶在天之灵叩头，深表我的怀念之情。远在他乡的儿子宽也留言：外公外婆安息！并献上一束别致的菊花！姐姐的女儿卓发来一系列去年为外公外婆送葬的照片。一时间，群内发来许多父母生前的照片、视频……最最感人的是六十多岁的大哥从床上背起八十多岁的老父亲到车上去看病的视频。我想，父母如果在天有灵，一定能够感受到后人的思念之情和家庭的温暖。

我觉得，网上追思会最大的好处除了环保，便是远在他乡的晚辈都能参与，在参与中激发感恩之心，晚辈体悟父母对父母的情感，对他们是一次很好的教育。受此影响，我和弟弟商量由他到某网站去为父母正式注册一个纪念地，将其生平和照片留存在那儿，让家人和亲朋随时随地能到那儿去祭奠、追思！

我自然明白，云祭奠并不足以表达我对父母的思念。疫情结束，我将到父母亲坟前去磕头叙话，去亲吻那些沾着父母气息的泥土！

（2020 年 4 月 13 日《长沙晚报》）

从灰姑娘到断舍离

三十多年前，物资十分匮乏，衣食用度都须凭票购买。少女时代的一群灰姑娘，没穿过什么漂亮衣服，心中却憧憬和追求着美好。那时，我们会利用流行的染衣技术，将穿旧了的衣服央求妈妈染成别的颜色，以制造穿新衣的感觉；跑到有缝纫机的同学家偷偷地改喇叭裤。有时，我们会谈论不知从哪儿听来的英国女王有多么漂亮的裙子和帽子、鞋子……虽然个个灰头土脸，但每每这个时刻，青春的眼眸因憧憬、兴奋而闪闪发光。

20世纪80年代中期，我们这群灰姑娘大都上了大学，后来都有了自己的工作和事业。国家改革开放春风荡漾，长沙的GDP由三十多年前的几十个亿渐渐发展到如今的逾万亿元，我们的工资也由几十元涨到了几千上万元。市场上物资供应丰富多彩应有尽有，加上各大商场促销折扣的诱惑，业余时间我喜好逛商场，并总是大包小包往家里拎，日积月累，衣裙和鞋子慢慢地堆积起来了。

装修房子时我特意多做了柜子，家里光装我衣物的柜子就有4个，衣服按照春夏秋冬分门别类归置。刚开始，只需将换季衣服清洗好套起来防灰尘即可。常年日积月累，每个柜子都开始爆满，取挂很不方便。我便将换季衣服打包放在顶柜里，腾出空间挂当季衣服。长沙的天气，夏天热冬天冷，春秋两季亦冷亦热，每年"五一""十一"前后，就是换装打包的最佳节点。刚开始几年，打点起衣物来还觉得津津有味，穿穿这件试试那条，一个人对着镜子臭美。想想年少的时候，全家只有一个大衣柜、一担笼子，也没听父母说过衣物没地方放的话。上中学住校时，将换洗衣服塞进枕头套子就装完了。现在，大衣毛衣衬衣风衣裙子琳琅满目，过惯穷日子的我，真有种理想中"女王"的幸福感。

渐渐地，我那成柜的衣物成了沉重负担。每年"五一""十一"的时节交

生活

替，对我来说，变成了逃避不了的艰巨任务。每当"五一"，我需要搭梯子把束之高阁的夏装从顶柜里取下来，一件件烫好挂起来，然后，把冬装清理干净打包放到顶柜里。去年，我戴着一块计步器，一天没出门，在家里上上下下竟然走了一万多步。衣服多了，收拾起来是个巨大工程，而且每天出门前的选择和搭配也颇伤脑筋。有几次，在家里选来选去、换来换去还差点误事。忽然怀念起年少时那种简单的日子——每一季节都只有两套换洗衣服，洗了这套便毫无选择地穿另一套，简单轻松。

一个偶然的机会，翻到日本山下英子的《断舍离》一书，她的理念迅速钻进了我的脑袋：不买不收取不需要的东西，谓断；处理掉堆放在家里没用的东西，谓舍；拒绝物质的迷恋，让家里宽敞舒适、心灵自由自在，谓离。我暗下决心从衣柜开始，来一场自我革命！

今年"五一"前夕的周末，我把三年没穿过或没怎么穿过的大衣、毛衣、风衣、裤子、裙子……不管有多舍不得，狠狠心都塞进了两个胶丝袋子。满满的两大袋子衣物被处理掉，柜子空间豁然开朗，心境也随之云淡风轻……

（2020 年 5 月 4 日《长沙晚报》）

带 货

.

　　真的 out 了。三月初，在《人民日报》读到"央企带货　为湖北拼单"的标题，竟一时不明白是什么意思，立即百度，才明白"带货"作为一个网络词语的新含意。

　　"带货"这个词，在年纪稍长的人听来并不陌生，但与当下网络流行的由名人、大咖、企业家、政府干部通过网络直播带动货物销售、消费的意思并不相同。当年所说的带货就是托人从外地捎货的意思。1980 年代末，1990 年代初，改革开放初见成绩，人民的生活水平有所提高，但物质和物流都还不很发达，因此，每有同事、朋友到外地出差，就会有人托其带一些当地的特产和在长沙买不到的货物。

　　去上海，人们带得最多的货便是羊毛衫、皮鞋、皮包等上海货，因为上海产的质量好；去广州必定要带服装，因为那里的衣服式样潮；去杭州必定要带真丝围巾……总之，那时提一个上海包，穿一件广州的衣服，戴一条真丝围巾都是件值得炫耀的事。

　　1990 年代初，我先生在上海工作，时不时地帮我带皮鞋或羊毛衫、皮包回家，令我好感动，同事们也夸他人好。这也是我们结婚后令人回味的一段日子，至今还有一个上海包放在柜子里，见证我们那段感情。有次先生回家，正好婆婆来了，先生抖开背包，只有我的羊毛衫，而没有婆婆的，我们面面相觑，聪明的婆婆没有表现不悦，委婉地说："崽啊，下次回来帮我带件羊毛衫！"先生听了，知道有了改错的机会，头点得像捣蒜似的。第二次回来时，他花了 300 元，相当于我当时两个多月的工资，买了一件刚刚开始流行的羊绒开衫，婆婆穿了确实很好看，灿烂的脸笑得像一朵盛开的花。后来，国内物质丰富和物流发达起来，从外地带货就渐渐不流行了，因为在长沙就能买到全国各地的货。

生活

　　斗转星移，时值 1990 年代末，改革开放让大家的钱包鼓了起来，走出国门旅游渐渐兴起，从国外带货随之成为时尚，这一时期主要是带国际名牌香水、包包、手表等所谓奢侈品。2005 年，我也跟了一回风，托一位去美国学习的朋友带回一块手表，当时还闹了一个笑话。朋友在 QQ 上和我交流买表的事，我的电脑是开着的，但人不在身旁。我十二岁的儿子懵懵懂懂，又从学校学到了一点防范意识，且不知我托人买表的事，看到 QQ 一闪一闪，点开屏幕竟回复一句：骗子，不要骗我妈妈的钱！让我那位朋友哭笑不得！也让我尴尬得连连道歉。有时，一个人出国要帮亲戚朋友带好几块表，有朋友去欧洲，同行的旅友帮亲戚同事带了三块手表，后来，装手表和手机的包在某国际机场不翼而飞了，这位朋友心痛不已，不说丢了手表和手机难受，只说手机上有一个好段子，可惜了，一时被当作笑话传。如今，出国旅游成为家常便饭，单位院子里的退休老同志，一高兴就结伴出去了，再也不需要托人带货。更何况，国内网购、海外网购，都是十分的便利。

　　过去，物质稀缺，人找货。如今，资质丰盈，货找人。"带货"在直播技术的助推下，以新的含义流行起来。先有大咖罗永浩直播带货，动不动总观人数就超千万，交易额几个小时就上亿元；接着，越来越多的企业家入场直播为自家产品代言、叫卖，如董明珠直播带货。一场疫情之后，为了尽快复工复产，政府官员从村主任、镇长、市长乃至省长都纷纷走上屏幕直播带货，可喜的是几乎每场都很成功。

　　在我看来，这是一种技术的进步、销售方式的进步，更是一种观念和理念的进步、能力的进步。过去一些政府官员怕见镜头，不敢上屏幕，还有一些官员摆架子不为老百姓办实事，如今的政府官员，文化层次和综合素质都高了，为民服务的观念和理念也大不同了，他们主动找镜头找市场，为当地产品当代言人，这是多么可喜的进步啊。再则，直播带货成功，名人发挥的是明星效应，而政府官员发挥的是政府的公信力。这也说明政府是值得老百姓信赖的政府。

　　"带货"字没变，但含义变了，一路走来，它见证了我们这个伟大时代的变迁。

（写于 2020 年 5 月 28 日）

爱和美食要趁热

　　这是一栋六七层高的红砖墙老式大楼，掩映在绿树环绕之中。冬日的一个上午，天空下着毛毛细雨，我冒着阵阵寒风穿过这家医院一个又一个长长的有屋顶的长廊，终于找到这栋墙上写着"中康楼"的楼。我因颈椎不适被指引到这栋大楼的第一层做理疗。

　　走进大楼，一股暖气犹如春风扑面而来，顿感全身暖和起来。放眼望去，楼层正中间的走廊很宽很长，走廊两侧是各种各样的康复室。刚走到左边第一间康复室的门前，我就被眼前的情景惊住了。这间康复室足有大半个篮球场那么大，摆着两排康复设备，每台设备上或坐或站或躺着一位病人，每个病人周围都有医护人员和陪人围着。有的在帮助病人做手肘的弯曲动作，有的在帮助病人做腿部运动，有的几个人正前拥后抱好像在帮助病人站起来……令我震惊的是病人的状态，有的面无表情，鼻子上还胶着用于"鼻食"的橡胶管；有的看上去毫无力气，被动运动着；有的好像全身麻木，完全不会自己动弹，靠家人抱上抱下……他们穿着各色家居棉衣棉裤，有男的、有女的，有老年人、中年人，还有年轻人，我的心一阵阵发紧，随手抓住一名路过身旁的穿白衣戴蓝帽的护士的衣袖说："他们怎么啦，都中风了吗？"年轻女孩盯了我一眼犹豫片刻不太情愿地说："有中风、有脑出血，还有出车祸的……"说实话，我从来没看到过这么多瘫痪病人集中在一起做康复，也从来没有看到过如此多的轮椅在一起推来推去，此情此景对我内心有一种莫名的冲击，我有点像置身于美国大片中某个空间站忙碌的情景之中，同时眼前不时浮现汽车修理店忙碌的一幕。是啊，机器磨损久了会出问题，即便是一台新车，如果调试不当，也会突然抛锚！人同此理啊，好在聪明的人类建立了医院，能进行自我修护。此时此刻，我深深地懂了，爱惜身体珍惜生命，真的不是一句套话。

　　"假如有一天我生活不能自理怎么办？假如有一天我变得痴呆了怎么办？"

当我坐在第 13 室进行理疗时，我开始胡思乱想。我背靠墙壁面朝治疗室的大门，静静地观察着我视线内的每一个人。一个身材匀称、穿着中长黑色呢子大衣的五十多岁的男子推着轮椅进来了，轮椅上坐着一个穿着粉红色棉衣棉裤的中年女人，从两人年龄气质一看就知是夫妻。一进门妻子和护理人员打招呼，但口齿听起来还没有完全恢复。男人停下轮椅，弯下腰将踏板翻开，扶女人站起来躺到理疗床上，又将轮椅上的空调被细心地盖到女人身上。护理人员说："换新轮椅了？"男人笑着说："这个轮椅大些，坐起来舒服，又可折叠，带她出去玩时还可以放进我的越野车。"男人的神情很温和，看妻子的眼神充满笑意和柔情。在治疗室的另一边，一个中年男子正在踉踉跄跄进行走路的情景训练，屏幕上是一把可以移动的剪刀和长着鲜花的草地，男人的任务就是通过走动带动屏幕上的剪刀剪花。男人前后左右挪动，每剪一朵花，妻子则在一旁叫好点赞。房间还有一对母子，儿子大约四十多岁，母亲像是六七十岁的样子，外地口音，儿子扶着栏杆光着脚板站在仪器上接受治疗，母亲弓下瘦弱的背，将一条白毛巾盖在儿子的脚背上，看脚后跟还露在外面，那双关节有点突出的手，又将毛巾的两头向脚后跟拉了又拉，可怜天下父母心啊。而在我的右手边，是一个坐在轮椅上的七十多岁的老先生，老人很瘦，好像是神志不清，一会儿要取下头上的仪器，一会儿又晃动着拳头，一旁的儿子时不时地俯下身子对老人说：听话，不动，等会儿买糖给你吃……忽然，我觉得我的眼睛有点潮湿，仿佛眼前不再只是通识的"悲催"，而是一道温情的风景，一道患难真情至亲至爱的风景。

从医院开车回家的路上，我前面的一辆的士车顶广告不时地闪着：爱和美食要趁热。

（2020 年 12 月 25 日《长沙晚报》）

到呼伦贝尔看草原

　　"因为我们今生有缘，让我有个心愿，等到草原最美的季节，陪你一起看草原，去看那青青的草，去看那蓝蓝的天，看那白云轻轻地飘……"七月底八月初的长沙酷热似火，傍晚我和同学星池在年嘉湖畔歇凉，耳机里传来蒙古族歌手乌兰托娅的这首《陪你一起看草原》，歌声在马头琴那种悠悠长调的伴奏下，似一股清泉在我心中缓缓流淌。正好星池问我，今年休年假，我们去哪里？我说，我们就去乌兰托娅家乡呼伦贝尔看草原吧！

　　呼伦贝尔市有世界著名的大草原，因其旁侧的呼伦湖和贝尔湖而得名，拥有一亿多亩草场，500多个湖泊，3000多条河流，是中国当今保存完好、没有任何污染的绿色净土，也是内蒙古草原风光最为旖旎的地方。

　　从长沙抵呼伦贝尔市海拉尔区后，我们加入当地的穿越大草原的吉普车队。在呼伦贝尔大草原崎岖的小路颠簸70余公里，在巴尔虎左旗处停车观看游玩。这草原低头看是比脚踝深一点的青草，密密的；抬头却不见了草，只有无边无际、平平整整的绿色。蓝蓝的天空上，朵朵白云悠悠飘着，与绿色大地在视线尽头融为一体。"天似穹庐，笼盖四野"的诗句不禁涌上心头。在蓝天白云和绿地之间，除了我们这一行游客和远处成群的牛马羊和点点白色的毡房外，别无杂物。你的相机无论朝哪个方向，按下的都是秀丽的风景画。

　　此时，我想起了老舍写呼伦贝尔草原的话："这次，我看到了草原。那里的天比别处的更可爱，空气是那么清新，天空是那么明朗，使我总想高歌一曲，表示我满心的愉快。"我完全体会到了老舍先生的这种感受和愉快，除了想高歌一曲外，作为长沙火炉走出的人，我还想大声喊一句：真凉快！

　　坐在汽车上时，我们没有感觉到外面有风，因为此时的呼伦贝尔并没有《敕勒歌》所描述的"天苍苍，野茫茫，风吹草低见牛羊"的情景。但下得汽车来，一股柔柔的风吹来，一身的暑气顿时消散开来，让你清凉到心底，说不出的舒坦。风像个调皮的孩子，轻轻地掀掉男人的帽子，飞舞着女人的长发和丝巾，人们在草地上跑呀追呀，口里还大声地喊着、叫着……

不远处还有三两个活泼的小男孩，高兴地在草地上翻起了跟头。不一会儿，马头琴声响起，人们不分男女，也不管认识不认识，在几位蒙古小伙的带领下，手拉手跳起舞来……从钢筋水泥的城里走出的人们，仿佛出笼的小鸟，逃脱了束缚，忘却了世俗的烦恼，放下了男女、长幼的矜持，由着自己的本性像孩子一样在草地上撒欢。你会觉得眼睛放松了，绷紧的神经松弛了，心情豁然开朗了，浑身每个细胞好像都充满了负离子生机勃勃起来。

在满洲里市附近，我们走进一个炊烟袅袅的像是部落的地方。古朴的木栅栏扎成了一个大门框，上有一块"铁木真大汗行营"的木匾。这里密布许多个蒙古包，我们走进了一座蓝白花纹的蒙古包，品尝着热热的鲜牛奶、奶茶和奶制品及炒米，听一位美丽的文化员姑娘讲述蒙古族先祖"一代天骄成吉思汗"铁木真，在公元十三世纪率蒙古铁骑如风卷残云一般横扫欧亚大陆的故事。据她介绍，呼伦贝尔大草原不仅是铁木真的出生地，也是他一生唯一的一次败仗"十三翼之战"后厉兵秣马的大后方。不禁联想起元代名相耶律楚材《西游录》的描写："山川相缪，郁乎苍苍，车帐如云，壮士如雨。马牛被野，兵甲赤天，烟火相望，连营千里。千古之盛，未尝有也。"

呼伦贝尔大草原，让人激动的是绚丽的风景，令人难忘的还有丰富的历史文化内涵！

（2022 年 9 月 1 日 《长沙晚报》）

文化

大丰麋鹿姿

　　麋鹿，又名"大卫鹿"，因"角似鹿非鹿，头似马非马，尾似驴非驴，蹄似牛非牛"俗称"四不像"。从春秋战国至清朝，在文人墨客笔下被描绘得栩栩如生并不绝于书。但在八国联军烧掠北京之后，在中国大地销声匿迹近百年。80多年过去，麋鹿终于搭乘专机，带着一段扑朔迷离的流浪经历，回到了故乡。近日，笔者参加中国晚报记者盐城采风活动，有幸在黄海之滨的大丰麋鹿国家级自然保护区，目睹了曾猜想过千百回的苏轼笔下的"麋鹿姿"。

　　很小就喜欢陶渊明《饮酒》诗："采菊东篱下，悠然见南山。"顺着这首诗往下读，便读到苏轼的《和陶饮酒》诗："我坐华堂上，不改麋鹿姿。""麋鹿姿"是何姿？曾在我的脑袋里有过无限美丽的猜想。后读到李白《山人欢酒》诗："各守麋鹿志，耻随龙虎争"；再读到《史记·淮南衡山列传》："臣闻子胥谏吴王，吴王不用，乃曰：'臣今见麋鹿游姑苏之台也。'今臣亦见宫中生荆棘，露沾衣也。"麋鹿姿、麋鹿志乃至麋鹿游，让我对麋鹿充满了好奇和向往。

　　九月的盐城，秋高气爽，十分美丽。带着这种好奇，我走进了大丰麋鹿国

文化

069

家级自然保护区。在这里我不仅见到了美丽温和、逍遥自在、与世无争的麋鹿风姿，而且在园中的碑文和石刻里读到了一段曲折艰辛的麋鹿史。

据考证，麋鹿起源于距今 200 多万年前，数量曾逾亿头。秦汉时期，因气候变化和人类滥捕，数量急剧减少，迄至清代，仅存北京南郊皇家猎苑 200 多头。1865 年秋，法国博物学家兼传教士大卫，经过皇家猎苑，一眼认定这是一群神奇的、可能是动物分类学上尚无记录的鹿。次年初，大卫设法以 20 两纹银为代价得到了一对鹿骨和鹿皮。经动物学家的鉴定，大卫发现新物种的消息轰动西方各国。麋鹿从此被命名为大卫鹿，其英文名为 Pere David's Deer。麋鹿也因此成了列强的抢夺之物。1900 年秋，八国联军入侵北京，火烧圆明园，南掠皇家猎苑。中国本土最后一批麋鹿像战俘一样被押上战船，从此麋鹿在中国大地销声匿迹。幸亏，英国的贝福特公爵酷爱麋鹿，1901 年前后，先后用重金从法、德、荷、比四国收买了世界上仅有的 18 头麋鹿，以半野生的方式集中地放养在乌邦寺庄园内，麋鹿这才免于绝灭并得以繁衍。

祖国昌盛，游子还家。1985 年 8 月 24 日，22 头麋鹿乘专机从英国乌邦寺回到故土北京；紧接着 1986 年 8 月 13 日，39 头麋鹿又从英国运到大丰麋鹿保护区。这群麋鹿如鱼得水，如鸟归林，与獐同戏，与鹤共舞，种群迅速发展。如今，39 头回国的麋鹿虽已老死，但开枝散叶，其子孙已达到 2027 头，其繁殖率、存活率、年递增率均居世界前列。

站在高处，远远望去，大丰绿色滩头一望无际，在洒满金色阳光的树叶和绿草间，小河芦荡边，三五成群的麋鹿或漫步悠然，或卿卿我我，抑或窃窃私语传说着祖辈的离奇故事。

（2013 年 11 月 4 日《长沙晚报》）

读 瓷

China 一词随着中国瓷器在英国及欧洲大陆的广泛传播，转而成为瓷器的代名词，使得"中国"与"瓷器"成为密不可分的双关语。瓷器也有人认为是中国的第五大发明。

我对瓷器的认识，源于小时候家里吃饭喝茶用的碗。过年前，家里一般会买一批新碗，泡芝麻豆子茶的红花小碗，吃饭的青花饭碗，还有用来装菜和盛汤的厚重大碗。至今记忆犹新的是，父亲会选择一个不便出门的阴雨天，搬出一叠叠的碗，摆在堂屋的案旁，然后，拿出一小钎子和一个小铁锤，坐在案前，在每一个碗底轻轻地敲打出一个个的点，然后由点连成我们家的姓。这样，碗就不会和其他人家的弄错了。坐在父亲身边，看着父亲左手扶小钎右手挥小锤，不紧不慢地敲着，心里总会冒出一种莫名其妙的激动和憧憬，仿佛父亲敲出的不是一个字，而是全家的幸福和过年的美味……至今，这一情景深深地定格在脑海里。

"天青色等烟雨，而我在等你；月色被打捞起，晕开了结局……" 2008 年春晚，周杰伦的一曲《青花瓷》，其词其调其韵味让人回味无穷，也深深地激起了我对瓷器审美的觉醒。自那以后，只要看到瓷器，诸如朋友博古架上的摆件，书桌上的笔筒，乃至会议桌上的茶杯、餐桌上的碗盘等等，虽不刻意，但总会定睛看上一会儿。一个直径不足 15 厘米的青花小碟子，乍一看去，便诧异其雨过天晴似的淡雅高洁，定睛一看竟发现是一幅渔樵耕读图，有扳罾捕鱼者，有负薪打柴者，还有荷锄耕地者和树下读书者，寥寥数笔，栩栩如生，细细品味，真是妙不可言。妙就妙在这瓷洁白细腻，是纸张不可比拟的；妙就妙在这颜料青经高温烧制后出现的深浅不同的蓝；妙就妙在这画工的奇思妙想。三者交织相得益彰，在天蓝地白的高洁之中呈现出一幅江湖山野先人劳动、学习场景。一只丢了盖的旧缸子，被朋友当做笔筒，上面绘着一幅浅绛彩的桃柳

文
化

春燕图，还书有唐人诗句"风来花自舞，春入鸟能言"，其书法用笔极简，超凡脱俗；其桃花似带雨，楚楚动人；其春燕则活灵活现，仿佛在呼朋唤友，传递春的讯息。摸一摸，这些字和画都堆凸在瓷的表面，那灼灼桃花仿佛可以伸手折一枝……至此，在我看来，瓷器是一种飞入寻常百姓家的艺术，也是一种不易变质的艺术载体。然而，今年4月8日，香港举行的拍卖会上，一只杯口直径仅为8厘米的明代成化鸡缸杯竟拍卖出3600万美元（约合2.25亿元人民币）的天价。瓷器在我的心中，便披上了一层神秘的色彩。

天青色等烟雨，而我在等你。也许印证了这句歌词，正当我百般想读懂瓷器的时候，缘分来了。11月15日，湖南省博物馆、景德镇市陶瓷考古研究所在湘江新区规划展示馆举办皇家瓷器特展。由于是首场，不仅有专家现场讲解，而且，还拿出了几十片瓷片让我们摸和看，十件器皿由工作人员拿着近距离给我们端详，展出的器物共有194件（套）。这些瓷器从元青花一直到明成化斗彩。图案纹饰、器型特点、烧制技术、原料釉色等等，每个时期都有不同的特点，专家一眼望去，便可大体断代。瓷器原是凝固的历史，在玻璃橱柜里，一件件瓷器泛着特有的酥光，他们出自几百年前的先人之手，先人虽不在了，但先人的思想情感、文化品位、艺术风格等牢牢凝固在这里，而这些文化品位、艺术风格又与历朝历代的最高统治者个人经历和喜好息息相关。元青花不仅器型大，图案纹饰也大气；成化少大器，鸡缸几无多。每件瓷器后面，都有一个或一串的故事。神话般的大明成化年制斗彩鸡缸杯，早在明代万历《神宗实录》中写道"神宗时尚食，御前有成化彩鸡缸杯一双，值钱十万"。后有清乾隆帝御题诗赋"寒芒秀采总称珍，就中鸡缸最为冠"。此次，有幸一睹大明成化年制斗彩鸡缸杯，虽是当年被抛弃的次品，如今看来，也是异常珍稀了。

这些瓷器面世，我猜想，惊艳的背后应是孤寂，在他们的身上究竟还有多少故事需要解读，只能靠吾辈和后世一点一点去读了……

（2014年12月1日《长沙晚报》）

谢公山水诗情系永嘉

"脚著谢公屐，身登青云梯。"是中学读过的李白《梦游天姥吟留别》中的诗句，几十年过去仍可脱口而出，也许是因为对谢公屐留下过非常形象而深刻的印象。

谢公即谢灵运（385—433 年），中国文学史上山水诗派的开创者，被称为"山水诗鼻祖"。此次，随中国晚报协会到浙江温州市永嘉县采风，了解了一段谢公与永嘉山水的诗情，也有幸身临其境感受谢灵运笔下的"池塘生春草，园柳变鸣禽"的诗情画意。

冒着霏霏细雨走进永嘉，映入我眼帘的便是，矗立在楠溪江大桥桥头的一尊高大素洁的古代人物塑像，塑像气宇轩昂，风度翩翩，精神矍铄，一手捋着髭须，一手握着诗书反置于背后，双目炯炯有神地眺望着远方……谁？谢灵运！热情淳朴的永嘉人带着自豪的神情，争先恐后地为我释疑，接着还娓娓动听地为我道出了这位南朝大诗人涉足楠溪江的一段鲜为人知的故事。

据悉，南朝刘宋武帝永初三年至少帝景平元年，谢灵运因少帝即位，宦官弄权，受排挤谪贬为永嘉太守，永嘉山灵水秀，谢灵运素所爱好，加上被贬不得志，遂肆意遨游。据记载"凡永嘉山水，游历殆遍"，同时写下大量脍炙人口、流传千古的山水诗篇，被誉为中国山水诗的鼻祖。永嘉是中国山水诗歌的摇篮，楠溪江则是中国山水美景的源泉。谢灵运因永嘉的山水之灵秀萌发了满腹的诗情，而永嘉又因为这位大诗人的诗句而闻名天下。

"少无适俗韵，性本爱丘山"，谢公酷爱山水简直到了如醉如痴的地步。他出游行畋，少则两三天，多则十余日，不游赏尽兴决不回衙。"脚著谢公屐，身登青云梯"，在多年的山水游历中，诗人得山水之灵气，发明了一种奇巧实用的旅游登山鞋，用木头制成，鞋底装有前后两齿，上山去前齿，下山去后齿，后人称之为"谢公屐"，曾风行一时。

文化

永嘉位于浙江省东南部，与温州市区隔江相望，是一个人杰地灵、风景秀美、充满活力的千年古县。境内的楠溪江风景区，山水风光十分优美，生态环境得天独厚，以"水秀、岩奇、瀑多、村古、滩林美"而闻名遐迩，是以山水田园风光见长的国家 4A 级旅游景区，被联合国教科文组织列为雁荡山世界地质公园西园区，两次被列入"中国世界遗产预备清单"。

当年，谢灵运览胜永嘉楠溪江，写下了《登永嘉绿嶂山》："裹粮杖轻策，怀迟上幽室。"从诗中感受到，诗人或轻舟荡漾于碧波之上，或策杖攀缘于山崖之间，吟诗作赋，宠辱皆忘，逍遥自乐。

在去"天下第十二福地"大若岩游览时，谢公留下了《石室山诗》，诗云："清旦索幽异，放舟越坰郊。"谢公当时游历的情景，今日仍然历历在目，跃然纸上。

而当夕阳西下，江风习习，谢灵运乘坐竹排漂游楠溪，面对袅袅炊烟，满天晚霞，他又诗兴大发，"叠叠云岚烟树树，湾湾流水夕阳中"，将楠溪江三十六湾七十二滩的美景描绘得淋漓尽致。

宋朝大文豪苏轼由衷地慨叹："自言长官如灵运，能使江山似永嘉。"正是谢公纵情永嘉山水，使得楠溪风景名噪一时。

（2015 年 8 月 17 日《长沙晚报》）

令人深思的《美人鱼》

新年正月初一，和"90后"儿子一起去看贺岁片。我想看巩俐等主演的《孙悟空三打白骨精》，而儿子想看周星驰导演的《美人鱼》。好，就《美人鱼》吧。心想，不看我都知道，肯定是疯疯癫癫、无厘头的搞笑。可是，当剧终走出剧场时，我感到了异样，美人鱼老太发威时巨浪滔天的情景久久地撞击我内心深处。

这虽是一个商业贺岁搞笑剧，但在搞笑的外壳里，演绎着一则人和美人鱼之间凄美的爱情、虐杀和反虐杀的现代童话故事。地产富豪刘轩花重金买下海湾准备填海造地，可他不知道这里住着一族美人鱼。美人鱼被人类的一种现代技术声呐干扰得无法在深海生存，只好栖息在海湾一艘沉船里度日。美人鱼族获悉刘轩填海造地的计划后，便派美人鱼姗姗乔装上岸，实施美人计以干掉刘轩。不想一来二往，姗姗与刘轩互生情愫。姗姗一次又一次放弃了刺杀计划，最终还在罗志祥扮演的八爪人鱼快要用爪子缠死富豪时，情急之中剁掉鱼爪，救下刘轩。

刘轩得知姗姗的美人鱼家族真相后，决心关掉声呐援助美人鱼。而其妻李若兰在巨大的经济利益驱使下，发起了一场围捕、虐杀美人鱼族的大战。大战最终因刘轩关掉声呐并赶到战场，将流淌着鲜血的姗姗一步一步地抱归大海，最终趋于平静。片尾，刘轩与姗姗几近隐居，时不时地在美丽的大海中"旅游"。现代的背景，童话的结构，喜剧的形式，不用穿越，轻轻松松地演绎了真善美，并最终让真善美战胜了邪恶丑。

这是一个细节处处搞笑，但是主题严肃、发人深省的生态环保主题电影。周星驰没有出现在电影里，但一看就知道是周星驰的风格，特别是电影一开头的博物馆馆长大叔，为了骗取门票钱，一身肥膘在浴缸里扮演美人鱼，观看至此，电影院里一片笑声，而我觉得此搞笑很无聊，但也有些忍俊不禁！富豪刘

文化

轩从夸张的动作到嘴边的一圈小胡须，美人鱼姗姗从走路的姿势到面部的种种搞怪，处处都是笑点。但渐渐地你会觉得，电影逗你笑的同时也在告诉你一个道理："如果你有再多的钱，但是地球上没有一滴干净的水，没有一丝清洁的空气，钱又有什么用?"这话从美人鱼姗姗嘴里不经意地蹦出来，尔后又在富豪刘轩嘴里回味，如此反复，一次次诉说，就成就了童话的内核、电影的主题。让你在笑完之后，不得不陷入深思!

这是一部个个在搞笑，但人物个性鲜明，让你回味反省的片子。由林允扮演的美人鱼姗姗是一个纯良的角色，有着单纯的复仇欲和纯粹的爱情观。林允是一位新演员，乍一看以为是舒淇，却又比舒淇更纯更真，可谓"无敌单纯"。邓超扮演的是一个外表坚硬但内心柔善的富豪刘轩，代表着那种终将注定会被真善美感化的人物；而张雨绮扮演富豪妻李若兰，性感霸气则近乎于邪恶"皇后"，真可谓"无敌霸道"。而向来扮丑的张美娥扮演的美人鱼老太，有着类人猿似的面部，又老又丑，但她见多识广，口述历史，一身本事，发起威来巨浪滔天，将虐杀美人鱼家族的刽子手冲得七倒八歪。这一情景久久地撞击我的内心，使我有所了悟：影片是想告诉我们，如果人类不注意环境保护，也许某一天真正发威的将会是大海、是地球，是整个大自然!

（2016 年 2 月 16 日《长沙晚报》）

永远的滕王阁

在中国众多的亭台楼阁中，还真难找出哪个楼哪个阁，像滕王阁这样，在1300多年的历史里，建而修，修而毁，毁而重建，迭废迭兴达29次之多。无论阁兴还是阁废，在我看来，滕王阁在中国文人心里，它是永远的精神寄托和文化象征。

六月的一个周末，参加全国晚报南昌采风活动的我，刚下高铁就被接到码头乘船夜游赣江，观赏创吉尼斯新纪录的"一江两岸灯光秀"。夜色阑珊，灯火辉煌，现代摩天大楼一座接一座，流光溢彩，彰显着现代都市的繁华和风情。然而，唯有它"飞阁流丹，下临无地"，尽显古阁古香古韵之色。这个在我心里猜想过、抚摸过千百回的滕王阁，就这样匆匆和我相遇了，如老朋友的邂逅，让我的思绪像一只昏了头的小鸟，在现实与历史的峡谷里来回扑打与碰撞。

历史有时真不以人的意志为转移，多少人为了留名青史，想方设法树碑立传，到头来默默无闻。而他作为唐高祖李渊的第22子，号称滕王的李元婴，据史载，一生"骄纵逸游""贪财好色""所过为害"的风流王爷，为了享乐歌舞，在永徽四年（公元653年）担任洪州都督时建造滕王阁，却不费吹灰之力，让自己的名字与滕王阁绑在一起而流传青史。说来还真要感谢他，如果不是他一时兴起，建起滕王阁，又哪来王勃的《秋日登洪府滕王阁饯别序》即《滕王阁序》呢？

王勃与滕王阁，说来也是奇缘巧合。《增广贤文》有句话，"时来风送滕王阁"，传说的就是当时王勃在旅途离滕王阁七百里之遥，在没有轮船、汽车的情况下，被一阵清风一夜送到滕王阁，此话带有神话色彩，在此不表。但王勃是山西人，为何跑到江西去作《滕王阁序》呢？据史载，王勃六岁能文，九岁作《指瑕》十卷，十岁通六经，十四岁应举及第授朝散郎，后因文惹祸流落四川，再后来还惹上过人命官司，总之，在他二十六七岁的人生里充满了波折。上元二年（公元 675 年），王勃赴交趾（两广地区）省父经过洪州（今南昌），恰逢九九重阳节洪州阎都督重修滕王阁完工邀请文人雅集并为其作序。据说，阎都督本意是让自己的女婿露一手，当地文人知趣地婉谢了递来的笔墨，唯有王勃这个不知内情的莽撞过客、血气方刚的青年才俊拿起笔就写，阎都督一脸不快，以更衣为托词躲进了内室，却让人随时报告王勃的写作情况。当王勃写到"豫章故郡，洪都新府"时，阎都督气呼呼地说，不过是老生常谈；当写到"星分翼轸，地接衡庐"时，阎都督开始沉吟不语；当写到"落霞与孤鹜齐飞，秋水共长天一色"时，阎都督拍案叫绝，大呼："此真天才，当垂不朽！"看来，阎都督虽然有些好虚荣，却是一个识才爱才的正人君子。一篇千古绝唱就由此诞生并得到广泛传诵，王勃之名也由此直达天下。

阁为文名，文为阁传。《滕王阁序》口口相诵，天下尽知，滕王阁也由此声名大振。继王勃之后，唐代的王绪写了《滕王阁赋》，王仲舒写了《滕王阁记》，被史书上称为"三王记滕阁"。文学家韩愈也撰文"江南多临观之美，而滕王阁独为第一，有瑰丽绝特之称"，滕王阁由此成为盛唐文学的象征。

此后的王安石、苏辙、杨万里、朱熹、文天祥、汤显祖等历朝历代数以万计的文人墨客登楼揽胜、吟诗作文，如此多的文人骚客钟情于此阁，如此多的优秀篇章汇聚于此阁，我们就不难解释为何历朝历代生生不息地要修复滕王阁了。阁以文存，我们不能不感叹文学魅力之伟大了！

历史还在延续，据介绍，出现在我眼前的滕王阁，是 1989 年南昌市政府在终毁于 1926 年兵火中的滕王阁旧址上，根据梁思成先生 1942 年绘制的《重建滕王阁计划草图》修建而成。梁思成系创立了中国现代教育史上第一个建筑学系的建筑教育家、建筑历史学家和建筑大师，这设计和建筑本身又赋予了多少文化内涵可想而知。

滕王阁是一片文化洼地，沉淀着初唐以来历朝历代的文化精华；它又是一块精神高地，寄托着一代又一代文化人的精神追求。它将永远矗立在赣江之滨，也将永远矗立在人们的心中。

（2017 年 6 月 21 日《长沙晚报》）

文化

邂逅陶然亭

　　"更待菊黄家酿熟，与君一醉一陶然。"唐代诗人白居易的这句诗镌刻在北京陶然亭公园的石碑上，非常醒目。陶然亭建在慈悲庵内，慈悲庵建在元代，早于建在清康熙年间的陶然亭多年，可外地人很少知道慈悲庵，而陶然亭却位居中国的四大名亭，享誉世界。

　　金秋时节，我在北京参加培训，培训地点就在陶然亭大厦。起初我诧异这个大楼名气怎么这么大，不仅公交站、地铁站都有陶然亭站，而且无论的哥还是街边摊主，一问都知道。同室的山东美女主编提醒我，那是因为附近有个陶然亭公园，从大楼步行 12 分钟左右即可到达。立即百度，中国四大名亭之一的陶然亭居然就在这里面。于是我们兴奋地决定，晚上去看看。

　　已是傍晚，这时的夜幕还像一层薄纱轻轻笼罩着公园，亭台楼阁、绿树红花仍依稀可见。我们沿着湖边一路问一路小跑，想赶在夜色来临之前，一睹陶然亭的风采。左弯右绕，穿过一座白色的拱桥，来到公园湖心岛，再往前走走就到了陶然亭。陶然亭和慈悲庵连在一起，看上去像是个四合院，院外三面环水，另一面有台阶向上通向庵门，门前有个小平台，平台中央是一棵被保护起来了的参天古槐。门不大，门楣上写着"古刹慈悲禅林"，可惜大门紧闭，然后，我们被告知，每日下午 4 时半闭门。

　　人与花的邂逅，花与蝶的相吻，世间有一种缘分叫不期而遇。

　　邂逅陶然亭，更是值得珍惜的缘分。第二天中午，我和同室美女决定利用午休时间，二访陶然亭，去结识它三百多年历史长廊中的那些前尘往事。

　　北京陶然亭与长沙岳麓山的爱晚亭、杭州西湖的湖心亭、安徽琅琊山的醉翁亭统称为中国四大名亭。原来陶然亭和其他名亭一样，最初也是文人雅集之地。

　　据记载，清康熙三十四年（公元 1695 年），当时任窑厂监督的工部郎中江

文
化

藻见慈悲庵西临一水池，多水草，极望清幽，无一点尘埃之气，便在此建一小亭，取白居易"更待菊黄家酝熟，共君一醉一陶然"之诗意，为亭题额曰"陶然"，并作了《陶然吟》。陶然亭建成后，江藻常邀一些文人墨客、同僚好友到陶然亭上饮酒赋诗，这里便变成了文人墨客"红尘中清净世界也"，同时，也留下许多诗文。清中叶著名学者翁方纲，官至内阁学士，曾与朋友同游陶然亭，写下了著名的"烟笼古寺无人到，树倚深堂有月来"的楹联。现在，这副楹联仍撰写在陶然亭前后两侧的抱柱上，供游人欣赏。在众多的诗句和楹联中，此联悬挂至今想必最受欢迎，该联在描写古时陶然亭景致的同时，也表达出了尘世中的人们向往世外桃源的心境。上联"烟笼"，写白天的清静，古寺被烟雾笼罩，无人到此；下联描述夜晚的静谧，深堂处于树林之中，只有明月照映进来。以"无人"与"有月"的对比描写，显现了庵亭幽深绝世的风貌，蕴含着超凡脱俗的韵味。

在中国四大名亭中，陶然亭和爱晚亭最相似，都是由唐诗起意命名而来，陶然亭之名取自于白居易的诗，而爱晚亭则出自杜牧的七言绝句《山行》中的"停车坐爱枫林晚"。此外，两亭还都是革命圣地。毛泽东青年时代，在第一师范求学时，常与蔡和森以及一些青年志士到岳麓书院，聚会爱晚亭下，纵谈时局，探求真理。而陶然亭，也曾是李大钊、毛泽东、周恩来、邓中夏等近代革命志士秘密集合聚会的场所。

300多年的历史中，来过陶然亭的历史名人很多，留下诗句和墨宝的也不乏其人。其中，清代著名政治家翁同龢，现代文学家郭沫若等在这里留下的墨宝均悬挂于亭中。

两个小时一闪即逝，为了赶回上课，匆忙中我将同室美女借我的太阳伞落在了陶然亭，我欲返身去取，女友一把拉住我，说：这是其再好不过的归宿啦！

（2017年10月16日《长沙晚报》）

闲话爱晚亭

最近看到一则新闻，说的是今年是长沙与美国明尼苏达州圣保罗市结为友好城市 30 周年，长沙将以爱晚亭为原型按 1∶1 比例制作湘江亭赠送给圣罗保市，并将安放在圣保罗市费梭公园（Phalen Park）。这是一件多么别出心裁的礼物啊。

2007 年，我曾在美国街头漫步，忽然看到街边挂着几盏中国红灯笼，心底倏地升腾出一种亲切温暖。我想，如果在美国的公园徜徉，一抬头猛然看到一个飞檐反宇的中国亭子，也一定会有同样的感觉。在我国古典园林艺术中，亭是极富观赏性的一种点式小品建筑，碧瓦红檐、四面凌空、小巧精致。亭，又名凉亭，也叫亭子，源于周代。起初，是供行人休息的地方。据刘熙《释名》："亭者，停也。人所停集也。"无论在中国历代诗词，还是中国历代绘画、戏曲里，都能找到亭的影子。李白有"相看两不厌，只有敬亭山"，白居易有"高亭仍有月，今夜宿何如"，宋代词人柳永的《雨霖铃》"寒蝉凄切，对长亭晚，骤雨初歇"，明代剧作家汤显祖的《牡丹亭》，近现代奇才李叔同的《送别》"长亭外，古道边，芳草碧连天……"以及范宽、黄公望、文徵明等历代山水画家的笔下无一没有亭。亭自古以来，就已入诗入画入歌入戏，成为文学艺术作品里人们抒发情感的意象。如果说红灯笼是中国民俗文化的一个符号，那么凉亭则是中国建筑艺术的一个符号。而那些历经数代诗人吟咏、学者撰文、画家泼墨、伟人关怀、日月浸润的凉亭，就不再是仅供游人歇息赏景的建筑艺术符号了。中国四大名亭，无论是因欧阳修《醉翁亭记》而闻名遐迩的安徽滁州市的醉翁亭，还是取白居易诗"与君一醉一陶然"命名的北京陶然亭，抑或清朝乾隆帝在亭上题过匾额"静观万类"的杭州西湖湖心亭，以及毛主席题写亭名的爱晚亭，都是聚天地精华、缀人文珠玑之瑰宝了。

十余年前，我曾在湖南大学读书。上学的那两年，一有闲暇时间，我就会到岳麓书院看看，然后到爱晚亭坐坐。爱晚亭坐落在岳麓山清风峡内，坐西朝东，南西北三面环山，丛密的竹木和玲珑山石围绕，尤其到了秋冬季节，层层叠叠的红枫渲染出别样的风采。我常静坐于爱晚亭，感受爱晚亭——这岳麓山的孩子，被岳麓山宠爱地搂在怀中置于膝上，有时又觉得爱晚亭是岳麓山的精灵，岳麓山因有了爱晚亭而更加具有精气神。爱晚亭东侧是一口清澈如镜的池塘，倒映着山光云影，沿着池边小路往东走约两三分钟，就是岳麓书院后门。爱晚亭看上去就是岳麓书院的后花园，二百多年来，整日被岳麓书院传来的琴声书声萦绕，使得爱晚亭由内到外都散发出一股浓郁的书卷之气。

爱晚亭与岳麓书院不仅只有一门之隔，而且血脉相连。因为它就是226年前时任岳麓书院山长（院长）的罗典所建。罗典是湖南湘潭人，早年在四川及朝廷做官，1782年他以60多岁的高龄始聘为岳麓书院山长，且五次连任，主持岳麓书院达27年之久。罗典学识渊博、才高气洁，在他的主持下，岳麓书院发展达到一个高峰。虽然他是科举出身，但他反对把学生束缚于科举之业，而要以造士育才为本。他非常重视书院的环境美化，在书院内精心策划建设了"书院八景"。罗典在讲学之余，经常到岳麓山中游览，一墙之隔的清风峡则更是他常去的地方。他爱这里的山清水秀，更爱这里的红枫漫野。于是，清乾隆五十七年（1792年），他请来匠人，在此建了一座精巧的重檐攒尖八柱方亭，取名"红叶亭"，后改名为"爱晚亭"。

如果你是慕名而来的游客，也许听导游讲过清朝诗人袁枚与罗典为"红叶亭"改名的一个民间传说。历史上，袁枚是清朝江南大才子，乾隆四年（1739年）进士。乾隆十四年（1749年）辞官隐居于南京小仓山随园，吟咏于其中，广收弟子，女弟子尤众。传说，罗典对袁枚标新立异的诗文以及招收女弟子的行为尤为反感，一日袁枚到了长沙，罗典不愿见他又怕他找上门来，因此在书院门口贴出对联："不为子路何由见，非是文公请退之。"子路名由，他是孔子的学生；韩愈字退之，谥号"文"，故称韩文公。此联意思再明白不过：袁枚你不是子路、韩愈，罗典不想见你。几天后，袁枚果然找到岳麓书院，见门上对联明白罗典用意，但还是递上拜帖，罗典却称病不见。袁枚只好悻悻离开，并在爱晚亭抄写杜牧《山行》一诗，特意将"停车坐爱枫林晚"中的"爱""晚"两字漏掉，以此讥讽身为山长的罗典将晚辈拒之千里。罗典听闻十分惭愧，便将"红叶亭"改名为"爱晚亭"。这种传说显然不太真实，袁枚出生在1716年，比罗典还年长三岁，考取进士也比罗典早十余年。有据可考的是，时任湖广总督毕沅与罗典有多年的交情，是他根据唐代诗人杜牧《山行》诗句，将红叶亭改名为"爱晚亭"。

不知从哪朝哪代开始，亭，逐渐成为人们聚会特别是文人墨客雅集之处。传颂千古，享有"天下第一行书"的《兰亭集序》就是人称"书圣"的东晋书法家王羲之与谢安等四十多位文人墨客聚会在浙江会稽山阴之兰亭，曲水流觞，饮酒赋诗之后的神来之笔。两百多年来，多少文人志士，也都曾先后来爱晚亭游览、聚会。青年毛泽东就读湖南第一师范时，常和挚友蔡和森、罗学瓒、张昆弟等在爱晚亭聚首读书，谈论国事，探求革命真理。1952年爱晚亭重修时，已是国家最高领导人的毛泽东应时任湖南大学校长李达之约，欣然提笔为亭名匾额题写了"爱晚亭"三字。爱晚亭因毛泽东的题名更是声名大振。

爱晚亭，是长沙人的共同记忆，亦是湖南人的共同骄傲。我在外地求学期间，曾收到一张印有爱晚亭图片的明信片，全宿舍来自天南海北的同学都伸长脖子好奇地争相传阅……

亭，是中国独特的建筑艺术，而爱晚亭位列中国四大名亭，是亭中之亭，它是长沙、湖南乃至中国的标志性建筑。不仅如此，爱晚亭所蕴含的历史文化内涵更是无形瑰宝，由它来担任长沙的文化大使，实至名归。

（2018 年 5 月 28 日《长沙晚报》）

文化

时空的巧遇

　　"一溪悬捣，万练飞空"，在一片崇山峻岭中，黄果树大瀑布飞流直下。"捣珠崩玉，飞沫反涌"，游人们齐刷刷仰头观望，或举起相机收揽美景。而我不经意间一个转身，居然又发现一尊名人塑像。两日内，两位我非常敬仰的明代历史文化名人的塑像相继撞入我眼帘，让我遐想，这是巧合还是缘分，抑或神的指引？

　　"黔驴技穷""夜郎自大"两个成语，形成了我小时候对贵州的第一印象。从柳宗元《三戒·黔之驴》可以看出，那个技穷的驴，其实是从外地弄来的。而司马迁的《史记·西南夷列传》中"滇王与汉使者言曰：'汉孰与我大？'及夜郎侯亦然"，显然，是滇王不知汉多大，而夜郎侯也问了同样的问题而已。驴不是黔驴，要说自大也是滇王先自大。说来虽然有点冤，但历史上，贵州地处偏僻，山高路险，穷乡僻壤也是事实。

　　贵州虽然是湖南的近邻，但不知是受第一印象的影响，还是缘分未至，直到今年八月我才踏上贵州这片土地。

　　令我诧异的是在这里，两天内我居然能巧遇两位历史名人的塑像：一位是明代著名的思想家、文学家、哲学家和军事家王阳明，一位是明代杰出的地理学家、旅行家、文学家徐霞客。王阳明出生在1472年，徐霞客出生在1586年，两人相差114岁。他们一个是浙江余姚人，一个是江苏江阴人。两人虽都只活了50多岁，但都堪称千古奇人：一个立志成圣，集立德、立功、立言"三不朽"于一身；一个无意功名，志在四方，足迹遍布今天的大半个中国。但两人都与贵州有一段特殊的情缘。

　　说来真是奇巧。那天，我和朋友到达贵阳，稍事休息，就上街溜达。见街头有块指示牌写着"喀斯特公园"，便坐上一辆的士直奔此公园。然而，公园游人稀少，且地貌并不是我们想象的那样奇特。正准备打退堂鼓时，见一指示牌上书：阳明草堂。我眼睛一亮，莫非王阳明"龙场悟道"与这儿有关。在工作人员的指点下，我们快速穿过一个维修工地，来到一片草坪，只见草坪上有一尊塑像，不远处有一块牌子写着：阳明草堂。可惜除了这块牌子再找不到其他文字说明。雕像约莫六七米高，面容消瘦，表情凝重，手持书卷，很是生动。凝视着这一尊塑像那凝重的表情，我仿佛看见王阳明从500多年前的历史里走来，36岁的他，时任兵部主事，因得罪阉党，被贬谪至南夷蛮荒之地的贵州龙场，任驿丞。王阳明虽居夷处困，但远离朝廷的尔虞我诈，清净为伴茅塞顿开，在龙场三年里便"悟"出了"格物致知，知行合一"的学说，这便是中国哲学史上有名的"龙场悟道"。

更为奇特的是第二天，我们来到黄果树景区。在观景台上，所有人的注意力都集中在那发出哗哗水声的飞瀑上。导游介绍，黄果树瀑布宽101米，高77.8米。我便联想起《徐霞客游记》中的句子："盖余所见瀑布，高峻数倍者有之而从无此阔而大者。"言下之意是，黄果树瀑布这么高的有，而这么宽的瀑布从没见过。正这么想着，也许是站累了，我在原地来了一个后转身。这一转身不打紧，离我不到1米的树下，我竟发现一尊不被游人注意的塑像，定睛一看竟是徐霞客的塑像，旁边还有说明。原来，这尊塑像是1986年，黄果树风景名胜区管理处为纪念徐霞客400周年诞辰而建，于1987年1月7日建成。塑像盘腿挺坐，面部微微侧向大瀑布，其眺望的神态栩栩如生。仰视塑像，我浮想联翩。公元1637年，徐霞客游历贵州时已经51岁，四年后就去世了。那时没有汽车，没有公路，一路走来可谓跋山涉水、披荆斩棘，对年过半百的人来说，是多么艰难啊！而他对黄果树瀑布的描述却又是这样的准确和生动："透陇隙南顾，则路左一溪悬捣，万练飞空，溪上石如莲叶下覆，中剜三门，水由叶上浸顶而下，如鲛绡万幅，横罩门外……"从那时起，黄果树瀑布就渐渐被人们认识。

贵州，谁说你仅仅只有山水而没有文化？在这个奇特的时空里，就让我看到仅仅明代就有两位如此重量级的文化名人与这里结缘。可以说，贵州成就了王阳明的学说，王阳明学说又滋养了贵州人文；徐霞客为黄果树瀑布传播了美名，而贵州人民也永远记住了这位贵人，请"他"坐镇贵州山水。

穿行在贵州的山水之中，我仿佛看到高山峻岭中遍布着徐霞客的足迹，而那跳动的瀑布中闪闪发亮的则是阳明思想的灵光。

贵州的山是厚重的，贵州的水是有灵性的。

（2020年9月16日《长沙晚报》）

王震故居缅怀 "胡子将军"

六月的长沙骄阳似火，但中午一场阵雨之后，天空变得明亮蔚蓝，万物因雨水的滋润变得生机勃发，灼热的空气也变得凉爽宜人起来。我们从报社出发一路向东，不到一小时，就来到浏阳市北盛镇马战村，这里地势平坦，到处都是长势喜人的庄稼。王震的故居就安安静静地坐落在这片绿油油的庄稼之中，远远地看去与分散在田间阡陌之中的农舍没什么两样。然而，走近它、走进它，一股敬仰之情就会油然而生。

故居为湖南省文物保护单位，是一座与现代钢筋水泥结构不同的砖木结构的建筑，坐南朝北，四合院布局，墙上红的是砖黄的是泥，屋顶盖的是小青瓦，还有小小的飞檐，看上去清新淡雅、古朴别致。据介绍，该建筑始建于清末，原为当时当地中立局的公房，后由王震祖上租住。1940年代毁于洪水，后来文物工作人员对故居地基进行挖掘保护，2007年进行了复原重建，大小房屋共计19间。

1908年4月11日王震就出生于此。这可不是一般的故居啊。按照湖南的民间习俗，孩子出生后的胎衣，民间又称包衣，要用陶罐盛着埋在附近山上，意在父母血统与家乡土地永不分离。"这可是王震将军埋包衣罐子的地方啊！"一名同行者情不自禁地感叹道。是啊，湖南人大都知道这句话的情分与含义。

王震原名叫王余开，也叫过王正林，因是家中的老大，13岁时，不得不只身到长沙打工。1927年他加入共产党后，他回到家乡拉起了队伍，组织了一支游击队。游击队经常散发传单、布告，游击队里的秀才们认为，王震的名字响亮，用其出布告，震动大，能镇住地主、老财和民团，便鼓动他改用王震这个名字。1930年9月12日，对于他来说，是很特殊的一天。他率领的游击队在这一天正式转为正规红军，而且在这一天，他见到了他仰慕已久的毛泽东。从此他率部离乡，一生南征北战，1955年被授予上将军衔，后任国务院副总理、国家副主席等职，1993 年逝世。

整个故居，十几间屋子挂着王震将军各个时期的照片和事迹介绍，一路看过来，给我留下了三个深深的印象：从年轻到年老王震的容颜发生了变化，但他那种质朴坦荡的笑容没有变过；从浏阳走到大江南北，他的眼界发生了很大的变化，但他身上那种湖南人吃得苦霸得蛮不怕死的湖南骡子精神没有变过；从普通战士到国家领导人，王震的政治地位发生了巨大的变化，但他心系家乡和人民群众的鱼水之情没有变过。

从故居悬挂的照片来看，王震将军是一个性格开朗爱笑的人，他的笑是那样阳光、亲切而充满真挚感情。他的笑也是那样坦荡、放开的笑，露出牙齿的笑，也一定是发出爽朗笑声的笑。回过头再看一遍故居的照片，并不是每张照片都在笑，但几张充满感染力笑的照片，却会定格在瞻仰者的脑海里。第一张延安时期他和夫人及三个孩子在一起的全家福，他笑得是那样爽朗慈祥幸福，加上孩子们生动的表情，一种家庭的温馨之情满满地溢出了画面；第二张便是生产时他和战士们拿着镢头围坐在工地上的照片，他笑得是那样和蔼开心，和战士们那种亲密之情看得出发自内心深处，那种真挚我相信会深深地感染每位前来的瞻仰者；第三张便是他老年时回到新疆和群众在一起的那张照片，那是一种老朋友久别重逢的开心的笑……

从各个时期的事迹来看，我为这位了不起的湖南老乡骄傲。无论是在土地革命战争中的英勇善战，还是为民族独立和人民解放勇挑重担、新中国建立后的屯垦戍边等，我们都能从他身上找到湖南人那种坚韧不拔与敢为人先的精神。一件是 1941 年初，他率部进驻南泥湾，守卫陕甘宁边区"南大门"，他带领战士们"一把镢头一把枪"，硬是把"处处是荒山"的南泥湾建成了"陕北的好江南"，树立起"自己动手，丰衣足食"的光辉旗帜。王震坚持在开荒第一线，担负与战士一样的生产任务。一位到边区采访的外国记者由衷赞叹道："王旅长的双手像他的部下一样，由于劳动而生满了老茧。"为此，他被选为陕甘宁边区劳动英雄。毛泽东同志为他亲笔题词：有创造精神。另一件便是 1944 年 10 月，根据党中央的部署，由三五九旅组成以王震同志为司令员、王首道为政治委员的八路军南下支队，执行南下作战、开辟新根据地的战略任务。在两年的时间内，他率部面对敌人的围追堵截，途经 8 个省份，跋涉两万余里，先后突破敌人 100 多条封锁线，英勇战斗 300 余次，于 1946 秋回到了日夜盼望和

文化

思念的延安。这一壮举，被毛泽东同志誉为"第二次长征"。在途中他蓄须明志，"一天没到达延安，就一天不刮胡子"。抵达延安时，王震的胡子已经有近一尺长。当得知原因后，毛泽东给王震取了个"王胡子"的外号。

就是这样一个铁骨铮铮的硬汉，却有着一腔心系家乡和人民的柔情。从1959年至1985年，王震先后八次回到家乡调研。王震第一次回乡是在1959年初春，时任中共中央委员、农垦部长的他轻车简从，搭乘湖南省委买菜的车子就回到了阔别30年的马战村。别人问起这事时，王震就说："不要搞形式主义，要多为群众办实事！"后来，王震又于1960年、1961年两次回乡。他自费从外地购进桑苗、板栗苗、蜜橘苗各1000株，在家乡引种。1964年，王震更是将家中4000元存款、大儿子工资及转业费带回家乡用于发展杨梅岭。同时，王震还建议为当时的浏北游击队的烈士建造一个纪念陵园。

王震的心另一头还系着新疆。1949年3月，王震同志主动请缨进军新疆。他先是率部进入西宁，解放青海。其后，翻越终年积雪的祁连山，直插张掖，解放酒泉，直逼新疆，促成新疆和平解放。新中国成立后，王震率领人民解放军驻疆部队开展大规模生产运动，屯垦戍边，在天山南北掀起生产热潮。在两年多的时间里，开荒百万亩，在北疆首次成功种植棉花和甜菜并获高产。他还提倡节省军费开支，筹集资金建立起钢铁、纺织、发电、农机、水泥、煤矿等一批工矿企业。到1953年，新疆的工业生产总值约为1946年的36倍。他对新疆人民感情笃厚，党的十一届三中全会后曾先后8次赴新疆视察工作。1993年3月12日15时34分，王震因病在广州逝世，享年85岁。家人遵照他的遗愿，将他的眼角膜捐献给医院，并将他的骨灰撒在天山，实现了他"永远为中华民族站岗，永远向往壮丽的共产主义事业"的宏愿。

（写于2020年7月28日）

（参考资料：《忠诚为党实干兴邦——纪念王震同志诞生110周年》2018年4月11日《人民日报》）

走进望麓园这扇神秘之门

在长沙开福区望麓园有一条麻石街，麻石街上有一栋四层楼高的建筑，这里有一道门常年关着，门上也没有任何招牌，只有漆黑的带着吊环的双合门在阳光下泛着孤寂神秘的光泽，这道门就是长沙市文物科技保护中心修复基地的大门。2020年6月12日，《长沙晚报》报道《长沙文物修复基地首次向公众开放》，11名志愿者当了一回"文物医生"。

6月11日一大早，笔者作为11名志愿者之一在工作人员的带领下，走进了望麓园这扇大门，第一件事，就是换上白大褂，然后上二楼听介绍。长沙市文物考古研究所副所长黄朴华先生，早已坐在那里笑眯眯地等着我们。他说，长沙文物考古研究所、长沙市文物科技保护中心看上去是两个单位，实际上是一个团队，承担着长沙考古调查勘探与发掘、文物保护修复、文物整理研究等工作。他说文物保护修复是从文物考古到博物馆展出和研究的中间环节，是文物的医院，文物修复人员要掌握化学、物理、美术、历史、考古等多方面的知识，再根据文物的具体情况灵活采取保护措施。因此，他们团队成员绝大多数都具备硕士、博士高学历，而且，非常热爱专业。他用PPT给我们展示了近些年他们在长沙发现的古迹，有坡子街南宋大型涵渠建筑遗址、蚂蚁山明墓、凤篷岭汉墓、五一广场东汉简牍、长沙王后渔阳墓、长沙古城墙等现场照片，还展示了西汉铜盆、乐器"筑"的保护修复的过程，我们惊叹长沙地下文物的精美绝伦，也惊赞"文物医生"们的妙手回春。

一番屏幕上谈"兵"后，我们开始进入观看、体验、实际操作等环节。带我们参观的是长沙文物修复师蒋成光、莫泽，两人都是80后，均毕业于西北大学文物保护技术专业，一个主攻饱水漆木器、一个主攻青铜器，都取得了不俗的成绩。

这栋四层楼的房子布局像医院一样，中间是过道，两边的房子是分门别类

文化

的修复室，工作人员穿着白大褂戴着口罩在台灯下静悄悄地干着手中的细活。整个楼里干净整洁、宁静舒适，如果不是我们这群人的走动发出一些声响来，恐怕连针掉到地上都能听得见。有的房间由于文物保护的需要，还保持着低温，与炎热的屋外气温形成鲜明对比，一排排水盆浸泡着正在处理的一些文物。每一件文物都仿佛承载着成百上千年的已知与未知的信息，蕴藏着一个又一个沉睡的故事，给这栋楼更是蒙上了一层又一层神秘的色彩。

激动人心的体验环节到了。工作人员给我们准备了 11 个工作台，每个台上都摆着手术刀、刮子、牙刷、压舌板、橡胶泥、石膏粉、胶水、拓包、墨水、毛笔、宣纸等工具，修复老师给我们的任务是给两枚古钱币做拓片，修补一件有缺口的瓷器，将一堆陶瓷片恢复原本的器型。老师给我们简单进行演示后，我们就着手体验了。据介绍，这些修理的文物，都是真实的文物标本，我们怀着敬畏之心，注视着每一件文物，小心翼翼地拿取触碰。我想由易到难，首先，取出装在小塑料袋的两枚铜币准备做拓片，这可是两千年前的古钱币啊，我这两枚都是圆形方孔，上面的"半""两"二字位于方孔两侧，清晰可见、"骨气丰匀、方圆绝妙"这就是传说中的秦小篆吧，相传为秦朝著名的政治家、文学家、书法家李斯所书，这可是真正的传说中的"秦半两"啊！凝视这两枚泛着历史幽光的古币，方外有圆，圆内有方，刚柔相济，静动结合，从审美的角度来看真是达到了均衡之美的最高境界啊；而从政治的角度来看，它则是秦朝"天命皇权"的象征。《吕氏春秋·圜道》曰："天道圆，地道方，圣王法之，所以立天下。"秦代的统治者认为外圆象征天命，内方代表皇权，把钱做成外圆内方的形状，象征君临天下，皇权至上，"秦半两"流通到哪里，皇权威仪就散布到哪里。透过这两枚"秦半两"青铜币，我仿佛领略到了秦王嬴政金戈铁马、扫平六合，统一中国的风采！这可能就是文物的魅力之所在吧。而要做好这两枚铜币的拓片，我体会到关键在拓片时用墨的浓淡，淡了拓不出颜色，浓了则会糊成墨团。而要真正掌握其要诀，非一日之功啊！

而待修复的陶瓷器一碗一壶则都是长沙窑瓷。长沙人都知道，长沙窑位于长沙望城区石渚湖附近，始于初唐，盛于中晚唐，衰于五代，前后经历了 200多年，距今已有 1000 多年的历史。当时，南方以生产青瓷为主，北方以生产白瓷为主，而长沙窑瓷则以釉下彩闻名。在我看到的长沙窑瓷中很多都写有诗歌，最耐人寻味。等待我修复的这一只碗虽然没有彩的装饰，但却有一层釉，想必也是非常的珍贵。我在老师指导下，先用橡胶泥做出模型，然后，将模型套在缺口处，再用清水调好石膏粉，涂在模型上，等待晾干硬化。而那一堆陶片里有壶口、提手，一看就是一个碎了的壶，我在老师的帮助下，很快就让其立了起来。其中有两个诀窍，一是要把小片先拼成大片，最后再将两块大的进行拼接；二是用于拼接的黏合剂不能直接涂在缺口处，而要找到关键点点上几滴，让其慢慢地渗入缺口处，这样修复出来最美观。不知不觉一上午过去，望着修复的一碗一壶还有拓片，心里满是喜悦和成就感。

在回家的路上，忽然感觉一阵阵眼胀背酸，想一想长年累月在这里工作的文物修复工作者，在他们令人羡慕的职业光环背后岂是"辛苦"二字所能道尽的呢。

（2020 年 6 月 15 日《长沙晚报》）

文化

汨罗江畔吟《汨罗江神》

"咚嗨嗨、咚嗨嗨……"2022年五月端午时节我站在汨罗江畔，只闻夹杂着一声鼓点两声吼的赛龙舟号子声，在汨罗江一堤之隔的香草湖上空此起彼伏。放眼望去，雨后的蓝天洁净如洗与碧清的湖水连成一体，几艘橙色的龙舟正从蓝天碧水处竞相划来；一只嗡嗡叫的无人拍摄机像雄鹰一样在湖面上盘旋；湖边上一株株嫩绿的缀着雨珠的芦苇、菖蒲、野草在和风中轻轻摇曳；一只只白色蝴蝶扑闪着像扇贝一样洁白、一样美丽的翅膀，在黄色、红色、蓝色的小花间叮来飞去；北边屈子祠里不时传来祭祀仪式的鼓乐声和悠悠的木鱼敲击声……置身于此时此地此景之中，不禁轻声吟起余光中先生的《汨罗江神》的诗句来。

"昔日你问天，今日我问河，而河不答。只悲风吹来水面，悠悠西去依然是汨罗。"（《汨罗江神》）汨罗不仅有屈原的魂冢，而且有他的天问和仰天长啸，汨罗在诗中已然是屈原精神的符号，而在我心中"汨罗屈原"还是紧紧相依的连体词。在懵懂的孩童时代，我家因有亲戚住在原汨罗屈原农场，"汨罗屈原"在我家便成了地名的简称，也像长了根似的深深地植进了我的记忆深处；长大后，听过屈原的故事，读过屈原的《离骚》，常常被屈原忠君爱国在汨罗江自沉的故事而感动；如今反躬自省，作为一个文字工作者，谁敢说自己的文字里没有屈原文学的影子，谁敢说自己的文化血统里没有流淌屈原文化的基因呢？汨罗离长沙不过一个多小时的车程，而我在长沙工作三十多年，竟然还没有专程到汨罗缅怀与拜谒过这位诗歌辞赋之始祖。自责不如行动，好在正值虎年端午节假，尽管出发时大雨滂沱，但丝毫阻止不了我来一场说走就走的汨罗行。也许是天公成全，当我和同伴到达屈子祠前的汨罗江畔时，雨停了，太阳也出来了，伫立汨罗江畔，观龙舟听涛声，激动得真想大喊一声"汨罗屈原我来了！"

"所有的河水，滔滔，都向东。你的清波却反向而行，举世皆合流，唯你患了洁癖。"（《汨罗江神》）两千多年来，汨罗因屈原而闪闪发光，"汨罗"不再仅仅是地域概念，它已被赋予了丰富的屈原精神内涵而被诗人们激情讴歌。让时光回到两千多年前，屈原早年也曾深受楚怀王器重。他博闻强志，明于治乱，娴于辞令，任过左徒、三闾大夫，掌管内政外交。"入则与王图议国事，以出号令；出则接遇宾客，应对诸侯。"（《史记·屈原列传》）他提倡"美政"，主张对内实行变法，举贤任能；对外联齐抗秦，稳固楚国争霸地位。他既有满腔报国之志又有报国之才，他忠君爱国，不愿同流合污。《楚辞·渔父》中道：屈原遭流放后，游于江潭，行吟泽畔，颜色憔悴，形容枯槁。渔父见之问他："何故至于斯！"屈原曰："举世皆浊我独清，众人皆醉我独醒。"所以被流放。渔父劝他说：世上的人都混浊，你何不也一起扬泥荡波？所有人都醉了，你何不也跟着吃糟喝酒？屈原答："安能以身之察察，受物之汶汶者乎！宁赴湘流，葬于江鱼之腹中。安能以皓皓之白，而蒙世俗之尘埃乎！"渔父听完莞尔一笑，摇动船桨离去，结束了这场流芳千古的对话。正是这种出淤泥而不染、清正高洁的精神品格，让屈原备受后人的推崇，自汉以来，刘向为之结集，贾谊为之作赋，司马迁为之立传，李白为之作诗，郭沫若为之编剧……屈原精神已融入我们民族的文化基因、审美意识、伦理道德等各个方面。

"百船争渡，追踪你的英烈要找回失传已久的清芬。"（《汨罗江神》）随着香草湖上龙舟的驶近，那些船头上长着两只角的龙头张着嘴、吐着红色的舌头，随着舟身的起伏好像一起一伏地喘着粗气，脖颈上画着的鱼鳞在阳光直射下还一闪一闪地闪着光。划舟的年轻壮汉们，个个脸上晒得黑黢黢的只露着两排洁白的牙齿，粗壮黑实的胳膊从橙色的救生背心衣里伸出来，正整齐有力地划着桨，嘴里还起劲地发出"嗨嗨"之声……两千多年来，汨罗为纪念屈原而派生出来的龙舟赛事在全球普及，而屈原的人格思想、爱国精神、文学艺术散发的清芬也历久弥新。他创立了"楚辞"新诗体，被誉为"辞赋之祖""中华诗祖"和"爱国诗人"。由他及后学所作、汉代刘向编辑成书的《楚辞》，则是我国最早的浪漫主义诗歌总集，也是中国第一部有作者姓名的诗集。与因《国风》而称为"风"的《诗经》相对，《诗经》《楚辞》成为中国文学的两个发端，分别是中国现实主义与浪漫主义文学的鼻祖。《离骚》是《楚辞》中最著名的作品，被誉为"骚体诗"的开山之作，是屈原在流放时所作的带自传体性质的浪漫诗篇。诗中大量运用神话传说，把日月风云，都调集到诗篇中来，使辞采非常绚烂。他用美人香草喻君子、以恶木秽草比小人。通过比兴手法把君王信谗、奸佞当道、爱国志士报国无门的情形和情绪，表达得淋漓尽致。"日月忽其不淹兮，春与秋其代序。惟草木之零落兮，恐美人之迟暮"还引发了多少后辈诗人对时间和生命的喟叹，又成为多少诗句佳赋的文学源头；"路漫漫其修远兮，吾将上下而求索"这样的千古佳句被一代又一代人吟诵，其折射出的崇高品德和精神光芒，激励着多少中华儿女生生不息上下求索……赞叹之余，我们会发现，屈原被流放时期，既是他一生中最愤懑、最灰暗的阶段，但又是他文学成就最辉煌、爱国之情最炽热的鼎盛时期。

"旗号纷纷，追你的不仅是，三湘的子弟，九州的选手；不仅李白与苏轼的后人，更有惠特曼与雪莱的子孙。"（《汨罗江神》）是的，屈原给中国乃至世界留下了宝贵的文化遗产和精神财富。屈原的作品早在公元 604 年就传到了日本，随后传到了韩国及东南亚地区，十八世纪又传到了欧美各国。同时，因纪念屈原而提升了文化内涵的端午习俗被联合国教科文组织列入"世界人类口头与非物质文化遗产名录"。

"投江的烈士，抱恨的诗人，长发飘风的渺渺背影，回一回头吧，挥一挥手。在浪间等一等我们。"（《汨罗江神》）屈原在汨罗殉国后，好巫崇祀的楚人很早便开始以各种方式祭祀屈原。汨罗还在中国历史上最先为屈原立祠祭祀，作为中国唯一可确证的、延续了两千多年的屈原祭祀文化物质遗存，汨罗屈子祠始建于汉，重修于清乾隆十九年（公元 1754 年），千百年来香火不绝，成为缅怀与拜谒屈原、感悟与思考生命、关注与忧思国家民族命运的精神圣地。正值端午时节，放眼望去，不仅汨罗而且整个三湘大地，随处可见市井人家从野外采来新鲜的菖蒲、艾株，扎成束悬挂于门窗两旁，还有一些乡野打闹的孩子们口中唱着："五月五日午，屈原骑艾虎，手持菖蒲剑，驱魔归地虎。"

伟大的爱国主义诗人屈原不仅是余光中先生诗里长发飘风的汨罗江神，而且也是湖湘人民心里令一代又一代后人无限崇敬爱戴的先祖先宗和驱魔降福的保护神！

（写于 2022 年 6 月 12 日）

栖于九皋唳于天

对禽鸟，过去我并没有特别的爱好和研究。可自今年八月，去了一趟位于黑龙江齐齐哈尔的扎龙国家级自然保护区，近距离观看丹顶鹤后，我产生了一种"鹤舞心中"的美丽意象。世间鸟类千万种，唯有此鸟独留我心中。

八月初，总面积21万公顷的扎龙湿地晴空万里，大朵大朵的白云悠悠浮在空中。地面是一汪水洼，碧玉似的闪亮，轻轻摇曳的是成片的芦苇和嫩绿的水草。空气里氤氲着淡淡的芳香和清新，让你仿佛置身于仙境，不禁浮想联翩：没有人类以前，地球是不是就是这个样子呢……"嘎嘎嘎"，不远处传来的急而短促的鹤唳之声，提醒着我：我所在的位置是世界上最大的丹顶鹤栖息和繁殖之地。丹顶鹤因"红肉冠"而得名。对它们的描述，明朝王象晋的《群芳谱》写道："体尚洁，故色白；声闻天，故头赤""丹顶赤目，赤颊青脚"。

提起鸟，对于我这个曾在洞庭湖边生活过的人来说，立马浮现的是喜鹊和麻雀之类的小鸟，而眼前出现的是一群庞然大鸟，让我大开眼界。丹顶鹤属于大型涉禽，虽然隔着十来米宽的一湾水，我们在观鸟台上，它们在水草地上，但仍然能感觉到，大的丹顶鹤，体长约莫有一米多长，双翅展开恐怕两米有余。因喙长、颈长、腿长可能不适合游泳，但它们发挥"三长"的优势涉水行走捕食小鱼小动物等作为鲜美食物。也是因为这"三长"，它们的体态、站姿、走姿乃至飞姿都极符合人类的审美标准，确实是我见过的最美的鸟姿。它们的体态修长、轻盈，休息时有时还会一只脚站立一只脚悬着，像极了美女们照相时爱摆的 pose。而当它们成群地快速行走进而展翅飞翔时，它们抬腿提足和舞动翅膀时优雅的姿态，让我联想起用脚尖直立而舞的芭蕾，如果这时配上一曲《春天的芭蕾》，那将是何等的美轮美奂！我不知道，人类的舞蹈来自禽鸟的启示，还是人和禽鸟本来有着某些共同的天性。

丹顶鹤，在中国历史上被公认为一等文禽，现在看来确实名副其实。这不仅因为丹顶鹤美丽的姿态，还因为它们对爱情的坚贞。它们属于单配制鸟，一旦确立配偶关系，若无特殊情况可维持一生，即便丧偶也不再找新的伴侣。与此同时，它们寿命可达五六十年，属于为数不多的长寿鸟。这些都符合爱情永恒和健康长寿的人类理想追求。因此，自古人们就给丹顶鹤赋予了忠贞清正、品德高尚的文化内涵，出现在文学、绘画等艺术作品之中。《诗经·小雅·鹤鸣》曰："鹤鸣于九皋，声闻于野""鹤鸣于九皋，声闻于天。"这是不是暗喻那些未仕而高洁的隐士呢。在河北满城汉墓出土的 2100 年前的漆器上，就清晰地绘有丹顶鹤的图案。而明清规定文官的补服绣禽，但只有一品文官才能绣丹顶鹤，丹顶鹤是仅次于皇家专用的龙凤的重要标识，因而人们也称丹顶鹤为"一品鸟"。民间传说中的仙鹤，就是丹顶鹤，它与生长在高山之中的松树毫不搭界，但人们常把它们和松树绘在一起，用"松鹤延年"作为吉祥长寿的祝福和象征。

在现实生活中，其实很少人见到过丹顶鹤。丹顶鹤属于濒危鸟类，全世界仅有两千只左右。丹顶鹤对栖息之地极为讲究，唯有生态良好的湿地和浅水滩才能吸引它们驻足栖息，它们有一双厉害的翅膀，可以自由地在全世界选择栖息之地。寒来暑往，每年 3—10 月，约有五百只丹顶鹤飞来扎龙湿地繁殖停歇，而到了 10 月下旬至次年的 3 月初，便南飞至江苏盐城等地栖息。据说，从 1986 年开始，盐城珍禽自然保护区建立了专门的鹤场，是我国另一个保护和观赏丹顶鹤的胜地。1988 年国家出台了野生动物保护法，把丹顶鹤列为国家一级保护动物，保护丹顶鹤的意识随之大大增强。在扎龙流传着一个叫徐秀娟的 23 岁女孩为寻找未归的丹顶鹤幼崽，因疲劳过度深陷于沼泽之中，被追认为我国环保战线第一位烈士的故事。在 1990 年第四届 CCTV 青年歌手电视大奖赛上，一首由朱哲琴演唱的《一个真实的故事》就是追忆这位烈士的歌曲，曾让台上台下多少人泪流满面，朱哲琴也由此获得那次大赛通俗专业组亚军。

在八月的阳光夏日，在北国晴空下的扎龙湿地，我凝望着这些大自然的尤物，心中默默祈祷：愿美丽的丹顶鹤永远起舞人间，将稀世的美丽千秋万代留下来！

（2022 年 9 月 29 日《长沙晚报》）

重读《额尔古纳河右岸》

　　今年八月，为了去东北采风，我重读了迟子建的《额尔古纳河右岸》。该小说以一位年届九旬的东北少数民族鄂温克族最后一位酋长夫人的自述口吻，温情而诗意地讲述了这支以放养驯鹿为生的游猎民族的顽强坚守和百年变迁。作品通过人物对话和情节描写，表达的尊重生命、敬畏自然的生态自然观，对"人与自然和谐共生"提供了许多有意思有价值的观点，给人们以启迪。

　　该书下部《黄昏》写道："在上学的问题上，我和瓦罗加意见不一。他认为孩子应该到学堂里学习，而我认为孩子在山里认得各种植物动物，懂得与它们和睦相处，看得出风霜雨雪变幻的征兆，也是学习。我始终不能相信从书本上能学来一个光明的世界、幸福的世界。但瓦罗加却说有了知识的人，才会有眼界看到这世界的光明。"这段话其实是两种教育观的博弈。在我看来，课堂教育与自然教育缺一不可，问题是当今的一些孩子整天课内学课外补，哪有时间回到自然、亲近自然、了解自然啊？据一次调查显示，"双减"之前，有95％的青少年参加过课外补习，其补习时长每周分别在4至10小时不等。有人描述，现在的青少年一睁眼就是去上学，一回家就是做作业，一休息就是看电视、玩手机和现代娱乐设施。笔者曾听到一名小朋友问爷爷："爷爷，花生是长在树上的吗？"虽然现在的许多青少年知道奥数和网络世界，但未必知道食物的来源，未必知道风霜雨雪变幻的征兆，未必认识自然中的动植物。美国儿童权益倡导者理查德·洛夫在《林间最后的小孩》一书中就疾呼"拯救自然缺失症儿童"。由此可见自然教育的重要性。回到自然，亲近自然，认识自然是让青少年接受自然教育的最有效的方法，也是人与自然和谐共生的必要条件。

　　该书下部《黄昏》还有一段："我们的驯鹿，它们夏天走路时踩着露珠，吃东西时身边有花朵和蝴蝶伴着，喝水时能看着水里的游鱼；冬天呢，它们扒开积雪吃苔藓的时候，还能看到埋藏在雪下的红豆，听到小鸟的叫声……"阅

文化

读至此，美丽和谐的意境顿时展现在眼前，驯鹿的高贵和幸福仿佛跃然纸上！而意境背后折射出的则是小说主人公对驯鹿的欣赏和热爱，更是作者对自然的欣赏。在普通人眼里，露珠、花朵、蝴蝶等不过是随处可见的寻常之物，而在热爱自然的鄂温克族人眼里，这些都是圣洁高雅的天地之精华，自然之精灵。不禁让人联想到王维的"明月松间照，清泉石上流"，陶渊明的"采菊东篱下，悠然见南山"，岑参的"忽如一夜春风来，千树万树梨花开"……这些千古佳句，无不都是人类欣赏自然，以自然为美的映照。

"我是雨和雪的老熟人了，我有九十岁了。雨雪看老了我，我也把它们给看老了。"小说开头这样写道。看似朴实无华的句子，却透露出作家的哲学思辨，既感叹了人与自然的交互碰撞，也体现了人和自然的平等对话。而下部《黄昏》写道："山上的树，在我眼中就是一团连着一团的血肉。"这句话让人深深地感悟到，大千世界万物皆灵。人、树、雨、雪等都是自然的产物，也就是自然之子。作者借鄂温克族最后一位酋长夫人之口，表达万物皆灵、万物平等的思想，从而呼吁人类要尊重自然。那么，如何来尊重自然呢？笔者认为，人类既要尊重自然中的万物，更要遵循自然规律、顺应自然法则，要按照自然规律来合理借用自然、修复自然，切不可强取豪夺。此外，还要发挥人的主观能动性来维护生态平衡，辩证地处理人与自然的关系，否则，人类将受到大自然的惩罚。当今，大自然报复人类的温室效应现象已经初露端倪，如果不控制，将使荒漠扩大、森林退化、灾害严重、两极融化等。如果赖以生存的大自然遭到系统性破坏，人类和万物都将无家可归。

《额尔古纳河右岸》传达出的这种尊重生命、敬畏自然的意蕴，其实诠释的就是先秦儒家"天人合一"和道家"道法自然"的思想，也正好呼应了当今"人与自然和谐共生"这一人类共同的时代命题。我们相信，只要人人都学会与自然和谐共生，像鄂温克族人那样欣赏每朵鲜花、每颗露珠、每只蝴蝶和驯鹿的美丽犄角……世界的未来就一定是光明的。

（2022 年 12 月 6 日《长沙晚报》）

或悟

装"宝"也是生活艺术

　　我的家庭人员关系简单：我、老公、儿子。说简单但并不简单。老公工作很忙，爱面子、讲义气，加之围棋、象棋、扑克、保龄球等样样玩得精，经常半晚还有人邀请。儿子6岁，一年级小朋友，好玩，要他认字做作业也不是件易事。我在单位也是一个大忙人，工作来了说走就得走，这样的家庭不发生"战火"才怪，令人奇怪的是我们竟能和平相处。但作为女人的我，"形象"却受到了不少影响：在老公眼里，我是一个十足的"憨妇"；在儿子眼里，我是一个什么都不懂的人。

　　为了维护男人的尊严，一开始，我就把一家之主这个"宝座"让给了老公。"财政大权"由他掌握，一切"外交"事务也由他处理。他出手大方，给父母买东买西、给钱，我装着不知道；他告诉我后，我也不反对。倒是给我父母给多了，我要"反对"一下。这样几次后，他操持家庭的收入、支出反而有度了。老公只要在家里，就会操起锅、碗、瓢、盆倒腾，饭菜不管是咸了还是淡了，我都会装着吃得津津有味，他比得了荣誉证书还高兴。令人吃惊的是他做饭的手艺真的越来越高了。儿子特别爱我、贴我，对他却有几分敬畏，可他硬说儿子最爱他，我马上赞许，偶尔表示几许"醋意"。老公就越发得意，到学校接儿子之类的事情就轮不到我了。老公打保龄球，经常捧回一些获奖证书，总喜欢在我们面前"吹"。尽管我觉得那算不了什么，但也装着像球迷一样"崇拜"。

　　儿子从学校回来，我说："儿子，读一读生字。"儿子不干。后来，我让儿子来当我的老师，儿子倒乐了。碰到他自己不认识的字，我让他去读课文联想，并反复向他"请教"。一次，我在家里做操，儿子居然学着老师的口吻说：

101

腿绷直，手贴紧。最后竟摇着头叹息道："妈妈你怎么什么都不会呢?"奇怪的是儿子自从当上我的老师后，变得懂事了，特别关心我。一次，我们去郊游，儿子"命令"我："走我后面，抓着我的手，小心别掉下去了。"我赶紧照着他的办，心里不知有多美。

（1999 年 5 月 21 日《长沙晚报》）

与孩子的心灵对话是快乐的

星期天的下午，送儿子宽去麓山国际实验学校读书，遇见美术老师刘清峨，她递给我儿子一本书《快乐的心》，说："老师写的，书里提到你了。"

刘老师，我们好几年不见了，但还记得儿子上一年级时，她给我打的第一个电话。她说，美术课上她要同学们描述自己妈妈的形象，宽的描述最特别："我妈妈长得和我一样。"还转了转头让大家看。她激动地说："憨憨的，特可爱。"当时她给我留下的印象是：一位好老师，一位极富爱心极富激情的好老师，一位懂得欣赏和发现学生闪光点的好老师。

回到家，我翻开书，找到提到我儿子的"学生篇"中的《昨天的故事》一文认真地读了起来。文中写道，一个上完了两节课的疲惫的下午，她准备清理装裱一批学生作品，布置教学楼走道，一群学生围了过来。当清理到宽在二年级画的《星星号大船》和《又好吃又好玩》两幅画时，儿子忘了是自己画的，但刘老师不仅记得是他画的，而且还说出了当时画画的情形，宽既惊又喜。后来，刘老师就这样一个又一个讲述着学生们的作业和昨天的故事，学生们听得津津有味。当学生问她："您为什么记得这样清楚呢？"她说："因为老师爱你们。"一段与孩子们的心灵对话，使这位老师走进了孩子们的世界，拉近了平时无法在课堂上拉近的距离，使她觉得教育无处不在。

这本书是一套由美术课标组专家陈卫和教授主编、高等教育出版社出版的中小学美术教育案例丛书中的一本。书中的案例内容鲜活、文笔优美，并且具有原创性、真实性、实践性的特点，同时配合生动的图片，很有可读性，无疑对推动新课程美术教学以及对广大一线教师进行教学科研具有很好的借鉴意义。然而，作为一名普通的家长，我居然也能读得有滋有味。因为每一个案例都是一个精彩的爱心故事，都充分地展示了孩子们的聪明可爱、淘气顽皮和各种心理，同时也体现了一种轻松地教育孩子的好方法。如何掌握孩子的心理，如何与孩子交流，如何尊重孩子，读完这本书后，我感触很深很深。与孩子的心灵对话是快乐的。教育是老师的事，更是家长的事。

（2004 年 5 月 31 日《长沙晚报》）

家长“盯跟管”不如点燃火焰

与星池约好下午一点去通程大酒店游泳。我俩有一个共同的话题，就是谈论儿子。她的儿子与我儿子是同年生的，都有一米八以上的个头。半年前，我俩在美国圣荷塞大学学习期间，两个儿子学习都进步了，然而，令人奇怪的是我们回来两个多月后，儿子在学校的排名都退后了。我们不得不深思其中的原因。

星池说，原因找到了。最近，她儿子和她有一次冲突，道出了其中原因：妈妈过多的管束会让孩子反感，妈妈急切的期望会让孩子感到压抑，妈妈不好的情绪会左右孩子的情绪，……她还举一反三，列举她姐姐和孩子的经历。星池父亲重病时，她姐姐一直在照顾父亲，根本顾不上管孩子的学习，孩子的成绩保持在班上前十名。她父亲去世后，她姐姐开始将重心转到孩子身上，谁知却适得其反，孩子的成绩一次比一次差，令她姐姐百思不得其解。她说，原因其实是一样的，对孩子过度“盯跟管”，是孩子成绩下滑的主要原因。

“教育不是灌输，而是点燃火焰”，我想起古希腊著名的思想家、哲学家、教育家苏格拉底说过的这句话。苏格拉底和他的学生柏拉图，以及柏拉图的学生亚里士多德被并称为“古希腊三贤”，而苏格拉底更被后人广泛地认为是西方哲学的奠基者。苏格拉底出生于希腊雅典一个普通公民的家庭，父亲是雕刻匠，母亲是助产妇。在苏格拉底很小的时候，有一次他父亲正在雕刻一只石狮子，小苏格拉底观察了好一阵子，突然问父亲：“怎样才能成为一个好的雕刻师呢？”他父亲说：“以这只石狮子来说吧，我并不是在雕刻这只石狮子，我是在唤醒它！”“唤醒”后来被教育界奉为教育箴言。无论是苏格拉底说的“点燃火焰”还是其父说的“唤醒”，我理解，都是在说，教育要激化孩子的内生动力和学习热情。作为家长，如何点燃孩子热爱学习的火焰呢？我想肯定没有一成不变的模式，孩子的个体不同，只有靠家长根据自己孩子的情况慢慢摸索。

105

下午我回到家，儿子已从学校回来。他坐在客厅看电视，见到我怕我不高兴，一副怪怪的表情。我不仅没有不高兴，反而和他亲热地聊了大约十分钟。休息一下后，我起身去做饭，并提醒他可以利用我做饭的这段时间读读《红楼梦》，他有些不情愿地去了。半个小时后，他跑来告诉我，刚才他睡着了，爸爸给他盖了被子。我想儿子累了，休息休息也好，便和他开玩笑说：做了一个红楼梦啰！儿子笑了。晚饭后，我没有催促儿子去学习，而是问他有什么计划，他告诉我打算做报纸上的数学题。十点钟，儿子从他的房间出来了，撒娇说："死了很多脑细胞。"我有些高兴地说，那一定很有收获啰。他说，那倒是很有成就感。我感觉他从中体验到了一种学习的快乐。尔后，他又轻松地做完了英语的阅读理解。看得出，今天儿子的情绪很好，学习效率也很高。

我想我们家长的责任，就是帮孩子营造轻松愉悦的学习环境，激发孩子的学习热情。家长是孩子的第一位老师，也要遵循教育规律。与其操之过急的"盯跟管"，不如点燃孩子内生动力之火。

（写于 2008 年 4 月 6 日）

并非杞人忧天

连日来，气温都在35摄氏度左右，把长沙比作一个大蒸笼一点不为过。傍晚时分，走出空调房，仍是热浪滚滚，加之，喧嚣的车流、人流，让人觉得每一个毛细孔都张着口子，急促地喘息着。附近只有一个烈士公园可能还有点凉可纳，可是，太多的人涌向那里，远远的好像有股汗味儿，虽然有的还夹着香水味儿，但是，混着太多的元素，就变成异味了……算了，还是回家躲进空调房。

吹着凉风，听着音乐，在网上冲着浪，如果什么也不想倒也比较惬意。然而，网上网下都是这样的消息：油价飙升、煤炭短缺、电力紧张……总之能源紧缺。我不禁要问，地球上的不可再生资源都用完了怎么办？移居外星，还是走向毁灭？家人笑我杞人忧天。我说，真的不是杞人忧天，这是一个很现实的问题，是一个人人都应该引起警觉的问题。

美国拥有937万平方公里，只有3亿多人口，而中国也不过960多万平方公里，却拥有近14亿人口，相比之下，美国人均拥有的资源比我们中国人多得多，然而令人感慨的是，美国人节约能源的意识比我们强得多。这种意识不只是停留在口头上，而是体现在每一个生活细节上。去年在美国学习时，到美国朋友家里做客，每家厨房里都有两个垃圾桶，一个装可回收垃圾，一个装不可回收垃圾。据说，可回收垃圾处理时不用交费，不可回收垃圾的处理是需要交费的，这就从政策上促使人们自动将垃圾分类。回国后，每每看到那些因生活所迫的人，在院子里的垃圾桶里翻来翻去拾荒时，我不知道别人什么感觉，而我总是莫名地生出一股感激之情，我想这给我们的垃圾没有分类总算来了一个弥补的机会。

美国虽然拥有很多的汽车，但街上仍然保留着自行车道，仍然鼓励骑自行车，因为骑自行车既环保又节约能源。此外，他们还非常重视公共交通的建设。美国鼓励多人拼车，路上标有菱形标识的就是专门的拼车道，其他车辆不得驶入，而且，有的州拼车还可免收过桥过路费。而长沙特别奇怪，当北京等大城市市民还保留着骑自行车的习惯时，长沙几乎见不到人骑自行车了。其实，骑自行车很健康很环保很阳光。我倒是怀念许多年前，骑自行车跑采访的日子。那时候，根本就不用专门抽时间进健身房。这让我想起一个朋友发给我的一个消息："无钱的时候在路上骑单车，有钱的时候在房子里骑单车。"很形象地勾勒了这一变化。

美国人均收入比中国的人均收入高许多，然而，美国国民在吃的方面非常节约。每每在外面用餐，只要还有剩饭剩菜，美国朋友大都会打包。他们认为，不管你多有钱，浪费是可耻的。一位二十多年前在南京当大学教师的华侨Joyce，去年回了一次国，她欣喜地谈到了家乡的变化，但当谈到吃喝浪费时，她非常凝重地对我们说："你们回国后，一定要告诉家乡人民，真的不能那样浪费了！"

天赐万物于人类，如果我们不好好珍惜，终究有一天会遭到报复的！冰灾震灾海啸，这也许是老天爷发出的警告，如果没有警觉，人类可能走向毁灭，这绝对不是杞人忧天！

（2008 年 7 月 2 日《长沙晚报》）

完满人生其实也难完满

在寂静的深夜，偶尔我也会点上一支烟，靠在床头，在黑暗中看着那一点火星慢慢地燃烧，独自品味着人生道路上的另一种况味……

人的一生到底是怎么回事？最近，利用周末，我一头扎进50集电视连续剧《金婚》，两天三夜出不来，手机处于停电关机状态，走出《金婚》，发现竟有60多个未接电话，得罪了一大堆人。唉，其实也没什么，这个片子无非就是展现了人的一生从青年、中年、老年的家庭婚姻生活。此片由郑晓龙执导，蒋雯丽、张国立领衔主演，讲述了年轻漂亮的小学数学老师文丽（蒋雯丽扮演）和重型机械厂技术员佟志（由张国立扮演）的一生婚姻历程。非常接近现实，让人产生许多的共鸣和联想。

从《金婚》中，我感觉到人生最美好的是青年，充满朝气活力，人生中最美好的爱情就在这个时期产生；中年是最难过的，家庭事业的压力像两座大山，而爱情已经荡然无存，婚姻像座空房子。剧中的佟志就是在这一时期精神出轨了。我认为中年应该属于事业。晚年是灰色的，虽然又老又丑但拥有由爱情演变而来的亲情，两位老人像两个纯洁的少男少女生活在一起，慢慢地走完人生最后一段时光……看看我周围的一些年长者，他们就是这样的三部曲。尽管剧中主人公，认为他们的爱情婚姻生活是幸福的、完满的，但是在我看来是非常无奈的，争吵太多，关爱太少；压力太多，浪漫太少……也许这就是作者探究的最大众化的人生轨迹，恐怕很少有人能逃避。人活着不容易，我希望人们能比《金婚》活得更幸福、更浪漫、更轻松。

（写于 2008 年 7 月 5 日）

岳麓山是山也是书

　　这个周末，我继续到湖南大学上课，以完成研究生课程。这两天，儿子期末考试，单位班车不开，早晨七点二十，我就驱车将儿子送到了学校。八点不到，我就到了湖大。离上课还有一个多小时。我在路上就想好了，登山去！只是事先没有约好伙伴，想起岳麓山上那些墓葬，心里还是有些害怕！不过，与登山的乐趣相比，还是决定超越自己的胆怯。

　　湖大紧靠岳麓山。夏季的岳麓山虽然没有红枫，少了层林尽染的浪漫，但到处都是绿树葱葱，给人以生气勃勃昂扬向上的感觉。我有湖大的学生证，凭证连门票都省了，进门右拐直奔爱晚亭。"停车坐爱枫林晚，霜叶红于二月花"，爱晚亭因杜牧的这两句诗而改名，其实它原来叫红叶亭。亭上朱红色的三个字"爱晚亭"还是 1950 年代重建时，毛主席老人家题写的。沿台阶拾级而上，清风吹来，令人何等的神清气爽。远处有节奏的松涛声此起彼伏，耳根远离汽笛的喧哗，变得十分的清静。随着台阶的陡峭，我的呼吸有些急促。我大口大口地呼吸着新鲜空气，感觉空气带着丝丝的甜味。我想起我和星池在美国圣荷塞大学跑步时，她老说空气是甜的，要我珍惜！下次我要拖她到这里来，看这里的空气是不是也是甜的。

　　我登上了第二个高点麓山寺。趁着调整呼吸的机会，我阅读了麓山寺的简介。啊，这可是湖南最古老的寺庙之一，始建于西晋泰始四年（公元 268 年），寺初名慧光明寺，唐初改名为麓山寺。我感觉这里的空气里有古人的气息，地板上有古人留下的看不见的足迹……寺庙横亘于眼前，而创造寺庙的人在哪里呢？让人感慨：人是世间匆匆过客！沿寺庙一侧的台阶拾级而上，便到了韩国金九先生独立运动长沙陈列馆。据说，1919 年，韩国"三一"运动失败后，以金九为代表的大批韩国爱国志士流亡中国。1937 年，中国抗日战争爆发，金九等"大韩民国临时政府"要员及家属百余人转移到长沙，活动地点主要在长沙的西园北里和黄兴北路西侧的楠木厅巷 6 号。1938 年 5 月 6 日，韩国志士在楠木厅巷 6 号召开会议时，一亲日分子持枪闯入会场射击，金九遇刺后随即被送往湘雅医院抢救。转危为安后，为确保其安全，他被安排在岳麓山麓山寺北侧的僻静居所疗养。

再往上就是国民党将领张辉瓒之墓，令人情不自禁地背起了毛主席的诗词：万木霜天红烂漫，天兵怒气冲霄汉。雾满龙冈千嶂暗，齐声唤，前头捉住了张辉瓒。一路上还有许许多多的墓和碑，可惜我没时间仔细端详，一个念头就是一定要登上山巅，最后到了禹王碑，可惜碑上的那些"小蝌蚪"不知所云。下山时又经过了黄兴墓和云麓宫等，我感觉岳麓山是一本向我开启的书，值得慢慢地研读。今天，我不过随手翻了一下，我打算慢慢地读，每一角落都要读到。

下山时，我信步走进了岳麓书院，这里的大门对湖大学生也是免费开启的，我感觉在湖南读大学，就一定要读湖南大学。岳麓山是山但也是一本书，我要慢慢地读它！

（写于 2008 年 7 月 6 日）

学做真人不气人不气己

这一阵子真的有点忙，什么闲情逸事都顾不上了，也好久没到QQ空间去了，我发现都有朋友提意见了！呵呵！

大前天，刚刚从南京回来，顾不上喘口气，又紧接着参加各种会，一同事在会上还忙里偷闲，给我发了一条短信《好人百岁》：科学研究，人分六种。第一种是经常自己找气生的人，即小心眼之人，如林黛玉，一般活50岁左右；第二种，是经常受别人气的人，叫下人，即地位低下之人，如奴仆丫鬟，一般活60岁左右；第三种，是自己经常生气，也经常气别人的人，叫俗人，如普通老百姓，一般活70岁左右；第四种，是能经常让别人生气，自己不太生气的人，叫伟人，与人斗其乐无穷，一般活80岁左右；第五种，是不论别人怎么气你也能淡然处之，叫高人，宰相肚里能撑船，一般活90岁左右；第六种，是从不气别人，自己也不生气，叫真人，如太乙真人、七仙女和你，一般能活100岁以上！

呵呵，我知道这是同事逗我开心的，肯定不是什么科学研究，但是我细细玩味，觉得还是有些道理的。其实，在生活、工作中，我一直在追求，不气别人，自己也不生气。但是，事来了的时候，有时候自己控制不了自己的情绪，也会怒气冲冲发脾气，心潮起伏一二天，但事后忘得一干二净，人才变得轻轻松松。回头想想，多大的事啊，大可不必动怒生气，完全应该像真人一样淡然处之。我知道要做到这一点还需要修炼。我工作的圈子里，有位小妹妹，很纯很努力，可是爱较真爱生气，爱钻牛角尖，看得我好心疼。多次对她进行开导，有点效果，但是本性难移啊！而她的生气，也会让周围的人不开心，甚至影响到她的人际关系。

　　生气，作为我们这种凡夫俗子不可避免，但是要尽量地减少，要学会调头，学会疏解。我常用一句哲人的话开导别人也开导自己，那就是：生气是拿别人的错误来惩罚自己，不值得！如果像短信所言，生气还与寿命有直接关系，那就更不要生气了。难得糊涂，让我们学做真人，不气别人也不气自己。

（写于 2008 年 9 月 29 日）

哭吧！哭吧！

前几天，浙江省某市女副市长倪某某因家庭矛盾坠楼自杀身亡一事，在网上闹得沸沸扬扬。对此，作为一个女人，我有一种难以名状的酸楚和沉重。倪某某能在芸芸女性之中脱颖而出担任副市长，肯定有她的过人之处。她的离世，对社会、对家庭来说，都是一种损失。

有人说，五十岁，对一个男人还是一枝花；对一个女市长来说，至少在事业上还如日中天吧。五十岁的倪某某，从一名乡镇干部走到副市长的位置是多么不易！人们不禁要问，一个年富力强的女副市长，为何要选择自杀来结束自己宝贵的生命和美好的事业呢？在网上，看到倪副市长的几张工作照，除了严肃的表情透着庄重外，黯淡的眼神很容易读出几分疲惫和无奈，缺少健康和幸福女人的飞扬神采。我不知道她的身体是否健康，在我看来，她选择自杀，至少她的心理是不健康的。

据资料介绍，尽管倪某某曾经做过妇联主任，善于给妇女们做思想工作，但她一直把家里的问题憋在心里，"一直硬撑着"，跳楼说明已经突破了她忍耐的极限。套用一句俗话：做女人难，做女领导干部更难！当今社会，某个女人婚姻不幸家庭不和，其实，并不是一件值得大惊小怪的事情，同事、朋友之间可以平静地谈论。但是要落到一位女领导干部头上，就难免担心被好事者闹得沸沸扬扬，从而影响自己的形象，女领导干部也只好抱着"家丑不可外扬"的心理保持缄默，憋在心里，能忍则忍。其实，女领导干部也是人，她心中有不快和郁闷同样需要宣泄。郁闷憋在心里，久而久之就会生出伤心伤情的块垒、伤身伤人的心理疾患，甚至让人走向绝路。

近读毕淑敏的《写给女儿们的散文》，此书告诫我们，一定要有一两个可以面对哭泣的朋友。在美国有一定层次的人，遇到心中不快时，很多人会习惯去找心理医生诉说。我们还没有这样的习惯和理念。去找心理医生，怕被人说有毛病；去找父母姐妹，怕他们为我们担心；去找一般的朋友怕她们添油加醋到处八卦……

其实，正如毕淑敏所说，真诚的信任和感情就是不花钱的心理医生。只要不是那种萍水相逢或是生意场权利场因为利害关系结识的人，而是交往多年知根知底善解人意的朋友、同事，是可以慢慢建立信任的。这一次你帮助了我，下一次我来帮助你，一来一往信任和友谊就会像水一样在彼此之间流淌，滋润着彼此干涸的心田。

华仔曾经唱过《男人哭吧哭吧不是罪》。如果硬是找不到一个可以推心置腹的人，那就躲起来哭吧，大哭一场，你会发现心里豁然开朗。据悉，哭，不但滋润眼睛，杀菌消毒，而且可以外泄情绪和释放压力，使你身体的三大系统（神经、内分泌、免疫系统）自我调整至一个最佳的水平范围，你哭过之后就会顿觉轻松。

听说，北京有个哭吧，里面有心理医生，还有催泪剂之类的东西，来这里的人可以放声大哭，以此来释放压力，化解心中因郁闷而结成的块垒。据说，哭吧生意好得不得了。

哭吧！哭吧！男人哭都没有罪，更何况我们女人呢。

（2009 年 5 月 18 日《长沙晚报》）

观 "红月" 体验的是悠闲

很久很久没有到楼顶去过了。刚搬到七楼时，非常非常喜欢楼顶，和宽宝宝在楼上玩过羽毛球，跑过步、跳过绳、种过花、晒过衣物，自从宽宝宝上高中后，就没了上楼顶的闲心，一盆四个头的稀有铁树早已枯死清走……

昨夜，据报载有天象奇观"红月亮"，晚上十时左右出现，楼顶恰是一个观月的好楼台。九时多，弟弟发来信息，说可以看月亮了。楼上黑黑的，静得有些怕人，我衣服也懒得换，穿着一件紫罗兰色的睡袍就登上了楼顶。这时想，要是宽宝宝在家就好了，我们俩一起看"红月亮"多开心。

是夜，阳历十六，天上应是一轮满月，可我看到的是一弯半月，天上繁星闪烁，偶尔还有飞机飞过，穹空下的长沙，出现在我相机镜头里竟是那样的灯火辉煌。我用望远镜窥视月亮一点一点的变化，正入神时，一个陌生的高个子女孩走过来，我吓了一跳。原来是家住二楼的朱奶奶家上高一的孙女，我高兴极了，把望远镜借给她看，自己用相机时不时地拍张照片……在将近一个小时内，我看到月亮由半边到完全月亏，天上呈现的是一颗太阳，在夜晚看上去就是一轮我们期待的"红月亮"。

很多年前，我在白天看到了日食，今天又看到了月食。

人生不过就是很多很多体验的叠加。有的人拼命工作取得进步，体验的是成功的滋味；有的人拼命赚钱，体验的是收获的滋味；而我登楼望"红月"体验的是一种悠闲的滋味。无论是哪种体验，忙也罢闲也罢，只要自己觉得快乐和充实就好。切莫忙时想闲，闲了又觉无聊！也许上苍都给我们安排好了，什么时候该忙什么时候该闲。不要辜负命运的安排，用一颗快乐的心去体验、感知、享受当下的一切……

（写于 2011 年 12 月 12 日）

独生子女真要学学雷锋

　　与上一辈相比，现在的青少年大多是独生子女。近些年来，不少独生子女出现了一些不知与人如何交往、"对什么都无所谓"等问题。据成都某大学的一份调查显示：60％的学生认为寝室里有自己最不喜欢的人，33％的学生认为寝室里室友不能互相关心，相处不融洽……一份2010年中国青少年健康人格工程调研报告也显示，各年龄段青少年在人际交往方面均不同程度地存在问题，其中高中以上阶段更为突出，80％以上的大学生均有不同程度的孤单感。这些数据显示当下青少年人际交往方面存在的问题和缺陷。面对这些问题，我想起了我们的时代楷模雷锋。

　　雷锋从小性格外向开放、直率友善、谦和宽容、乐观阳光，十分招人喜爱；雷锋与人交往，从不怕生，显得非常自信，能很快获取他人的好感并办成事情。在一般人看来，几乎是不可能的事情，但雷锋却敢于去尝试。雷锋身上展现的这些良好性格和人际关系为他提供了不少发展机遇和人缘支持。雷锋为何能与人建立良好的人际关系？抛开雷锋性格外向不讲，笔者认为主要得益于雷锋具有乐于奉献，先人后己，严以律己宽以待人，处处为他人着想的良好品质。在人际交往中，不管是谁，只要具备这样的良好品质，都能在人际交往方面游刃有余，都能从中得到尊重、友谊和信心，就能建立起新型和谐的社会人际关系。

　　歌手杨坤的一曲《无所谓》，在许多青少年中引起共鸣。对一些无关紧要的小事和蝇头小利保持一种豁达的心态是必要的，但是现实中，我们不难发现在一些青少年中，有一种"对什么都无所谓""对什么都不感兴趣"的现象。一些孩子厌学、不写作业、有网瘾，背后的深层原因大都是他们失去了奋斗的目标。南宁一青少年咨询服务台举办五周年专家接听热线活动，专家们在接听过程中发现，随着社会的发展和时代的变迁，青少年面临的问题和苦恼也有了

武悟

新的变化。其中一些学生问：家里什么都不缺，我好好学习图什么？这些孩子其实是因丧失奋斗目标而倍感迷茫。

丧失目标，没有远大理想，是一些青少年颓废厌学、不思进取的根本原因。纵观雷锋一生，雷锋乐观进取、自强不息，自幼立下了为革命事业而奋斗的雄心壮志和远大目标。他在日记中写道："有人说，人生在世，吃好、穿好、玩好是最幸福的。我觉得人生在世，只有勤劳，发愤图强，用自己的双手创造财富，为人类的解放事业——共产主义贡献自己的一切，这才是最幸福的。"雷锋小学毕业那天，自己走上讲台向全体师生宣布，他的人生三大目标是：当个好农民、当个好工人、当个好士兵。在后来的生活中，他又追加了一条：见到毛主席。在此后短短的几年时间里，他的这些理想全部得以实现！尽管最后一个愿望因他意外牺牲而没能真正圆满，但毛主席等老一代国家领导人在雷锋牺牲后的题词，充分肯定了他光辉的一生。从这个角度说，雷锋的人生了无遗憾。用当今思维方式来考量，雷锋完全是一个规划人生、自我激励和自我价值实现的完美典范。他当年自动、自发做到的事情，既符合当时的社会价值观，同样符合当下青少年追求的人生理念。

"如果你是一滴水，你是否滋润了一寸土地？如果你是一线阳光，你是否照亮了一分黑暗？如果你是一颗粮食，你是否哺育了有用的生命？如果你是一颗最小的螺丝钉，你是否永远坚守着你生活的岗位……"一台汽车，发动机、方向盘、离合器、轮胎、灯光固然非常重要，但那些拧在各个角落里的螺丝钉，同样也非常重要。雷锋的这种"螺丝钉"精神体现了顺势成才的规律。个人的成才目标同社会发展的需要和趋势相一致，是个人成才的重要前提。雷锋立志做一个"螺丝钉"，干一行爱一行钻一行，并不是缺乏远大志向，而是体现了"志当存高远"与脚踏实地岗位建功的有机统一；也不是一种盲目随从的"工具论"，而是自觉按照时代需要作出的正确选择。不可否认，今天的时代与雷锋生活的年代确实发生了巨大的变化，人才流动、主动"跳槽"的现象比比皆是，我们并不主张在职业选择上"从一而终"，也不主张不顾个人的才智和兴趣"强按马头入牛槽"的做法，而是倡导把个人的成才目标同社会发展趋势和需要结合起来，从而既有利于人才更好地成才，又能够为社会作出更大的贡献。

（2012 年 3 月 9 日《长沙晚报》）

学会欣赏"后浪"

2020 年，网上火了一个词——"后浪"。于是认真观看了由 B 站发布的那个"献给新一代的演讲"——《后浪》。不想，一看就被吸引住了，一时冲动，自己模仿了一遍配上音乐，发给了我们几家好朋友"相亲相伴"的微信群。群里的朋友大概早就看过《后浪》了，几个孩子都是 90 后，除了点赞没说什么，倒是几个 60 后家长的发言，看得出他们和我一样内心泛起了无数涟漪。

《后浪》的演讲者是国家一级演员何冰，1968 年出生，和我们同属"前浪"。除了他的演讲极具感染力外，那代表"前浪"吐出的一字一句一顿、充满张力的演讲内容，除了激励"后浪"，也深深地戳中了我们"前浪"的内心。听了几遍后，我听出了三个层次：满怀羡慕、满怀敬意、满怀感激。羡慕所有的知识、见识、智慧和艺术，像是专门为"后浪"们准备的礼物；向"后浪"们的专业态度、自信、大气致敬；感激"因为你们，这个世界会更喜欢中国"。

《后浪》之所以能吸引"前浪"们，其实，其感人之处就在《后浪》说出了我们"前浪"心中隐藏的种种感受，令人感喟有三。

其一，《后浪》放下了"前浪"居高临下的身段，是一次和"后浪"的平等对话。作为"前浪"，无论是在大众媒体还是私下交谈中，我们对"后浪"大多是指导、教育、寄语、希望之类。扪心自问，作为家长，我们对孩子的爱不用怀疑，但我们对孩子平等、尊重地欣赏过吗？我曾亲见一位父亲当众对刚参加工作的儿子说，你衬衣的第二粒扣子应该扣上。儿子委屈地说：妈妈又要我不扣。看得出，这对夫妻对儿子的爱无微不至，但却是居高临下之爱、不留空间之爱。

其二，《后浪》摒弃了"前浪"对"后浪"的固有偏见。在生活中，有人会老成持重地谈论年轻人的话题，有人觉得他们太有个性，没有担当，还给年轻人贴上各种标签。《后浪》首句"那些口口声声，一代不如一代的人，应该看着你们说的就是这些人"。"一代不如一代"肯定是一种偏见，如果成立的话，社会岂不是要倒退吗？但有一点必须承认，在我们内心，多多少少会有一些担心，认为当下这拨"后浪"，绝大部分是独生子女，从小在家中被捧为"小皇帝"，他们能吃苦有理想敢担当吗？事实证明我们这种担心是多余的。据报道，在 2020 年抗击新冠疫情之战中，支援湖北的医务人员有 4.2 万人之多，其中 1.2 万多人是 90 后、95 后、00 后。此外，"后浪"们还冲锋在科研攻关、医院建设、物资供应、志愿者服务等各条战线上。《长沙晚报》刊登的报告文学《中国青年》就是当代青年志愿者的真实写照。《后浪》所说的满怀羡慕、敬意、感激，我认为"后浪"是完全可以担当得起的。就说我们"相亲相伴"朋友圈里的几个"后浪"，他们都是研究生毕业，留过学，在发达国家或大城市工作，见多识广，在各自的专业和英语方面，当我们"前浪"的老师是绰绰有余的。《后浪》之所以感人，就在于"前浪"放下架子诚恳地对"后浪"说出了心里话，这是一种全新的视角，全新的态度！有人称之为一次弥补"前浪"与"后浪"代沟的积极尝试。

其三，《后浪》的有些句子堪称金句，像支利箭直接射中了我们某些"前浪"的心窝，如"不用活成我们想象中的样子，我们这一代人的想象力不足以想象你们的未来"。作为"前浪"，我们反思一下，谁没有为自己的孩子设想过未来啊。特别是拥有成功事业的人，谁不希望自己的孩子沿着自己设计的轨道成长呢？我认为，为孩子的未来适当地作一点指导、出谋划策，是尽父母之责，但当孩子一旦偏离了自己的轨迹，多少失望与遗憾伴着爱恨交织，有的甚至强迫孩子回到自己的轨道。这就有点过分了，因为"我们这一代人的想象力不足以想象你们的未来"。是啊，谁能想象到未来的世界会是什么样子呢？俗话说，儿孙自有儿孙福。孩子的人生就由他们自己做主吧！

"前浪"们，曾经我们也是父辈眼里的"后浪"，是时光这把无情刀把我们拍成了"前浪"。我们应以同理之心，抛弃偏见与旧俗，学会尊重、学会欣赏"后浪"吧！

（2020 年 6 月 1 日《长沙晚报》）

人生如苔　勇学牡丹开

这是一个奋斗的新时代。奋斗，是当今时代的主旋律。打开微信朋友圈，稍加留意我们便会发现一个越来越明显的现象："灵魂和身体都要在路上"这类励志美文、故事和视频渐渐多起来。一首励志小诗《苔》从农历戊戌新年走红到现在。最近，一条《人和人之间的差距，只看这一点》的短视频又刷爆微信朋友圈，更是佐证了这一点。

农历新年正月，支教老师梁俊领着贵州乌蒙山的孩子们，在央视《经典咏流传》大型诗词文化音乐节目上，合唱了一首小诗《苔》，一夜刷爆微信朋友圈。看到这段视频，我在感动之余立即转发，圈内朋友纷纷点赞、转发，有的还留言评价《苔》：直抵心底，无比震撼！

《苔》是清代诗人袁枚鲜为人知的一首诗："白日不到处，青春恰自来。苔花如米小，也（亦）学牡丹开。"节目播出前，这首小诗在百度百科上的阅读量只有一千余次。节目播出后，《苔》一夜走火。究其原因，除了优美的旋律和孩子们质朴的声音外，主要还是这首诗励志的内涵契合了当下人们的精神追求。"好雨知时节，当春乃发生"，在互联网的助推下，《苔》就这样"恰自来"，一夜走红了。可以说，新时代人们的新追求赋予了这首小诗新的生机和活力。

诗中的"苔"指的是苔藓，是一种低等植物，多寄生于阴暗潮湿之处，可它不因环境恶劣而丧失生发的勇气，也不因花开渺小而自暴自弃。它乐观勇敢要学牡丹一般绽放，尽情展现最美的自己。

其实，我们芸芸众生又何尝不是"苔"呢？正如梁俊老师说的，"我不是最帅的那个，也不是成绩最好的那个……"最帅最好，在现实中毕竟是少数，我们大多数人面对的都是平凡和各种各样的困难与压力，需要的就是"苔"这种虽平凡但不甘平庸，虽处恶劣环境却不言放弃的精神。

短视频《人和人之间的差距，只看这一点》中提到，有医学机构做过这样一个研究，他们询问了一百个在医院奄奄一息的老人，自己这辈子最大的遗憾是什么？所有的回答不是后悔自己做过什么，而是自己没做过什么，没冒过的险，没有追求过的梦想。短片告诉我们，其实每个人都有自己的梦想，为什么有的人实现了，有的人只留下遗憾？差距就在于有没有勇气拼搏。短片里讲了一个故事：飞机最危险的时候，不是在天上飞，而是在地上停留的时候，因为这个时候它会开始生锈、出故障，老化的速度比在空中飞行时要快得多。这个故事寓意，拼搏的人生才更精彩更有生命力！

有人说：决定一个人人生的是她本能的渴望，决定一个人幸福感的是她的渴望有没有实现。如果把人比作飞机的话，谁不渴望在天上飞，而愿意停在地上生锈呢？只是要看我们有没有足够的勇气和努力。这也说明了，幸福是奋斗出来的。

朋友圈刷屏的励志故事越来越多，大家之所以口口相传、手手相转，都是因内心感动而产生的一种激情和冲动。"苔"是低等植物，尚能勇学作牡丹开，何况我们聪慧的人。我们虽然平凡，但我们要展现最美的自己！让我们每一个人的这架人生飞机，尽情地展翅翱翔在蔚蓝的天空上！

（2018 年 4 月 2 日《长沙晚报》）

一本好书胜似一壶美酒佳酿

正月初五，收到由湖南文艺出版社出版的李震之先生的新作《情咏望城》上下两册，迫不及待地读起来。随着震之先生通过散文、诗词、书法、摄影作品等记录形式，对家乡望城的深情回忆和忠实书写，一座名望之城徐徐呈现在眼前。望城，我去过多次，早有好感，再通过震之先生书中温情讲述，望城的山水、风情、人物、历史、传说等等，便更加立体鲜活起来，地域特色更加突显出来，读之品之，情意绵绵、韵味深深。该书分为"文赋篇""嵌字诗篇""旧体诗篇""风情篇""书法篇""摄影篇""老照片篇"七个部分。多视角、多形式、全景式记录家乡点滴，生动表达震之先生对家乡深厚感情的同时，也充分彰显了震之先生在文史、诗词、书法、摄影等方面的底蕴与修养，是一套厚重的值得慢慢赏析的佳作，是一壶可静下心来轻斟慢酌的陈年佳酿。

震之先生出生于1940年，算起来已八十有二，可眼不花、发不白、背不驼，博闻强记。家里经常高朋满座，听他老人家聊天南地北的人文历史典故。最让人佩服的是他聊起典故，人名、俚语、警句、诗句等张口就来，有时还夹着俏皮话，妙趣风雅。震之先生生于望城、长于望城，从私塾、小学到中学，学于望城，早在20世纪60年代末70年代初，还担任过铜官区委副书记兼茶亭公社党委书记，那时候还不到30岁，后虽到省委省直机关工作，但一颗心时时关注着望城。50多年来，他写之咏之颂之敬之爱之，汇集的这套50万字的《情咏望城》，饱含对家乡的深情，富有人文内涵。他的文赋篇《望城人文历史漫咏》，从"先秦屈子，行吟泽畔"到关公"营扎石渚霞凝""浇铸铜棺葬母""后将'棺'字去木，沿用铜官至今"，再到初唐李靖"统兵数万如此""秋毫无犯百姓"黎民感缅在心"遂将沩港小镇，改以'靖'港为名"；从望城人欧阳询"唐代楷书甲冠""创立欧体书法"到一代诗圣杜甫到望城"两赋江滨"后，在长沙写就"正是江南好风景，落花时节又逢君"的不朽诗作；从茶亭古

123

塔"塔因树奇而成趣，树以塔异而称雄"的风景奇观到谷山石砚"曾作皇家贡品，甚为书家垂青"的物华天宝；从望城烈士郭亮"年仅二十七岁，慷慨就义省城""遗书瞩目，震古耀今"的英雄人物到当代雷锋"短暂二十二岁，书写灿烂人生"的神州典范。此书从望城历史典故到现实英雄楷模，娓娓道来，如数家珍，让人大快朵颐。

《情咏望城》最为独特的是70首嵌字诗，将望城区各乡镇、街道、风景名胜、休闲佳境等通过嵌字诗这一特殊体例，按照七律的对仗、韵律的要求，用一个主题词连贯而浑然一体。如《乔口渔都水乡古镇》：

乔江百里似画廊，口纳洞庭汇沱湘。

渔港情郎勤撒网，都风靓妹巧经商。

水萦岸柳生祥瑞，乡绕湖渠耀彩光。

古韵清香延四县，镇中处处管弦扬。

短短56个字，将乔口古韵新风跃然纸上。据相关专家介绍，嵌字诗受主题词限制，又要符合平仄、对仗的律诗要求，且不能错韵，能写出这样的诗情画意相当不易，震之先生书中收集了70首，每首都精致讲究，每首都值得慢慢品味，足见其诗文功底之深厚。

震之先生多才多艺，书中诗词歌赋、书法摄影都紧紧围绕"情咏望城"这一主题，无一不散发出浓浓的对家乡的深情厚谊。

我很少写诗，受《情咏望城》感染，也苦心吟咏几句，以示对《情咏望城》出版的祝贺，以示对震之先生情系家乡的赞美：

两卷诗文咏望城，篇篇构意寄深情。

千年辞赋延新韵，百里风光续雅声。

堪羡高龄何告老，可钦今日再攀峰。

雄心不负家乡月，留得精神启后生。

（2022年2月22日《长沙晚报》）

美国见闻

（一）学习教育

启　程

2007 年 10 月 23 日　星期二　晴

　　闯过了无数的关，我们30人组成的赴美培训班，今天终于启程了。

　　那是今年 5 月初，在毫无思想准备的情况下，我接到单位主要领导的电话，说今年市里又将组织中青年干部出国培训，明天要进行英语考试。而我单位今年无人报名，而上面又要求我单位不能缺席。因去年我单位有两人报名但只能 1 人参加考试，我主动放弃了，所以，他希望明天我代表单位去参加考试。我说：好的，我试试。好在 2006 年底我通过了全国在职研究生英语联考，英语方面还是热锅热灶，我很轻松地通过了全市的英语选拔考试。

　　其实，这只是第一关。真正要参加出国培训，还得通过全国 BFT 考试。BFT 其全称是 Business Foreign Language Test，是国家外专局设立的国家级标准化商务外语考试，有听力、口语、阅读、写作四门课。初试录取的 30 名来自全市各单位的中青年干部走进湖南师范大学，开启了为期 2 个多月的脱产培训。大家因害怕通不过 BFT，将来没面子回单位，三四十岁的人了，个个进入了一种疯狂的学习状态。功夫不负有心人，2 个多月后，全班 30 人全部通过了BFT，大家长长地舒了一口气，高高兴兴地回单位上班去了。两个多月后，我们接到通知去北京美国大使馆面签。

　　那是 10 月 15 日，金秋北京，晴空万里，红叶的赤红、银杏叶的金黄将北京城装扮得靓丽多彩，我们心情也如同北京城的天空一样晴朗和美好。在北京美国大使馆面签大厅里，有好几个面签窗口，隔着像银行一样的柜台，面签官坐在柜台里面，柜台外排着几行队伍。轮到我面签时，面签官明明与前面的人说的是中文，突然开始用英语向我问话，他问我去美国干什么、学习什么专业、有几个小孩等，好在很简单，都能应付得过去，但毕竟这是第一次正式用英语与老美对话，心里还是有些紧张。中午回到宾馆，大家互相通气，原来上午面签的同学都是用英语进行的面签，而且问的问题各不相同。还没面签的同学紧张起来，大多中午没有休息，准备面签时的英语用语。令人玩味的是，下午面签的同学中午都白紧张了，因为面签官和他们说的全都是中文。难怪人们说，老美面签没有什么规律可循。

从英语考试筛选、三个月的疯狂训练、全国 BFT 考试到北京面签，这一路走来，让我们深深地觉得走到今天非常不容易。中午时分，我们汇集到了黄花机场等待办理行李托运，心情十分激动和兴奋，大家与送行的领导、同事和亲人握手合影话别，整个候机大厅情意浓浓喜气洋洋，全然没有告别的离愁别绪……

下午2时多，我们登上前往上海的飞机。冷静下来的我，这时才意识到这一去将有三个月不能和同事、家人在一起。我便问大家是怎样和自己孩子告别的？毕竟像我们这个年龄最不放心、最牵挂的还是孩子，我们的孩子小的只有两三岁，大的也只有十三四岁。龚班长的孩子13岁了，他说，早晨孩子上学时在孩子脸上深情地拍一下，就算告别了。我们组的高组长和同学文雄的孩子都是小学生，不知离别为何滋味，高组长说，他的孩子早就盼着爸爸快到美国去，因为他觉得和爸爸在网上聊天特好玩。文雄的孩子更高兴，因为爸爸一走没人打屁屁了。我儿子的姑姑刚刚办了退休，我早早地就请她到我家坐镇，帮我照管儿子，儿子也很想知道美国，希望我去美国后，和我在电脑上聊聊美国，帮他买美国黑人音乐的唱片。

下午4时多，我们到达上海虹桥机场。我们必须拖着行李到省政府驻上海办事处的三湘大厦住宿，第二天再到浦东机场乘飞机到美国旧金山。因为带了床单被套等日用品，我们每人至少有两大件行李，其中的大箱子三四十斤一个。来接我们的车一大一小，所有行李都必须集中放在大车上。男同学们排成一排将箱子一个个传递到车上，他们累得汗流浃背，令女同学们非常感动。

在去宾馆的汽车上，同学跃平悄悄地告诉我们，当天洪健同学过生日，他代表同学们订了一个生日蛋糕。晚餐时当酒店送来蛋糕，同学们唱起"Happy Birthday to you"时，洪健泪光闪闪，激动地说："Thank you very much. I wish everybody have a good journey！"

三个月的疯狂英语训练，大家在一起，习惯用英语表达了。

飞越太平洋

2007 年 10 月 24 日　星期三　晴

  上午 8 时多，我们一行 30 人从三湘大厦出发赶往浦东机场。虽然，浦东机场开辟了专门为我们 30 人办理行李托运的通道，但我们也足足花了两个小时才办完登机手续。机场要求每人只准托运两件行李，每件不得超过 23 公斤，有两位同学行李超重，临时进行了调整。12 时许，我们顺利登上了 UA858 从上海直飞 San Francisco（旧金山）的航班。

  飞机很大，机上的英语环境让大家很兴奋。通过三个月的疯狂训练，此刻同学们似乎找到了用武之地。一些同学纷纷和邻座的外国人用英语聊了起来，遇到障碍还用上了电子字典。而我则悄悄打量起飞机上的空乘人员来。空姐不如国内航班的年轻，大多是资深的中年妇女，但她们亲切的笑容和礼貌的举止，同样让人觉得很舒服。她们推着餐车，问我要果汁还是要水时，发出的"water"（水）这个音在我听来很特别，与英式英语大不同，我忍不住跟她们学起来，她们对我回眸一笑，我便竖起拇指给她们点赞。因是国际航班，飞机上有各色人种，我听着他们的口音，暗暗地猜测他们的国度和他们与身旁人的关系。我想，我在观察别人时，别人肯定也在观察和猜测我们：他们是哪个国家的人，去美国干什么呀。

  不知不觉 10 个小时过去了，飞机已经到达旧金山市的上空，此时，北京时间约晚上 10 时许，而旧金山正是早晨 6 时左右。我从飞机舷窗向下俯视，旧金山的凌晨竟是灯火辉煌，整个城市上空像是铺了厚厚一层金红色的丝绒，蔚为壮观、十分耀眼。我心中升起一个大大的疑问号，这是整个城市从昨晚起一直没有熄灯，还是凌晨重新开启的灯光呢？不得而知，但我知道，迎接我们的将又是一个大白天。

  半小时后，飞机安全降落在旧金山机场。我们开始办理入海关手续。由于我排在长长队伍最后面，一名工作人员把我请到另外一个离我们同学团队很远的窗口办理手续。接待我的工作人员是一名黑人青年小伙，由于他不知道我是一个团队的成员，问了我很多问题，如到美国目的是什么，到哪个大学学习，学习什么专业，学习时间多长，将住在哪里，同行的还有多少人等，一问一答，我只得一一如实回答。这是我第二次和一个真正的老外用英语对话。我居然能完全明白他的意思，他也似乎明白我的意思，让我顺利过关。

这是我第一次来美国，对这里我充满了期待和好奇。

租房入住

2007 年 10 月 25 日　星期四　晴

美国时间今日清晨到达旧金山后，我们改乘汽车直奔圣荷塞大学。

圣荷塞市离旧金山市 70 公里，都属于海湾城市，没有上下隶属关系。这里一年没有四季，一天却有四季。早晚温差大，四季没什么变化。从旧金山到圣荷塞的路上，沿途很少见高楼和行人，映入眼帘的主要是车流和树木。当汽车驶入一大片树林中时，接我们的旧金山美中友好交流协会的办公室主任汤姆给我们做起了介绍。汤姆说，这里面有一个城市。汤姆指着树林中一些漂亮小楼，说，这个是微软，那个是雅虎，听起来都是一些如雷灌耳的世界知名企业，但大多不是我们想象中的高楼大厦。

车子很快到达圣荷塞大学，这是一座美丽宁静的花园式学校，蓝蓝的天空下，别具一格的建筑和花草，在我们眼里充满了异国情调。但我们无暇欣赏，个个又累又饿又瞌睡，连着两个白天的滋味真有点难受，这大概就是人们通常所说的倒时差吧。可是，汤姆通知我们，得先办理租房手续，才能入住睡觉。为我们办理租房手续的是一位身材既丰满又窈窕的黑人美女，为我们讲解了租房的管理制度和规定（rule and regulation），并要我们在租房合同上签了字。然后，发给我们一沓五颜六色的纸，都是些怎样清洁公寓、使用电器等的说明书。钥匙其实是一张磁卡，进楼道门、电梯和房门，一卡通用，每人一张。

宿舍是一幢很洁净的楼，棕色与米黄色相间。我们班的同学住第七层。房间不大但设计合理。每个大套间为 2 室 1 厅 2 卫 1 厨，每个卧室正好摆 2 个单人床，卫生间较宽敞，有浴盆和坐式马桶。两个卧室之间有一个厨房和客厅。厨房一侧还放有一台洗衣机。房间里一尘不染，卧室和客厅铺的是灰色地毯，卫生间和厨房地板刷的是涂料，可以湿抹。卧室床上有被芯但无被套，有席梦思但无床罩，幸好学校早已通知我们带被套和床单，我们立即打开行李箱，迅

131

速将被子和床单整理好。此时，大家瞌睡沉沉且饥肠辘辘，心想我们是远道而来的外国学生，学校应该会安排我们吃一餐饭吧。但汤姆主任明明白白地告诉我们，学校在宿舍为我们准备了方便面。果然，我们在厨房内发现了一箱纸袋装的方便面，但既无碗筷又无开水，正当我们发愁时，有同学通知我们到530房领租借的厨具。厨具以组为单位，每组一个炒锅、一个电饭煲，每人一个碟子、一个菜碗、一个饭碗、一个玻璃杯。大概老美是不喝热水的，没有给我们配烧水的壶。我们刚来乍到，两眼一抹黑，不知道哪里有烧水壶买，只好将炒锅洗干净，烧了一大锅开水，每人用菜碗舀一些开水泡了一碗方便面，吃了个便餐。厨房里有一个洗碗机，我们将碗筷匆匆收拾一下放入洗碗机，让它自动洗去了，便纷纷回各自的床铺倒头睡觉。

梦里不知身在何处，隐隐感觉周围一切很陌生。一觉醒来，窗外仍然是大白天，美国时间大概是中午2点，接到通知，今天下午学校将会安排一位黑人小姐到各宿舍给我们上学前一课。

下午3点半，黑人小姐准时来到我们730宿舍，还是上午给我们发钥匙的那位。她给我们讲解怎样清洁宿舍。她拿出事先放在我们宿舍的各种各样的洗涤剂和各种各样的清洁工具，一一讲解使用方法。清洁灶台是一种抹布和清洁剂，清洁水槽又是另一种工具和清洁剂，清洁厨柜、洗碗机和清洁抽油烟机、地板、浴缸等都是不同的清洁工具和清洁剂。她还告诉我们，每餐饭后都要及时清理，并要求我们退房时，房屋必须和今天交房时一样完好和干净，否则，学校会要求赔偿。我们不敢懈怠，对墙壁和地毯来了一次认真地检查，对任何疑似有污点的地方都不放过。

开学典礼

2007 年 10 月 26 日　星期五　晴

今天，我们班举行了开学典礼。

昨晚开始，大家就在准备用英语作自我介绍。班长还把他代表全班发言的演讲稿放在我们班开的 Skype 的聊天群里，让大家提意见。今天一大早，大家穿戴整齐后就往开学典礼的教室走去。

校园很大，空气清新，植被极好。正值秋天，蓝天白云下金色的树叶熠熠生辉，大片绿茵草地却又十分青翠。拖着大尾巴的棕咖色松鼠在树林和草地上自由穿梭，一会儿蹿到树上，一会儿又钻进草地，不知道是在玩耍还是在寻找食物，见到人也不知道躲避。在树林和草地间，有几座富有特色的建筑分布其间，建筑与环境相互点缀相互映衬，自然和谐浑然一体。

开学典礼的教室不大，只是讲台位置多了一排座位，算是主席台吧。典礼简约而隆重，气氛活跃。圣荷塞市副市长 Mark Lind 致了欢迎辞。龚班长代表全班用英语进行了脱稿演讲，他介绍了我们的学习目的，讲述了湖南长沙的人文经济历史等情况，并欢迎美国朋友到长沙做客，获得了阵阵掌声。校方领导介绍了学校的历史人文。美国虽然只有 200 多年的历史，但圣荷塞州立大学（San Jose State University）成立于 1857 年，简称 SJSU，已有 100 多年的历史。学校位于圣荷塞市中心，而圣荷塞市又位于硅谷（Silicon Valley）中心。学校占地 154 公顷，是一所位于加利福尼亚州的著名综合性公立大学。

美中交流协会的一位高鼻子蓝眼睛先生也讲了话，首先他要我们拿出一美元钞票，我们面面相觑，不知他要干什么。然后，他对着钞票和我们讲解一美元钞票上图案的含意。他说，一美元钞票上左面图案有一个未完工的金字塔，这个金字塔标志着美国是一个没有完成建设的国家，是一个永远在前进中的国家。当时，我身上没带美元，过去，我也很少接触美元，更没有注意过一美元的图案。典礼后，我找来一美元钞票，仔细端详上面的图案，果真金字塔尖与塔身是分开的，如果不是这位先生介绍，谁会注意这个图案，谁又会知道其含意呢。而这一含意，让我想起中国的两句话，一句是老子《道德经》："夫唯不盈，故能蔽而新成。"其意是只因不自满，所以能去故更新。另一句是《尚书·大禹谟》："满招损，谦受益。"虽然国度不同，语言不同，文化背景不同，但其理念有异曲同工之妙呢。

主持会议的葛滨博士是中国人，他自我介绍，他在海南出生，在广州长大，在益阳洞庭湖茅草街下过乡，在湖南师大上过大学，也算是湖南人，让我们顿生他乡遇故人的亲切感。

最后，按照事先的安排，我们每位同学都用英语作了自我介绍，由于老美搞不懂中国名字，我们每个同学都取了一个英文名字，名字五花八门，有个同学姓金，便取名：Goldon Boy，老美听了哈哈大笑。在笑声中我们渐渐消除对学校对老美的陌生感。

走出教室，校园也像是公园。开学典礼后，我们全班在校园合影留念。

Orientation：系统的入校讲座

2007 年 11 月 13 日　星期二　晴

　　今天非常紧张，一天的 Orientation（可译为讲座或介绍），整整走了 7 道程序，为我们做 Orientation 的老师总共有 12 位，有白人、黑人、黄种人，除了最后一课的两位老师能讲一些中文外，其他老师只会英文。中午 12 点下课，下午 1 点开课，从宿舍到教室往返需要 20 分钟，中间 40 分钟我们以组为单位，匆匆回宿舍做一点吃的东西，解决中餐问题。

　　这些讲座涉及医疗保险、学生联合会、大学交通服务、大学电脑中心，以及参观大学图书馆系统、科研图书资料库查索等。每个讲座都有规定的时间，时间一到下一个讲座的老师就来了。带我们参观图书馆的三位美国白人太太，非常热情、幽默、风趣，她们将我们分成三组，一人带一组。

　　学校图书馆又是市政府的公共图书馆，这个做法我感觉能充分发挥资源共享的作用，值得学习。图书馆共有八层，有丰富的藏书，一楼大厅中央悬着许多国旗，其中有中国国旗。图书馆的六、七、八层是学校老师用书，学生也可以去借阅，为我们作介绍的老师反复强调的就是"Be quiet（安静）"，整个介绍过程都是讲的"悄悄话"，但是发音非常的清晰和缓慢。图书馆借书一律免费，学生可以借阅纸质图书，也可以借阅电子图书，学校还可以租电脑，一次四小时。图书馆还有许多学习的小隔间，不过要提前预约。这里的书籍有各种文字，我们找到了中文图书架，有多种中文字典和图书，绝大部分是繁体字，但书的数量相当有限。

　　最后一堂课是科学图书资料库查索讲座。Diana 和 Susana 都是图书馆的资深管理员，她们告诉我们怎么进入图书馆的网站，怎样检索资料，并告诉我们图书馆提供 24 小时的优质服务。特别感到与众不同的是这个图书馆与许多国

135

际上的图书馆资源共享，如果你要借的图书，图书馆没有，图书馆可以负责从其他图书馆借来，而且免费。

这真是一个开放舒适的图书馆，也是一个无限延伸的图书馆，还是一个管理有序的图书馆，更是一个优质服务的图书馆。如果在这里搞科研，还担心有什么资料查不到呢。

轻松的课堂

2007 年 11 月 14 日　星期三　晴

　　按课表，今天上 English Communication Skills（英语沟通技巧）。学校把我们分成两个小组，一组 16 人，一组 14 人，分两个教室上课，并且每人都取了英语名字。刚开始，大家多少有些忐忑不安。然而，上完课后，却一脸的轻松。

　　一上午分成两节课，老师是两位金发碧眼、身材窈窕的美女。我们小组 14 人围着一个圆桌坐着，美女老师 Santa 走进教室作了自我介绍，然后给每人发一张画着各种手势的卡片，发到谁，谁就要作简单的自我介绍。然后，她让大家讨论这些手势在美国和中国所代表的不同意义。接下来，都是提问题让大家讨论，如碰到同事怎么打招呼？碰到老板怎么打招呼？整堂课，她没有讲授，有的只是一个接一个抛出讨论的问题，每一个人都必须调动积极性来回答这些问题。老师会下到座位上，一个一个地听，或者参与交谈。这应该就是人们常说的启发式教育吧。

　　另一位美女老师 Kailun 则是采取做游戏的方式，把我们分成三组，进行抢答。如感恩节吃什么？圣荷塞大学的标识是什么？她反复强调 teamwork（团队精神）的重要性，要我们进行讨论后回答，答错了还可以更正。而这个教学方法应该就是寓教于乐吧。虽然我们班同学很多都是某方面的专家，但在英语听说和中美习俗方面还是甘当小学生，每个人都很投入很认真也很开心。下课后，kailun 还向我们学习中文，和同学们合影。

体验式博物馆

2007 年 11 月 16 日　星期五　晴

今天整个上午都是上美式英语沟通技巧课，三天来轮番地换了五位老师，感觉与国内的做法很不同。

下午没有课，班委会组织参观 The Tech Museum of Innovation（技术创新科技博物馆）。据说，该馆成立于 1990 年，已吸引了很多家庭和科技爱好者前去参观。美中交流协会帮我们联系的，可以免费参观。馆内到处光影闪烁，转动的光影地球仪、四维人头像、X 光等让人感觉进入了一个虚幻的世界。让人倍感兴奋的是很多设备都允许观众操作和参与。参观四维空间时，你可以坐在里面做试验，一个扫描仪围绕你的头转一圈，你头部的四维影像就进了电脑，回家后，你可以根据参观券的号码下载这个头像。当然这个影像有些"恐怖"，你也可以要求删除。在一个投影区，还特别好玩，你站在那里会感觉很多的蝴蝶在起舞，这些蝴蝶一会儿停在你的头上，一会儿停在你的手上。在这个投影区的另一侧，你可以把你的脸部做到蜜蜂、蝴蝶、甲壳虫里，然后，你就"变成"了这些昆虫在屏幕上飞来飞去。另一个区域，可以让你体验地震。我体验了日本的一次七级地震，据说这种模拟十分逼真。我们来圣荷塞后，经历了一次小的地震，其摇动的感觉很相似，不过七级地震强烈一些而已。

到美国后，我们参观的博物馆，差不多都允许观众参与体验，这一点值得借鉴，我相信好动的青少年会更喜欢。

慕名而去伯克利大学

2007 年 11 月 25 日星期日

晓辉是我们长沙赴美培训班前两届同学的朋友。我们到美国后前两届的同学发 E-mail 给他，将我们介绍给他认识。今天是星期天，晓辉约了我们四个同学去参观伯克利大学。

伯克利大学因其是我们熟悉的一位市领导的母校，我们倍感亲切并慕名而去。学校的全称是加利福尼亚大学伯克利分校（University of California，Berkeley，缩写 UC Berkeley 或 UCB）。1868 年由加利福尼亚学院以及农业、矿业和机械学院合并而成，是加利福尼亚大学 9 所分校中历史最悠久也最有声誉的一所。据晓辉介绍，该校的研究生部是美国最大的研究生部之一，研究生占学生总数的 1/3，每年约有 500 名研究生获得博士学位。1982 年，美国联合科研委员会会议理事会评定该校的研究生教育为美国第一。作为世界重要的研究及教学中心之一，其在物理、化学、计算机科学、工程学、经济学、法学等诸多领域位列世界前十，与旧金山南湾的斯坦福大学构成美国西部的学术中心。该校曾有许多学者获得诺贝尔奖。听此介绍，我们顿生敬意。

和圣荷塞大学一样，伯克利大学的校园也没有校门。晓辉将车停在一片树林旁。下车后，首先映入我们眼帘的是那个高高的尖顶钟楼。校园建在丘陵上面，高大的树木成林，绿草漫山遍野，一栋栋教学楼、图书馆、实验室……都在绿草包围和树林掩映之中。每个学院自成体系，我们走进商学院，里面楼台层层叠叠，十分雅致。

在校园里，我们遇到一位自称是环境设计系的工作人员，她热情地给我们作了很多介绍，并亲自把我们带到环境设计系。她说：这里是学校最简陋、最不好看的楼。我们一看果真如此，水泥的墙壁没有任何粉饰。走进大楼，里面也没有任何装修，电线都裸露在外面，墙上挂着许多学生的设计作品。为何这样？我们猜也许是没有资金，也许是让一切处于自然之中，也许是让学生们对房屋的结构一目了然，反正我们五人有五个不同的理解。如果果真如此的话，她为何要把我们带到这个最难看的地方来？后来听她讲解我们才渐渐明白，该系其所以这样，是为了强调设计和生态的结合，让设计永远接近真实的生活。为社会需要做设计，而不是为设计做设计。这是一种生态自然设计观啊。

我们慕名而来，虽然没有听到校方的全面介绍，但是我们能亲临校园，沿着许多诺贝尔奖获得者的足迹，有幸感受他们吹过的风、浴过的阳光，也觉得是一种惬意和满足。

企业也重视员工再教育

2007 年 11 月 27 日　星期二　晴

　　今天上午，上公共管理的原理和哲学，老师是 THOMAS。这个老师讲英语带有地方口音，我们听起来真是难上加难，幸亏有投影仪。下课后，协会组织我们去参观加州的汽车工厂。

　　这个工厂叫 NUMMI（New Unite Motor Manufacturing），生产通用汽车和丰田汽车。接待我们的是一位胖胖的中年白人妇女，穿着很随意，全然不像我们想象的知名企业接待员着正装的样子。不过这个接待员很老练和幽默，把我们和另外一队参观者的气氛搞得很活跃。她先做了一些介绍，然后给我们放了一段介绍工厂的视频。这个工厂始建于 1962 年，1982 年曾关闭，导致 4000 人失业。1984 年恢复生产，生产通用汽车和丰田汽车。现在有 4700 名员工，员工有优厚的待遇，每小时的工资 20 ~ 35 美元，另外还有完整的医疗保险以及牙齿和眼科的单项保险。员工购买通用汽车和丰田汽车还可以享受很大的折扣。工厂还可以为职工接受再教育报销学费和书本费。看来，这里的工厂同样注重员工的再教育和素质再提升。

　　看完介绍短片后，接待员领着我们进车间参观。我们 30 人坐在电动小列车上，接待员一边开车一边介绍，还时不时与生产线上的工人打招呼，显得非常的轻松自如，从她的身上我们感觉到她对工厂的热爱和对工作的热情。车间很大，分 Stamping（冲压）、Body（车身）、Weld（焊接）、Paint（喷漆）、Plastics（整形）、Assembly（组装），五道程序。在焊接处，我们看到很多机器人在进行焊接。工厂有一定的噪声，工人们都戴着耳塞，空气中夹杂着油漆味。在国内我参观过一汽的车间和三一重工的车间，我觉得从环境条件来讲，国内的工厂完全可以和他们相比甚至优于他们。

美国见闻

硅谷有颗无形的精神种子

2007 年 11 月 28 日　星期三　晴

　　今天，Kathryn Wood，一个年轻的女老师，给我们讲美国的三级政府，讲得非常清晰。美国老师讲课风格各异，有的西装革履，非常严谨，连学生上课喝水都不行；有的穿着随便，上课时有的一只脚踏在椅子上；有的一屁股坐在讲台上，学生喝水接手机都无所谓。这正如晚上余中博士给我们介绍的，美国人大都强调个性。

　　余中是中国江西九江人，在美国斯坦福大学读的硕士和博士，后来在 Bell 公司工作，现在自己开公司，来美国已经十几年了。他很博学且经历丰富，对美国的政策和社会有较深的了解。他给我们介绍了硅谷的形成过程。他认为硅谷的形成有很多原因，天时地利人和都有。比如，人才和知识的环境，这里著名的斯坦福大学和伯克利大学为硅谷输送了高科技的人才，这是其一。其二，美国 35% 的风险投资公司集中在这里，解决了硅谷的资金问题。

　　然而，余中认为，最重要的还是硅谷精神起了作用。什么是硅谷精神呢？他认为就是首创精神和不屈不挠的职业精神。他说，Coogle 就是斯坦福大学的两个研究生做起来的。这两个人是否比别人聪明不见得，但是他们身上就是有那么一种精神，有那么一种博大的理想，有那么一种想把全世界的所有信息进行整合的野心和雄心。他们的这种理想和雄心在他们的不懈努力下终于成为现实。他说，这种精神的形成是有一定渊源的。以前美国的西部非常荒凉，有钱人都到美国东部居住。有一批敢于冒险敢于创新的淘金者来到这里淘金，金淘完了，但是这些人给后人留下了一个精神遗产，那就是敢于冒险敢于创新的精神。这为后来硅谷的崛起留下了一颗看不见的精神种子。正是由于这种精神种子的作用，硅谷每隔一两年就要产生一个世界顶级公司。

气喘吁吁的老师

2007 年 11 月 29 日　星期四　晴

　　今天上午，上公共政策（Public Policy）课。9 点上课，迟迟不见老师进教室，大家觉得很纳闷，这可是少有的事啊。9 点 15 分终于有位老师气喘吁吁地快步走进教室。

　　老师是一位中年男子，戴着一副金丝边的眼镜，白白净净的显得很斯文，他的衬衫扎在裤子里，显得很利落。他急匆匆地走进教室，一边放包、擦汗，一边喘着气给我们道歉并作解释。他说，他家离学校平时是 1 个小时的路程，不想今天路上发生车祸，绕道后还堵车。他开了电脑、架好投影仪后，就请我们同学帮他调试，他说，他要去上一趟卫生间，看得出，他忙得上卫生间的时间都没了。

　　回教室后，他作了自我介绍，他是在中国台湾高雄上的中学，到美国工作几年后，又上了硕士和博士，在加拿大工作过，拿的是加拿大护照。他说美国的医疗保险没有加拿大好，美国有一半的人没有医疗保险，领退休金必须在美国工作十五年，他们四口之家每个月需要交医疗保险 1000 多美元。为了赚更多的钱和拓展自己的事业，除了讲课他还在一家公司工作，经常坐飞机满世界跑，工作节奏非常快，给我们上最后一节课时将会从机场直接赶往学校。感谢这位老师和我们分享他的工作和生活，尽管他今天迟到了，但同学们没有任何怨言或怨色，因为大家和我一样，深感他的生活相当不容易，不忍心再给他增加任何压力！

　　这时，我想起另一朋友晓辉告诉我们的一件事。晓辉的太太是美国一所公立小学的老师。这个小学都是一个老师包一个班，一周上五天课，每天上六节课，除了上讲台还要备课。他说，有一次，他太太晚上生病了，去看急诊前还必须把第二天的教案写好。因为给学校报告后，学校将给她派代课老师，但是代课老师只是按照她提供的教案进行组织和讲课。这样看来，小学老师压力也不小啊！

美国见闻

143

与外专局领导座谈

2007 年 12 月 6 日　星期四　阴雨

　　我准备到当地《圣荷塞水星报》去访问，为了提高访问的效果，今天我抽空在网上查背景资料。下午 4 点，国家外国专家局设在加州的美中国际交流基金会的会长苏光明先生来看望我们，了解大家学习和生活的情况，并与我们进行了座谈。

　　一天没下楼，感觉气温下降了不少，天空还下着毛毛细雨，看来加州的雨季到了。走进会议室，苏先生已经来到会场，他与大家一一握手。他介绍了外专局一步步推进中国与美国的交流以及技术引进与培训的过程，并请大家谈谈来美国后的感受。龚班长汇报了我们来美国后的学习与考察情况，谈了自己的调查和思考。前些日子，他和几名从事经济工作的同学访问了美国（旧金山地区）小企业管理局（Small Business Administration，简称 SBA）。这个局是美国政府专门设立的向小企业提供资金支持、技术援助、政府采购、紧急救助等全方位、专业化服务的机构，它是美国政府制定小企业政策的主要参考和执行部门，在各政府部门中有相当高的地位，局长由总统亲自任命。美国《小企业法》于 1953 年 7 月 30 日正式实施。责任明确的小企业管理局（SBA）也在同一天成立。据统计，半个世纪以来，SBA 直接或间接援助了 2000 万家小企业，由其扶植后成长为大公司的企业就有 Apple、Intel、AOL、Fedex 等等。相比之下，他认为当前国内要从战略上重视小企业的培植；要真心为小企业成长提供最优良的环境；要花功夫发展、完善风险资本投资市场。他的发言有调查、有研究和思考，给我留下很深的印象。

　　范坤同学谈了美国多元化的文化现象。其他同学踊跃发言，都从各自工作、专业的角度谈了各自的观察和思考。我也发了言，我觉得来美国学习，让我们同学打开了眼界，从看问题的高度、思考问题的角度以及生活态度和习惯等等都潜移默化地发生了一些些微的变化。有一个小细节让我感受非常深刻。刚来时，吃完饭大家放下餐具就走，留下杯盘狼藉一桌。后来，发现美国人吃完饭后，都会自觉地把桌子清理得干干净净。如今，我们班的同学吃完饭，一定会把桌子清理干净，上完课也一定会把课桌椅恢复到原位。这只是看得见的一个小变化，在观念方面，大家的无形变化肯定还有很多。

曲棍球开赛前奏国歌

2007 年 12 月 11 日　星期二　晴

今天晚上 7 点 30 分，HP Pavilion（惠普体育馆）有 San Jose 市鲨鱼队的曲棍球赛，为了体验这里的文化体育产业，我们部分同学自费买票观看了这场球赛。

这个体育馆位于圣荷塞市中心，离学校步行只有二十多分钟的路程，晚餐后我们结伴而去。平时，漫步圣荷塞街头，常常找不到问路的人。不想，此刻街头热闹非凡，人们三三两两，甚至成群结队，有的穿着鲨鱼球队标志的衣服，有的戴着鲨鱼球队标志的帽子，有的手上还拿着玩具曲棍球杆等，喜笑颜开地往惠普体育馆方向走。

当我们走进体育馆时，只见里面已熙熙攘攘。按照门票所示，我从 208 入口找到 11 排 17 座自己的位子。坐在这个位子上，放眼望去，只见整个看台呈碗状，碗底是赛场，碗边是层层叠叠的座位。我们坐在看台的最高一层，环顾四周，上万个座位几乎没有虚席，有种非常壮观的感觉。在球场的上方是四个巨大的高清晰度的电视屏幕，正在播放各种广告和告示。整个体育馆气氛十分热烈。

晚上 7 点 30 分，广播里忽然传来"请全体观众起立，奏国歌"的声音。屏幕上可以看见乐队在演奏，合唱队在领唱，全体观众站在各自的座位前，非常认真地跟唱或聆听。球场四周的屏幕上打出的全部是美国国旗。这种隆重而庄严的仪式让我真的有点吃惊，原来美国也是如此重视爱国主义教育！奏国歌之后，全体球员入场，所有的球员从一个巨大的鲨鱼嘴里一个接一个地滑出，然后在冰场上自由滑行，动作优美娴熟。几分钟热身后，比赛开始，这种曲棍球我是第一次实地观看，我感觉双方的对抗性非常强。鲨鱼队率先进球，观众发出雷鸣般的掌声和巨大的笛声，整个体育馆沸腾了，不由得你不热血沸腾。

　　第一场 20 分钟结束了，中间休息 17 分钟，观众纷纷下座到大厅活动，大厅里有饮料和各种小吃等，许多人都在排队购买。好玩的是，老的少的都穿着鲨鱼队标识的衣服，这种衣服从 T 恤到棉衣、夹克都有，可见他们的产品开发具有一定的深度。同时我在想，圣荷塞市虽是加州人口的第三大城市，但最多也不过是百万的人口，竟然培养出了一支如此深受市民热爱的球队。

　　曲棍球每场 20 分钟，共打三场。最终鲨鱼队以 4:1 遥遥领先。观众非常陶醉地离开了球场，而我的心也久久难以平静，不禁想这二十美元的学费交得很值呀。

美国见闻

美国人的环保教育与意识

2007 年 12 月 24 日　星期一　晴

　　到美国后，我非常惊讶，美国的一些宣传教育居然能做到如此根深蒂固、润物无声。比如他们的环保教育可以说深入到了人们的灵魂深处。这正如圣荷塞大学国际金融学院院长江教授说的，美国的环保教育会让你觉得，如果你的行为不环保，会自我感觉可耻。

　　在餐馆吃饭，只要有剩余的饭菜，美国人都会很自然地打包回家，每每看到他们这样，我们这些来自异国他乡的人，也会不自觉地将一些剩饭剩菜提到宿舍来。对于剩饭剩菜打不打包，其实在国内国外我们是两种不同的想法。在国内，如果打包，总有些担心别人会觉得你小家子气；而在美国，如果不打包，会担心别人认为你没教养，甚至就是江教授所说的，会自我感觉可耻。

　　美国人的环保意识处处都可以感觉得到。在市政府和在一些公司参观，总能看到一些宣传环保的资料。一些知名企业更是环保的带头者，比如，沃尔玛进货，如果包装盒不是回收环保纸做的，便不进；Google 备了许多自行车，免费让员工骑，每年还鼓励员工一天不开汽车等；政府则有一系列鼓励环保的政策，比如，家庭垃圾处理，如果分了类不需要收费，如果没有分类，则需要收费，而最主要的是如果你不分类，其他人会对你有看法，认为你这个人没有教养。政府鼓励汽车拼客（Carpool），即鼓励一车多人，并为一车两人以上的汽车开辟专门的车道，并减免部分收费。鼓励使用清洁燃料（hybrid car 一种混合动力车）也有一些优惠政策。一些企业和家庭使用太阳能和沼气等新能源发电发热，政府会将白天他们多余的能源回购，让他们感到有利可图。美国对污染的控制有严格的规定，工厂废水的处理决定工厂的出路。他们对汽车尾气的排放管理非常严格。比如加州对汽车年检就只查尾气。据说，他们这项治理非常有效果。美国是一个汽车大国，然而，他们的空气质量却未因此受到影响。加州的法律还有一项严格的规定，就是不准在公共场所和室内抽烟。每天傍晚，在我们宿舍前坪，总能看到一两个同学专门从宿舍跑下来抽烟。而对室内抽烟，邻居也是零容忍。有一次，我们班有人在宿舍做饭，油烟味飘出去了，隔壁宿舍以为有人抽烟，居然投诉到校方，校方给我们班发来严厉警告，后来经过调查后，才发现是一场误会。美国对动植物的保护也有许多的条条框框。我们班的同学就亲眼看到一些垂钓者带着尺子和秤钓鱼，因为美国的法律规定，多少厘米长之内的鱼和多少克重之内的鱼必须放生。另外，还必须学会识别鱼的雌雄，因为雌雄不同，放生的标准也不同。因此，要想在美国钓鱼，必须经过培训取得资格后方可进行。

据说，美国在工业化的时代环保方面也走过一段弯路。特别是芝加哥作为工业城，曾经污染很严重。由于废水流进五大湖，五大湖底重金属超标，虽然，现在湖水已经清澈见底，但人们至今不敢捕食湖里面的鱼。如今，美国看起来已变得山清水秀，更重要的是环保意识似乎已深入人心。

一个班像一个联合国

2007 年 12 月 26 日　星期三　晴

　　美国坐轻轨和巴士的人本不多，然而，在这里坐一趟车，进一次商店足可以让你看到人类所有的肤色和听到各种不同的语言。不说别的语言，仅中国方言，你就随时可听到粤语、上海话、东北话等。今天我在 Outlets（奥特莱斯）的星巴克买点心，排在我前面的是两个讲粤语的少妇，她们叽叽喳喳地聊着天，轮到她们买东西时，又能说非常流利的英语。

　　从根本上说，美国是一个移民国家，移民控制着主流社会，而土著的印第安人早已变成受保护的少数民族。直到现在，每年还有几十万，甚至上百万的人从亚洲、拉丁美洲、欧洲、非洲、大洋洲拥入美国。因此，美国与其他的西方国家不同的一点便是呈现移民社会的多元化。

　　有一次，我们坐在巴士上，上来一群打打闹闹的中学生，有一个混血儿模样的男孩，主动和我们打招呼，他听说我们是中国人后，就告诉我们，他奶奶是中国人，爷爷是意大利人，妈妈是美国人等。据说，像这样有着不同肤色和国度的家庭在这里并不少见。在学校体现更为清楚，一个班有时候就像一个联合国，有着不同的肤色，说着不同的母语，所以这里的学生从小会多国语言的并不稀奇。我同学莉全家来美国十多年了，他的儿子，自然而然就会说中国普通话、英语、西班牙语和墨西哥语。给我们上课的老师像走马灯似地更换，初步估计将近二十个，他们操着各种各样的口音，有纯正的美式英语、英式英语及带有各种方言的英语，还有中国江苏普通话和长沙话等。说长沙话的是圣荷塞大学金融经济学院的院长江教授，他是长沙人，他听说我们来自长沙，便由英语改用长沙话讲课，让我们倍感亲切。

　　在我们居住的加州，有各种不同的 Downtown（城镇），如旧金山的中国城是美国最大的唐人街，这里可以买到中国的特产，还能找到各种中国餐饮店。

如"又一村""四川餐馆"等，在这里你说中国话，基本没有语言障碍，难怪一些老一辈移民，在美国生活了几十年，还不太会说英语。我的 host family（联谊家庭）弗兰克的妈妈，在孩子们几岁的时候就带他们从中国台湾到了美国，她妈妈已经60岁了，至今不太会英语，但是在美国开了一个中餐馆，自己还会驾车。不仅如此，这里还有日本 Downtown（城镇）等。我们来学校后不久，在大礼堂就亲眼见到了印度人的聚会。我们经常去买菜的超市就是越南人开的。这些不同国度来的移民，虽然有着不同的文化习俗，有着不同的语言，有着不同的肤色，但是相处还比较和睦。

人生加油站

2007 年 12 月 30 日　　星期日　　晴

今晚，北京时间已进入 2007 年的最后一天了。身处异国他乡，站在时间列车特别的换乘站，瞻前顾后，百感交集。时间这趟列车从不为等待谁而停顿，也从不为迎接谁而加速，它就这样匀速地往前开。作为人生这列车上的乘客，青少年刚刚踏上征途，意气风发满是希望与憧憬；中年人已步入人生巅峰，收获满满的同时开始感叹时光匆匆；老年人已认清了生死的法则，多活一年就赢了一年，无须感叹岁月之蹉跎……

过去的 2007 年，对于我来说，这是非常特别的一年，难忘的一年，值得纪念的一年。最值得一提的是，大学毕业 18 年后，我没有步入中年油腻阶段，而是向往重温校园生活。通过全国 MPA 的统考，我收到了湖南大学研究生录取通知书，遇到一群更年轻的朋友。在这里，我收获了友谊与知识，年轻了心态。随后，我又通过了全市中青年干部出国培训英语选拔考试，走进湖南师大，背着书包开始为期近三个月的英语封闭式训练。这三个月啊，是我人生的又一搏击，儿子要中考，而我又要通过出国 BFT 考试，我没有像其他家长一样站在边上为儿子鼓劲，而是手拉手和儿子一起往前跑。我们一人一个房间，儿子在他的房间学习，我在我的书房读书，奇迹啊，儿子的成绩前进了二十名，进了理想的中学。而我呢，口语、听力、阅读、写作四门考试居然都过了。那时顶着一股巨大的压力。记得 7 月 21 日上午考完听力、笔试，下午一点，又走进口语考场。我和范坤同学是搭档，老师抛出一个话题，让我们用英语聊，还不断插入我们的对话，提出新的问题，升级聊天的难度。虽然我们都有些紧张，但聊天还是很顺畅，老师给的成绩也不错。这真是一种奇特的体验。

其实，需要加油的不仅仅是我的知识储备，而且还有我的身体。18 年的采编工作，值夜班长期熬夜和巨大工作压力，我的身体也需要调整了。上半年频频引发疼痛的胆囊结石，已到了不得不做手术的程度，还有一个子宫肌瘤大到要切除的尺寸了。考完 BFT 考试，我就住进了医院，考虑做两次手术要请两次长假确实不容易，和医生商量后决定两台手术一次做。手术做了六个小时，一前一后两台手术换了两个科室的医生，我哥哥、嫂子、姐姐、姐夫和我老公在手术室外等了六个多小时。进行手术时我是自己走进去的，当我从麻药中清醒过来时，已浑身疼痛不能动弹，接下来的三天是我人生中身体最难受、最难熬的三天，幸亏我学医的姐姐日夜陪伴着我，给了我无微不至的关怀。

10 月份，我来到了美国圣荷塞大学学习，开启了为期三个月的学习调研生活，大大地开阔了自己的视野，增长了见识，也交了很多的朋友。对我来说，这一切也许一辈子受用不尽。

2007 年，就像我人生中的加油站，车子检修了，汽油加足了，一切蓄势待发。让我用全部的热情拥抱 2008 吧。

美国见闻

斯坦福大学桃李满天下

2008 年 1 月 2 日　星期三　晴

　　1997 年香港回归时，我在香港采访湖南籍成功人士时，就感觉到他们以自己的孩子在斯坦福大学（Stanford University）念书为骄傲，那时我想我这一辈子可能与其无缘。不想，十年后的今天我有幸来到斯坦福大学参观。

　　斯坦福大学与我们学习的圣荷塞大学同在硅谷，但两校之间坐公共汽车需要 2 小时。今天上午，我的 host family（联谊家庭）开车将我和我的室友直接送到了斯坦福大学校门口。可惜学校处于放假状态，所有的教学楼、图书馆、美术馆等几乎都闭了门。校园很大，我们走了很多的弯路，最后通过一张校园地图才找到斯坦福大学的标志性建筑胡佛塔（Hoover Tower）。1941 年 6 月，斯坦福大学为了庆祝建校 50 周年，同时，也是为了纪念校友美国第 31 任总统胡佛对学校建设作出的巨大贡献而兴建该塔。

　　斯坦福大学其所以在人们心目中拥有世界名校地位，是因为学科优异且桃李满天下。据介绍，在斯坦福大学百余年的历史上，共有 20 多名在校人士获得诺贝尔奖，许多院系或专业力量都在美国乃至全世界位居前茅；在众多的毕业生中，除了美国前总统胡佛外，还有以色列前总理巴拉克、惠普创始人威廉姆·休利特和戴维·帕卡德等众多国家政要、科技精英及商界才俊，哈佛大学名誉校长伯克，约翰·霍普金斯大学校长布罗迪，加州大学名誉校长克尔，耶鲁大学校长列文，等等，都是斯坦福大学的校友。斯坦福大学校友分布全球各地，因而斯坦福大学也享誉全球。

　　站在胡佛塔前，读着这些介绍，对学校的敬仰之情又增几分。据说，来斯坦福大学参观的人大体都要到胡佛塔顶登高远望，可是时值假期，大门要到 1 月 20 日才开放，我们只能在胡佛塔外围拍拍照看看介绍。斯坦福大学的校园堪比公园，园内绿草如茵，参天大树随处可见，还有许多栩栩如生的雕塑，吸引着很多游客在雕塑前拍照。校园的建筑看上去都很别致，大多楼层不高，还有非常古朴的长廊，据说，经常吸引一些年轻人来拍婚纱照。与公立学校不同的是校园内还有一座教堂，这座教堂古香古色，上面有很多人物画，是美国最大的悬空教堂之一，位于校园的中央广场，也是校园的地标性建筑。

我们一行徜徉在校园内，优雅的校园让我们内心无比宁静开阔，而那一棵棵参天大树，则让我们联想起斯坦福大学培养出来的那些世界级栋梁之材。

孩子要不要出国留学

2008 年 1 月 6 日　星期日　晴

　　我们班有的同学从事教育工作，有的同学孩子已经上初中、高中，都对孩子到底要不要出国留学的问题十分关心。今天我们有幸请到旧金山州立大学副校长吴彦伯博士给我们讲解孩子出国留学的问题。

　　美国共有 4400 多所大学，而英国只有 300 多所，澳大利亚只有 39 所，新西兰就更少，因此，美国在全世界的教育资源是最丰富的国家。而且，美国办学不完全是以营利为目的，公立学校政府每年都要倒贴许多钱。加上，美国地大物博，孩子发展机会比别的国家多；更重要的一点是美国是一个移民国家，多元文化和包容性特别强，孩子更容易融入这个社会。因此，吴博士认为到美国来留学是不错的选择。

　　那么孩子什么时候到美国来留学合适呢？吴博士说他个人基本不主张孩子到美国来上高中，因为孩子太小，自我控制能力太差，很容易出现问题。至于是来读本科还是来读硕士，他认为如果孩子成绩好，在国内能考上好学校，读完本科来非常好；如果孩子成绩不怎么样，考不上名校，则可以选择来读本科。这种形式好处是孩子出来早，将来融入美国社会快，英语会说得更好一些，缺点就是孩子的自控能力还是不够好。

　　孩子到美国来读什么学校？美国 4000 多所学校里，1700 多所学校是社区学校，两年制的大学，占整个学校的 41%。美国的私立学校多但规模小，占总学校的 56% 而学生只占整个学生的 20%。公立学校相对较少，只占 44% 的比例，但规模大，美国 80% 的学生在公立学校读书。我们所在的圣荷塞州立大学就有 3 万多名学生，旧金山州立大学也差不多，美国这种类似的公立学校很多，这些学校以培养硕士和学士为主。而像普林斯顿大学这样的私立学校，规模相当较小，据说爱因斯坦在这个学校教书时是 6000 多人，现在还是 6000 多人，每年都控制招生，以便保证教学质量。

选什么学校？首先要看学校是否被认证，学校一定要是被认证的学校，否则就会上当。吴博士说可以到网上查找。其次，要看孩子的水平，孩子的成绩好可以到一些名校去读，成绩一般就不要到那些名校去读。他说，在名校读书如果跟不上，孩子压力会很大，因压力太大造成自杀悲剧的事例，他也亲耳听到过。再次，要看孩子学什么专业，一些学校都有自己的拿手专业，学校不一定有名气，但是学校的一些专业却非常好，因此，要根据专业找学校。

此外，还有一个重要的因素，就是经济条件。一般来说，公立学校的学费会比较便宜。如州立大学，本州的学生来上学，每年的学费只要3000多美元，外州的学生要贵一些，但比私立大学便宜多了，私立大学每年仅学费就要3万美元左右，加上生活费之类，每年要开支5.5万美元左右。而公立学校包括学费和其他开支每年1万~2万美元就够了。因此，选什么学校要综合考虑。

读硕士还是读博士？我们开始认为这不是一个问题，因为肯定读博士比读硕士要好。其实不然。美国跟中国不同，大学毕业可以选择读硕士再读博士，但是也可以直接读博士，不需从硕士读起。起先，吴博士的想法跟我们一样，但是他妹妹的经历使他改变了想法。起先，他妹妹从国内到美国后，直接读的是博士。但读博士需要最少三年，最多六年时间，而且因为博士培养的是研究型的人才，不如硕士好找工作，于是他妹妹读完一年博士后中途又改学硕士，而且改学起来还非常难。她的办法就是每次考试故意不及格，老师认为她确实跟不上，才放她去读硕士。他妹妹读完硕士很快就找到了工作，现在过得非常好。吴博士说，最好是读一个硕士，找到工作后，如果有兴趣，边工作边读博士，或者再读博士，这样有利于找工作。

从小培养孩子的自信心和学习兴趣

2008 年 1 月 17 日　　星期四　　晴

　　今天对我们全班同学来说是一个特别的日子，因为我们举行了毕业典礼，班长代表全班向校方汇报了我们的学习成果，副校长马克博士给我们颁发了毕业证书。毕业典礼后，美中交流协会的副会长，负责我们这个培训项目的葛滨博士邀请我们到他家做客。

　　葛博士家的房子地理位置不错。从我们学校出发到他家将近 40 分钟的路程，在湾区的中间部位，离北湾和南湾都只有半个小时的路程。葛博士介绍，他住的那座城市叫 Bedroom City，直译是卧室城，意谓没有污染，整个城市就像一个卧室安安静静。据说没有污染是美国居民对住房追求的最高境界。他所在的社区购物、娱乐、健身设施十分齐备，一路上葛博士给我们介绍，哪是购物中心、哪是游泳池、哪是棒球场等。

　　来到他家那座白色的独立小楼前，我们首先看到的是车库，里面停着一辆车，车库前还停着两辆车。葛博士说，平时他们下了班停了车就直接从车库进了家。但是今天他要先带我们去后院观景。到了后院才知道，他家在一个山顶上。放眼望去，旧金山万家灯火一览无余，同时还能看到一片大海。他说，在美国这叫 Double view，意思是双景，因而，他家的房子与他家马路对面的房子一模一样，但是能看到双景要贵 6 万美元。这里的确安安静静，干干净净，堪称卧室城。

　　葛博士家更是一尘不染。从衣帽间到女儿的房间，全部对我们开放。葛博士有一个令人羡慕的女儿露露。她四岁随父母来美国，基本受的是美国教育。葛太太薇娜说：孩子在小学三年级前，主要是培养自信心和学习兴趣，有了这两点以后父母就不用太操心了。露露小学三年级前成绩并不拔尖，但就是培养了自信心和学习兴趣，以后各方面都能突飞猛进。有一次考试，六个项目的第一名全部被她拿回。与此同时，她的社会活动能力特别强，16 岁时，她通过竞选成为全美最小的学区委员，许多媒体都进行了跟踪报道。此后，她做了许多第一的事情。到现在还在上学的她已经干过 14 种工作了。在她家的房子里有一间屋除了一架钢琴外，墙上挂满了露露的各种荣誉证书和各个时期的照片，桌上摆满了她的各种奖杯和富有纪念意义的来信，其中一封就是露露担任学区委员时，她所在学校的校长给她发的信，校长表示要支持她的工作。露露在美国上完大学后，现在又回到中国，在北京大学上学，因为她们看准，中国将成为世界强国。葛太太的仪表打理得非常好，穿着精精致致，身材也保持得非常好。她和葛博士是同学，都是湖南师大七七级的大学毕业生。她见到我们这些家乡人十分开心，非常热情地接待我们。看得出这是一个非常和谐、夫妻同心、育儿有方、事业有成的高知家庭。

（二）异域景观

走进硅谷

2007 年 10 月 27 日　星期六　晴

今天周六，学校没有安排课。范坤的同学龚先生夫妇邀请我们组的同学一起去硅谷走走看看。

所谓硅谷，英文名为 Silicon Vally。Silicon 是化学元素硅，因这里的许多高科技公司制造电子装置需要用高纯度的硅而得名，Vally 是盆地的意思。但看上去，我们感觉不到它是盆地。龚先生的太太是北大毕业的，现在硅谷 Oracle 即著名的甲骨文公司工作。据龚太太介绍，这里是自然而然形成的高科技软件园，是一个长度大约 35 公里的工业区，许多世界著名的高科技软件公司汇集于此，如英特尔（Intel）、惠普（HP）、甲骨文（Oracle）、雅虎（Yahoo）、新浪（Sina）、谷歌（Google）等。

我们先到了 Shoreline Lake 公园，这里十分的空旷，有一个比长沙烈士公园年嘉湖还大很多的湖，还有高尔夫球场等。公园虽大但游人不是很多，不时遇到的大多是跑步或骑单车搞锻炼的人。据说世界著名谷歌（Google）就在这儿，好奇心驱使我们马上就想去看看。开车只有几分钟，龚太太就把车停在了谷歌（Google）公司的门牌附近。这里到处是高大挺拔的大树，绿草萋萋，白色的玫瑰花丛丛簇簇。谷歌（Google）的办公楼就坐落在大树与绿草鲜花包围之中。紧挨着的是西门子（Siemens）加州分部。但它们全然不是我们想象中的摩天大厦或高宅大院，而是一层至两三层的平层和矮层房子。这让我们意识到，高科技不一定都要有高楼。

不过，硅谷也有高楼，龚太太工作的公司甲骨文（Oracle）就是很气派的中高层建筑。龚太太准备带我们进她们的办公大楼参观。走近大楼，一首《致爱丽丝》的美妙旋律就飘然入耳。循声进入办公楼大厅，只见大厅一侧摆着一台锃亮的钢琴，龚太太的一位同事正坐在钢琴前前俯后仰、非常投入地弹奏。大厅一角是咖啡吧，摆着十来张桌子和椅子，坐在咖啡桌前，可以很舒适地欣赏到大楼外美丽的人工湖。据龚先生夫妇介绍，在硅谷的大多数公司，都为员工创造了一个宽松的学习、生活、工作环境。

在硅谷，我们还看到与众不同的三四栋四五层高的楼房，其外墙都是有规则的洞，这是干什么的呢？龚太太告诉我们，这些是立体停车场。美国是一个汽车消费大国，而硅谷看上去地大人稀，但同样存在停车难的问题，修建这些停车楼，就是为了解决停车难的问题。

美国见闻

初探旧金山

2007 年 10 月 30 日　星期二　大雾

　　今天一早，学校组织我们到旧金山参观。出发前，葛滨博士给我们介绍了旧金山的人文历史。

　　旧金山既是 city（市）又是 county（郡）。郡一般要管好几个市，但旧金山很特别。旧金山是我们大多数中国人对 San Francisco 市的称呼，San Francisco是创立者的名字，十九世纪中叶因采金热迅速发展，华侨们称其为金山，后为区别于澳大利亚的墨尔本，改称旧金山。但广东人根据 San Francisco 市的英语发音称其为三藩市。该市位于美国加利福尼亚州西海岸圣弗朗西斯科半岛，面积 47 平方英里，三面环水，环境优美。气候冬暖夏凉，阳光充足，被誉为"最受美国人欢迎的城市"。1769 年西班牙人发现此地，1848 年加入美联邦。全市人口约 76 万。有著名的金门桥、海湾桥等宏大建筑。

　　Treasure Island（可意译为珍宝岛）如同太平洋上的一颗明珠静静卧在旧金山的海湾里。可是，今天天气真不巧，海湾上空雾气很大，站在珍宝岛上放眼四周，连对门的海湾大桥（Bay Bridge）也变得朦朦胧胧。气温也陡降至十几度，我们有的还穿着短袖衫，冻得直哆嗦。海风劲吹，蓄长发的女生头发被吹得前后舞动，完全没有了发型。虽然大家兴致很高，但终抵不过海风袭来的寒意，纷纷躲到了汽车里。

　　上午 10 时左右，我们来到旧金山城区。旧金山城依山而建，面朝大海，既是一座美丽山城又是一座海滨城市。市区道路和街道大多蜿蜒陡峭，最让人难忘的是大名鼎鼎的九曲花街，其正式名字叫伦巴底街（Lombard Street）。据介绍，这段坡度非常陡的街道原本是直线通行的，但考虑到行车安全，1923 年这段路被改成弯曲迂回形态，利用长度来换取空间以减缓沿线的坡度，且只允许下坡方向的车单向行驶。不想这一改竟成了世界"奇观"。一眼望过去，短短一段路九曲十八弯，其吸引人之处，既在于那盘桓曲折山路的别致，更有那鲜花芳草的赏心悦目。行走其中，无论是开车还是步行，总能移步换景，游移花海之感。沿着一侧的步行道来到街的最高点，这里也是一处俯瞰旧金山北部海滨的绝佳观景点。

中午时分，我们走进 China Downtown（中国城）。中国城，位于旧金山市区的东北角，有 25 万华人，据说为美国华人最大集中地。城内街道纵横交错，我们沿一条街走了半个小时没有走到尽头，便折回来。城内听到的语言大多是中国的各种方言，特别是广东话。难怪葛教授讲，许多老华侨在美国待了几十年也不会讲英语。两边的店子里几乎全部是中国店、中国货，路过一家中药铺，我们还进去买了一小包当归、红枣等。令人吃惊的是这里竟然还有一家叫"过足瘾"的洗脚城。中午，我们就在店名叫"湖南又一村"的店子里用餐。

下午，我们参观 City Hall（市政大厅）。这里一边照常工作，一边接待游人，除了要进行安检，没有其他要求。据介绍，旧金山还是一个崇尚"多元化"的城市。白人、黑人、黄种人和谐共处；在这里，你可以看到头顶红红绿绿头发的年轻人招摇过市，也可看到同性恋情侣在街头拥吻。

美国见闻

世界大都市纽约

2007 年 11 月 2 日　星期五　晴

　　今天到纽约的考察，由于时间紧也就是跑马观花了。对纽约的整体印象并非我们想象的那么富丽堂皇，但也并不让人失望，华尔街、自由女神、摩天大厦与繁华风景和电影《北京人在纽约》展现的差不多。

　　我们首先到达的是著名的 Wall Street（华尔街）。此街位于纽约市曼哈顿区的南部，其名可意译为墙街。据说，因沿一堵土墙自然形成的一条街而得名。虽然后来围墙拆除了，但"华尔街"的名字却保留了下来。在华尔街附近，大家被那头著名的华尔街铜牛吸引住了。据介绍，华尔街铜牛是美国华尔街的标志，有 3.4 米高，4.8 米长，3.2 吨重。设计者名叫莫迪卡，是来自意大利西西里岛的一名艺术家。来美国后，他为了一鸣惊人，用两年时间精心打造了这尊铜牛，并于 1989 年圣诞节将铜牛运到华尔街纽约证券交易所门前，引发一系列故事。近观此牛，身体庞大健硕、头部鼻孔发光，牛尾横翘在身体之上，以半蹲之态给人以蓄势待发、一跃而起之感，果真像人们所说的牛气冲天。一些炒股的同学纷纷上前触摸铜牛的头和身体，开玩笑说，沾沾牛气。然而，华尔街虽名气大如天，但展现在我们眼前的却是一条"小街小巷"。走进这条街，我们发现直走长不过一英里，横走宽不过 11 米，在两边高楼大厦的遮挡下，显得又暗又窄。但它实实在在是"美国的金融中心"、美国财富的象征、世界金融市场的晴雨表。这里有美国第一任总统乔治·华盛顿 1789 年宣誓就职的旧址和塑像，有股票交易中心，可是容不得我们细细地看，领队就一个劲地催促我们快走，到此一游而已。

　　接下来就是乘船游 East River（东河）。河非常宽阔和清澈，河面上有巨轮在航行，不时还有直升机飞过，游船出发不久，我们就看到一个直升机机场，据说许多金融巨子为了节省时间用直升机作交通工具。船长是一位美国中年男，是个胖子但胖得不过分，非常友好热情，一边开船一边给我们作介绍。自由女神像渐渐地进入我们眼帘，只见女神像头戴光芒四射的冠冕，右手高举象征自由的火炬。胖子船长介绍，女神像位于哈得逊河和东河入海口海湾的自由女神岛上，是法国人为纪念美国独立100周年送给美国人的礼物，由法国著名雕塑家巴托尔迪雕塑而成。雕像的建造始于1876年，竣工于1886年，前后花了十年时间。船长介绍，女神像高46米，基座高45米，仅嘴唇就有1米厚。我们不禁对如此宏大的艺术塑像啧啧惊叹起来。

从游船上看纽约，曼哈顿与泽西城（Jersey City）隔水相望、摩天大楼林立，仿佛是耸立在海面上的两座海市蜃楼。据20世纪90年代的统计，世界上60层以上的高楼60%位于纽约。这里车流人流川流不息，世界著名品牌汇集于此，户外广告十分醒目，形成了一道繁华的风景。

金色长廊

2007 年 11 月 3 日　星期六　晴

　　今早从住宿的 Edesin Comfort Inn 出来，我们的汽车朝纽约州方向驶去。有同学问，纽约州与纽约有什么区别？领队告诉我们，美国共有五十个州，纽约州为全美第二大州，而纽约市为纽约州内最大的城市，但与我们想象的不同，纽约州的首府却不是纽约市，而是州内一个默默无闻的小城 Albany（奥尔巴尼）。

　　时值金秋季节，风和日丽天空蔚蓝蔚蓝的，道路两旁是绿色的草地和金色的灌木林，我们一车人端着相机朝窗外随便一按，都是一幅幅可以做电脑屏幕的风景画，此画尤以金色为主色调，让人想起西方油画中那些充满阳光的乡村风景，令人神往。从早晨到晚上我们的汽车一直行驶在这种金色油画般的长廊里。

　　此行此景欣赏之余当然会引发我们的一些联想、思考和感叹。美国位于北美洲中部，北与加拿大接壤，南靠墨西哥，西临太平洋，东濒大西洋。地形总体西高东低，自然资源丰富，总面积 937 万平方公里，比中国只少了不到 30 万平方公里，但人口却只有 3 亿左右，人均拥有资源多。今天，我们经过的七八小时车程，沿途几乎没有见到人劳动或活动的场景，更没见到任何人类过度开发自然资源的情景。不时见到的一些城镇（Downtown）无论色彩还是布局，都是很自然地散落在树林和草地之中，有天人合一之感。

彩虹桥上见彩虹

2007 年 11 月 4 日　星期天　晴

今天上午，我们将离开驻地坐汽车去华盛顿。

早晨八点多钟，我们一行三十人相约在离开前去看看尼亚加拉（Niagara）大瀑布。从驻地富尔塞得（Fallside）旅馆步行，穿过两条大马路，到了尼亚加拉河彩虹桥（Rainbow Bridge）。彩虹桥是一座钢制拱形结构的大桥，横跨尼亚加拉河，连接加拿大安大略省和美国纽约州的两座尼亚加拉瀑布城。据说，尼亚加拉大瀑布巨大的落差形成漫天的水汽，幸运的话可以在桥上看到横跨在瀑布上的彩虹，这也是彩虹桥的名称由来。

幸运的是我们刚上大桥，天空中一道彩虹倏然飞入眼帘，彩虹横跨在美丽清澈的尼亚加拉河上，在秋日金色的阳光中熠熠生辉，很久没有见过彩虹了，同学们个个激动不已，纷纷举起了相机拍摄不停。走过大桥，再行十几分钟，就看到了尼亚加拉大瀑布。由于距离太近，我们只见一幅宽阔洁白的水帘静静地挂在对面，而拍不到壮观的大瀑布全景。水帘、雾气、阳光、彩虹，交相辉映，美轮美奂。

从昨天到今天，我们坐汽车纵横美洲大地千余公里，到处都是蓝蓝的天空、清清的河水、和煦的阳光和美丽的秋色，更别说今晨所见的瀑布与彩虹了。如果说昨天大家还对汽车两边金色油画般的景色充满激情的话，今天就有些视觉疲劳了，把照相机伸到窗外拍照的人渐渐少了。大家开始谈论环保问题。有人感叹，走了两天竟然不见任何白色垃圾！大家深深地觉得环境是用钱买不回的，必须加倍珍惜，它比发展经济还显得更加紧迫。我和大家一样，内心产生了巨大的震撼。去年初，报社做了系列有关社会主义新农村建设的调查，当时，我就感到农村的环保问题是一个不容忽视的问题。看到美国居然做得这么好，我内心更加充满信心，只要我们大家转变观念和发展理念，也一定能抓好环保问题，建设好社会主义新农村。

白色的房子和趴下的"V"

2007 年 11 月 4 日　星期天　晴

　　美国的时间全国不统一，美国西部以旧金山为例比美国东部时间纽约晚 3 小时，从纽约到华盛顿后，又得将时间往回拨一小时。今早很多同学忘了将时间回拨 1 小时，结果白白地早起了 1 小时。今天的活动主要是参观华盛顿。

　　华盛顿（Washington）是美国的首都，位于哥伦比亚特区（District of Columbia），人口约 70 万，比纽约小多了。华盛顿的设计是围绕政府工作的需要进行的，以国会山和总统官邸（白宫）作为首都的中心，还有图书馆、纪念碑、纪念堂、剧场、大学以及大使馆等文化设施和相关机构。

　　在我们的想象中，白宫应该像个宫殿，实地看了后，觉得从外形看很普通，英语的名字 White House 直译就是白色的房子，中国将其称为白宫，我感觉在翻译中加入了中国元素。倒是美国国会大厦（United States Capitol）其造型像古堡，圆顶带尖，气势恢宏，倒像我们想象中的宫殿，可能许多中国人把两者混淆了。国会大厦是国会所在地，是制定法律的地方。据说里面有 550 间房子。可惜今天是星期天，一些地方因为不上班没有开放。白宫和国会大厦我们都没能进去参观。

　　在华盛顿中心区最醒目的除了国会大厦外，当属华盛顿纪念碑，该碑碑高有 166 米，无论走到哪个角度都能看得见。在其延长线上，有两个纪念堂，一个是林肯纪念堂（Lincoln Memorial），纪念堂正中是巨大的林肯坐像，36 根石柱代表了林肯遇刺时全国的 36 个州。固定陈列的展品突出表现了林肯在解放黑人奴隶及维护美国统一中的贡献。另一个纪念堂是托马斯·杰斐逊纪念堂（Thomas Jefferson Memorial）。杰斐逊是美国的开国元勋，《独立宣言》的起草人，也是美国第三任总统，完成"印第安纳购并"的人。纪念堂是一个圆形的建筑，在 54 根汉白玉的石柱中央，矗立着 6 米高的杰斐逊青铜立像。四周的墙壁上雕刻的是杰斐逊的警句。

　　还有两个给人深刻印象的纪念地，一个是朝鲜战争纪念地，这里有许多军人的雕像，不过军人形象不是常见的英雄形象，而是显得非常疲惫和艰难，看得出是在表现战争的艰难和痛苦，据说其用意在呼唤和平。另一个就是越南战争纪念碑，据说由林徽因的侄女、著名美籍华裔建筑师林璎21岁时设计，造型是一个"V"字，既是越南的第一字母，又是英语胜利的第一个字母，不过由于越南战争在美国人看来是一场没有胜利的战争，因此"V"是一个趴下的"V"。

世界银屏中心好莱坞

2007 年 11 月 5 日　星期一　晴

　　连日来，飞机换汽车，汽车又换飞机，一坐就是六七小时，并且不停地倒时差，大家十分疲惫，浓浓的思乡情绪也随之而生，想家、想长沙、想长沙的饭菜。今天早晨在 Comfort Inn 就餐时，就看到几名男同学拿着一瓶辣妹子牌的辣椒酱就着牛奶面包吃。晚上到达洛杉矶预订的宾馆（Saddleback Hotel）时，由于房间没有网络，大家不约而同地挟着笔记本电脑来到酒店大堂，请服务员帮助上网与家里联系，形成一道风景。人非草木，孰能无情，好玩的是大家来大堂像是约好了似的。

　　洛杉矶在美国西部加利福尼亚州。今晨美国东部时间十二点多，我们从华盛顿起飞，到达洛杉矶（Los Angeles）时手表指示下午 7 时 4 分，应是晚饭时间了。可接机的先生立即让我们将时间倒拨 3 小时，即调到洛杉矶时间下午 4 时 4 分。而这个时间既不是中饭时间又不是晚餐餐点，尽管我们都只吃了早餐，但我们谁也没有怨言，继续按日程进行文化参观活动。

　　洛杉矶是美国第二大城市和海港。好莱坞位于洛杉矶的西北部。据介绍，十九世纪末电影出现后不久，纽约和新泽西是电影制作的中心，但因为当时的拍摄靠自然日光进行，而纽约和新泽西阴雨天较多影响拍片，这里的电影工作者渐渐地被洛杉矶充足的阳光和多姿多彩的外景吸引，纷纷来到洛杉矶的好莱坞（Hollywood），到 20 世纪 20 年代，这里已有 20 家拍片公司驻扎拍片，好莱坞（Hollywood）就自然而然地成了世界的银屏中心、电影业的圣地。

　　世界著名的星光大道（Starline）就在这里。这是一条并不很宽的街道，乍一看并没有什么特别，定睛一看原来街道两侧的人行道上有很多五角星，走上前一看，每颗星都有一个著名影星的名字，据说有 5000 多颗。街道的一侧有中国剧院（Chinese Theatre）和柯达剧院（Kodak Theatre），中国剧院前坪的水泥地板上有明星的手印、脚印、签名，共有 150 多个，吸引无数游人观光拍照。我们看到了香港导演吴宇森的中文签名和手印、脚印。我们不得不感叹这种创意。

荒漠人造不夜城

2007 年 11 月 6 日　星期二　晴

今天，我们的目的地是拉斯维加斯（Las Vegas）。

上午 9 时，我们从洛杉矶准时出发，下午 5 时，到达拉斯维加斯的 Riviera。沿途风景与美国东部大不同，公路两边全是光秃秃的岩石山，可以说是一大片不毛之地。而拉斯维加斯则是这片荒漠中的一座闪亮的不夜城。

拉斯维加斯属于内华达州，位于加州的东部，属于内陆城市。据介绍，一百多年前，这里还是一片沙漠荒原，只是铁路停靠的一个小站。因为自然条件恶劣，这里没有农业和工业，过去靠租地给联邦政府进行维持。1931 年内华达州议会通过了允许建立赌博增加税收以发展公共教育事业的法案。内华达州成为全美唯一抽烟、赌博合法的州。1930—1936 年，在距拉斯维加斯 50 公里的科罗拉多河上建成了著名的胡佛水坝（Hoover Dam）。该水库解决了拉斯维加斯的供水及电力问题，给这里的发展带来了巨大生机。拉斯维加斯凭着政策的特许和水库的水电资源，大力发展旅游娱乐博彩业，奇迹般地成了远离各大城市的荒漠孤城。如今，这里是世界上最大的赌城和世界顶级娱乐中心以及购物中心，每年吸引游客 3000 余万人次，被称为人造的奇迹。我们带着一种探究的心理走进了这座人工打造、非自然形成的城市。

当我们乘坐的汽车驶进拉斯维加斯城的时候，有一种强烈的梦幻般的感觉。埃及金字塔、纽约自由女神像、巴黎埃菲尔铁塔等世界著名景点模型一一跳进你的眼帘，有的甚至是同比例大小，让你不知身在何处。这里高楼林立，酒店一家接一家。著名演艺公司米高梅（MGM）在这里开了一家拥有 5000 多间客房的大酒店，目前，又增资 70 多亿美元进行扩建，将拥有 7000 多间住房，成为世界排名第一的大酒店。

据介绍，这里有全世界顶尖酒店 27 家。而每家酒店的建筑都有一个主题，这便有了世界著名景点汇集于此的景观。每家酒店都带有娱乐场所，有赌城和表演。据说，成龙和周华健都到这里开过个人演唱会。

晚饭后，人们聚集在宾馆前，等待观看8点钟的"火山爆发"表演。街头灯红酒绿，车水马龙，等待看表演的人有各色人种。表演火光冲天，惊心动魄，但只有几分钟就结束了。然后，人群又转移到珍宝岛酒店前观看"海盗船"表演，这个表演也以火与光的烟花做背景，许多演员在一艘电光火闪的"海盗船"上表演，唱歌跳舞翻跟头，动感十足，很吸引眼球。这些表演，只要你愿意，所有游人，人人可站在街头或从酒店窗口免费观看。

入夜暮色四合，灯火显得更加璀璨。这个城市进入最繁忙的时段。各大酒店的一楼，成千上万的老虎机吞食着硬币，成千上万张赌桌被围得水泄不通……我对赌博毫无兴趣，连看的兴致都没有，早早地便躺在酒店的床上休息。但游戏机的声响和人们间或的叫声不时从四面八方涌来。让人不得不感叹，拉斯维加斯，一座真正的不夜城。

此行，拉斯维加斯带给我们的并不是感官的刺激，而是理性的思考与启示。不毛之地都能造出一座闪耀的世界名城来，说明事在人为。

美国见闻

科罗拉多大峡谷

2007 年 11 月 7 日　星期三　晴

　　早在上中学时，就从地理书上了解到美洲大地有一个自然奇观——科罗拉多大峡谷（Colorado Grand Canyon）。当我们获悉科罗拉多大峡谷离拉斯维加斯只有 2 个小时的汽车路程时，班委根据大多数同学的意见，决定对行程做稍稍调整，根据自愿的原则，自费掏钱每人 180 美元去科罗拉多大峡谷实地一看。一共有 21 名同学报名，我自然不会错过这样的机会。

　　一路上，我们饱览了大自然奇特的地质地貌，无不折服其鬼斧神工。当我们的汽车进入大峡谷区域时，被要求停在一座小房子前，所有去看大峡谷的车都必须停在这里，统一乘谷区的游览车（Tour）去景点，以便更好地保护环境。进入正式的峡谷区后，我们在影视里见过的大峡谷像电影大片一样，真实地气势恢宏地展现在我们面前，大家纷纷拿出照相机，个个只恨自己的相机没有长焦距大镜头，无法拍出峡谷的壮观。

　　大峡谷位于亚利桑那州（Arizona）的西北部，科罗拉多高原西南部。这里也同喜马拉雅山一样，曾是一片汪洋大海，大自然的造山运动使之隆起为高原。科罗拉多河流经这里，河道冲刷和风蚀水浸一起对高原进行了雕刻，终于形成了这一气势磅礴的自然奇观。大峡谷长 400 千米左右，宽 6000 米至 29 千米，最深处逾 2000 米。放眼望去，峡谷蜿蜒曲折，两侧或是绝壁，自然形成各种造型。一些垂直断裂处，显露出不同的巨岩断层。这些巨岩断层在蓝天白云的笼罩下，七彩缤纷，斑斓诡秘，苍茫迷幻，让人有坠入天外仙境之感！

　　汽车在大峡谷玻璃桥（Galss Bridge）前停下。据说，这座悬空透明玻璃观景桥耗资 3000 万美元，今年 3 月才正式对外开放，恰好被我们赶上了。这是半圆环桥，呈 U 字形，也有人叫 U 字廊桥。廊桥桥面为 10 厘米左右厚度的强化透明玻璃，桥宽约 3 米，桥最远处距岩壁 21 米，桥面悬在距谷底 1200 米的高空。我们随游人走上玻璃桥面，往下看脚下万丈深渊清晰可见。虽然，内心知道桥廊非常安全，但仍禁不住两腿发软。上桥的人不许携带任何东西，包括手机和相机，桥上面有三个拍照点，游人到了这种桥上觉得非常不容易，大都会愿意花25美元拍几张照。出来并没有照片，只是叫你用U盘复制过去。上桥的人排着长队，每人门票就需30多美元。让人感觉此桥就像一台印钞机，源源不断地印着钞票！

据说，此桥号称"21世纪世界奇观"，最初的创意由出生于上海的一名美国华裔企业家构思出来，这真是一个大胆的设想！想一想，科罗拉多大峡谷其实也是一块不毛之地，放眼望去，不见树木更没有花草，用中国的一句俗语来说，也是一个"鸟不拉屎的地方"！能脑洞大开，想出如此妙招，拉动消费，让人不得不感叹！

蒙特雷湾的 17 英里

2007 年 12 月 2 日　星期天　晴

今天是星期天，学校没课。联谊家庭的张先生邀请我和肖、金去蒙特雷湾（Monterey Bay）17 英里观景。

Monterey（蒙特雷湾）由 Monte（西班牙语"山"）和 Rey（西班牙语"国王"）合成的。蒙特雷湾（Monterey）是座宁静安详的海滨小镇，有着加州第一城（California's First City）的美誉。据说，1602 年西班牙远征队抵达这里，用新西班牙总督蒙特雷伯爵之名来命名此处海湾和最早的港口，是西方殖民者在加利福尼亚建立的第一座城镇。

我们从学校出发大约一个多小时的车程就到达了蒙特雷湾著名的 17 英里（17 Mile Drive）驾车风景线。这条公路始于蒙特雷小镇，在圆石滩和树林中穿行一圈后终于卡梅尔（Carmel）小镇，全长 17 英里。这里一边是小山一边是大海，山上树木葱茏，一些被称为豪宅的别墅依山而建，据说，有的豪宅价值几千万美金，远远地看过去里面有游泳池和网球场等设施，停着一些高档小汽车。然而，更吸引我们的是眼前的大海。大海一望无际，远处云天一色，偶尔滚过一堆波涛，拍打着海滩，发出轰鸣之声。阳光、海滩、海鸟、森林、草地、鲜花……清新洁净，视野辽阔，让人赏心悦目、心旷神怡。我们沿着 17 英里观光线游览，我们发现，每一个景点都设有停车位和观景台，我们可以停车拍照观景。我们驱车沿海岸走走停停，上上下下十多次。令人记忆深刻的是圆石滩（Pebble Beach），这里的海滩尽是圆的石头，小的只有乒乓球大，大的有足球大，圆圆的，被海水冲洗得光溜溜的，煞是可爱。我不禁想，海水温柔似绸，又如何将这些曾经桀骜不驯，顽固不化，有时连人类也拿它没办法的顽石抚摸得如此的光滑、圆润的呢？中国有句谚语，"只要功夫深，铁杵磨成针"，"海水与圆石"告诉我们的是不是也是这个道理呢？海滩很长，漫步其上，忽然传来鸟声一片，定睛一看，离海岸不远处，有一个小岛，岛上落满了各种我们叫不出名字的鸟，水边还有几只海狮慵懒地躺在沙滩上那些礁岩与浪花间。不时，有大胆的鸟从岛上飞过来，与游人嬉戏。

从 17 英里公路上慢慢游观过来，就是蒙特雷半岛上有名的卡梅尔（Carmel）小镇了。这是一个建于二十世纪初期、最受艺术家青睐、充满波希米亚风味的小城镇。据说，早期居民 90% 是专业艺术家，中国的国画大师张大千先生也曾经来此居住过。从小镇中穿过，我们所见房子的木门、格窗、栅栏等等，随处可领略到波希米亚的艺术风格，难怪艺术家们对此情有独钟。

全世界最大的小城市

2007 年 12 月 23 日　星期日　晴

　　离圣诞节越来越近了，学校冷冷清清，同学们大多在准备毕业论文，学校要求我们每人完成两篇论文，一篇中文一篇英文，任务确实不轻。我们12位同学忙里偷闲，决定去太浩湖（Lake Tahoe）看雪景。太浩湖（Lake Tahoe）又译作塔霍湖，位于美国加利福尼亚州和内华达州边界，是北美最大的高山湖泊。

　　今天一大早，我们就从学校出发。进入景区，一边是满目松林的雪山，一边是清澈见底、碧绿碧绿的 Tahoe 湖。放眼四周，满目冰清玉洁，内心的浮躁之气随之消解，心情如天气一样晴朗起来。可惜，昨晚工作得很晚，准备工作未做好，照相机竟然没有电了。每到一个景点，司机就会停车让我们下车观景、拍照，我们这群平日里中规中矩的人竟然不知不觉地打起了雪仗，你撒我一把雪，我扔你一个雪球，本来我只是想站着观一下景，却成了众矢之的，雪球滚滚向我袭来，吓得我落荒而逃，并不得不进行自我防卫和反击。

　　一路上，我们遇见的美国人都开着汽车，有的是一家老小，有的是三五个同龄人，除了下车观景，人们还会到两个游人聚集的地方游玩。一个是雪坪，许多人在雪坪上开着一种游乐电动车，有的还互相追逐，看上去欢乐无比；一个是滑雪场，许多人撑着雪橇从山顶上滑下来，看着十分潇洒，我想也一定很刺激。而我们身处异国他乡，而且以前没学过，谁也不敢贸然去滑。据给我们开车的司机介绍，每到这个季节，美国人要么带小孩到洛杉矶的迪士尼公园玩，要么到 Tahoe 湖来滑雪。

　　来美国两个多月了，发现当地人十分注重度假，在一起谈论的话题也离不开度假。几乎每个周末，我们认识的那些老美都会带全家老小开车出去玩。他们的理念是"拼命赚钱拼命玩"。

经过 Tahoe 湖后，天色渐渐暗下来，我们准备夜宿附近的里诺（Reno）市。里诺与拉斯维加斯（Las Vegas）同属于内华达州，同样以博彩业闻名。进入此城，一条醒目的 "The Biggest Little City in The World" 的霓虹灯标语，闪闪发光，吸引着我们的眼球。将其翻译成中文即：全世界最大的小城市！此言如此绕，究竟何意，经打听大概的意思是其城市虽小，功能不输大都市。原来从博彩的历史来说，雷诺竟是拉斯维加斯的鼻祖。据说，当年投资者拿着大把的银子来到雷诺，想把雷诺市变成今日拉斯维加斯的规模，但雷诺全体市民投票一致反对把他们的家园变成大赌场，因此投资家们才把眼光投向了拉斯维加斯。

正如拉斯维加斯一样，在雷诺市中心最繁华的地段同样聚集了许多世界著名的大宾馆，而这些大宾馆的一二楼都是大赌场。所有的酒店都经典奢华，设施完善，而且每个宾馆之间都相互连接，形成巨大的宾馆群。我站在 21 楼的房间里放眼望去，城市上空像铺了一层金子金光闪闪，真正的纸醉金迷、灯红酒绿。我想，在这扑朔迷离的灯光里，有多少人欢笑，又有多少人输得一败涂地，痛不欲生啊！同学们到楼下看热闹去了，而一向对赌博毫无兴趣的我，在此情此景里，内心竟莫名其妙地陷入一种深深的孤独之中……

传媒大亨赫斯特的神秘山庄

2007 年 12 月 27　星期四　晴

　　我事先知道的是今天去 San Diego（圣迭戈）。这是一个位于加州南部的太平洋沿岸城市，也是靠近墨西哥的边境城市。昨晚因为编"多赢在美国"专版工作太晚，一上车就睡着了，一觉醒来，却被告知要顺路参观一下世界著名的 Hearst Castle（赫斯特城堡）。

　　赫斯特城堡是传媒大亨赫斯特的神秘山庄，虽早有耳闻，但在毫无思想准备的情况下，真的一脚踏进这个富甲天下、美轮美奂的山顶城堡，内心无比震撼。

　　赫斯特城堡的主人是 20 世纪初期的美国传媒大亨威廉·伦道夫·赫斯特。他生于 1863 年，他的父亲本是一个普通农夫的儿子，是知识丰富的矿业工程师，后来成为西部淘金热中最富有的矿主之一。他的母亲一生热爱艺术，致力于慈善事业。作为家中唯一的孩子，赫斯特继承了父亲自然温和、慷慨正直的性格，并在母亲的培养下，对艺术品产生了浓厚的兴趣和独到的鉴赏力。后来，他就读于美国哈佛大学新闻系，发展了传媒业。在赫斯特事业的巅峰时期，他拥有两座矿山、数不清的地产、26 家报纸、13 家全国性刊物、8 家广播电台和许多其他新闻媒体。此外他还监制了许多新闻片和 100 多部故事片。除了继承来的财富外，出版和媒体帝国是他一手创立的。据介绍，威廉从小有一个梦想，希望盖一座欧洲式的古城堡。后来。他实现了自己的梦想。他把欧洲的一些古建筑买下来后，拆掉运回美国，盖起了这座艺术城堡，据说，这里的古董艺术其价值难以估算，一幅画就价值连城。赫斯特城堡从 1919 年开始建设，到 1947 年时，占地超过 127 英亩，有 165 个房间，城堡各部分采取了大量欧陆及地中海地区的建筑风格，并富有数量惊人的艺术收藏。

　　我们下了车后，远远地仰望城堡，只见城堡高高耸立在山顶上。按要求我们必须换乘城堡的巴士才能到达山顶。进入城堡主入口，跃入我们眼帘的就是室外游泳池，叫海王池。泳池长 32 米，深 1 米到 3 米，所蓄的 345000 加仑的水是从山上引来的泉水。池边散落着几尊希腊罗马神话传说中的人物雕像，正面的一组是维纳斯自水中诞生，由美人鱼和小天使环绕着。其对面岸边的希腊式柱廊出自法国雕刻大师查尔斯·卡索之手。

过了游泳池后就是一栋双尖顶的白色建筑。我们跟随人群排队，缓缓进入室内参观。四周到处是警察，时时提醒你"No Touch"（不摸），我们的一些同学找角度拍照，马上就会有警察出现，让你不要离队。据说，他们担心游客掉队后，躲到树丛中，等到夜深人静的时候，窃取艺术收藏品。双塔主建筑是真正的雕梁画栋，有好几层，每一层有许多间房子，从铺的地毯到墙上挂的地毯，从房顶上镶的屋顶，到那些古香古色的床铺、椅子、柜子，全都是文物，从几百年的历史到几千年的历史都有，有从意大利来的，有从西班牙来的，还有从中国来的……真让我们大饱了眼福、大开了眼界。

我们参观完这栋主建筑后，出口是室内游泳池，叫罗马池，墙壁、池底、岸边、跳台等都由威尼斯制造的玻璃马赛克拼贴表面。金色的玻璃马赛克表面贴的是一层真金。单是生产这些马赛克就花了一年三个月的时间，整个泳池的修建则历时三年。总之，据说这里到底价值多少没有人能计算出来。

威廉去世后，他的五个儿子决定卖掉这个城堡，可是由于不能计算价值，加上没有买主能买得起，后来，他们只得决定将其捐赠给加州政府。加州政府起初还不敢接受这个捐赠，因为所有的房间都必须恒温恒湿，加上安全保卫保洁等，维护费用非常高。加州政府决定对外开放一年，如果能收回维护费便接受这笔捐赠，如果不能收回，就打算退给赫斯特家族。令他们感到意外的是，第二年加州政府不仅赚回了维护费，而且还赚了不少利润。现在这个城堡已正式归加州政府所有，赫斯特家族仍然经营着他们的传媒。过往的游客都可来此大饱眼福，也由此口口相传赫斯特城堡的这些故事。

成群的海象 "约会" 沙滩

2007 年 12 月 28 日　星期五　晴

　　今天，我们虽然已经坐车到了南加州的圣迭哥，可是，大家一路上谈论的话题时不时与昨天看到的海象联系在一起。因为那一大群肥硕的懒懒地躺在白色沙滩上晒太阳的海象，在我们脑海里深深地留下了一幅生动和谐的自然场景。

　　这是个属于北加州海湾的沙滩，离赫斯特城堡来回半个小时的路程。导游一边走一边告诉我们，很久很久以前，据说这一带有海象，人们起初捕杀海象，用其油脂点灯，有了电以后，便改做肥皂，加上海象的天敌杀人鲸等的追杀，这一带的海象濒临灭绝。若干年后，有一妇女突然看到五个从未见过的巨型动物，十分吃惊，便报了警。后来，这件事不仅惊动了动物学家们，据说还惊动了当时的总统。经过专家鉴定，证实这是五个海象。当地政府便将这一带的海滩圈起来，留给海象生存繁衍，并免遭人类和鲸的袭击，由此海象家族迅速扩大。据统计，如今这里已有了 14 万只海象。

　　冬日和煦的阳光温柔地洒在蓝色的海面上和白色的沙滩上，一切远离了喧嚣是那么宁静，只有偶尔打过来的海浪发出清晰的轰鸣声。我们远远地看到白色的海滩上黑压压的一片，这就是海象了。据说，在这个海滩上，每年 12 月至第二年 3 月间，有成千上万只雄海象从上万里以外的地方游来，到这里完成繁衍后代的重要任务。12 月初，雄海象纷纷登陆这片沙滩，在这里展开血腥的争霸战。胜利的雄海象会拥有自己的一片领地，与 12 月中旬姗姗来迟的雌海象们尽情欢娱，繁衍后代。第三年 3 月初雄海象相继离去，雌海象和海象宝宝们，则在 4 月初离开这片美丽的沙滩去疯狂捕食。

　　时值 12 月底，正是海象汇聚的季节。海象们黑压压地躺在海滩上，旁若无人。走近一看，这些家伙大的有三四米长，虽然肥硕但爬起来一起一伏还十分灵活，其样子憨态可掬。有的安安静静地躺着，好像睡得十分香；也有的不是那么安静，时不时地扇动着背部的鳍，扬起白色的沙子；也有的在摇头摆尾，互相之间好像在交流……

　　海象的世界肯定也是丰富多彩的，让我们悄悄地离开，把一切留给海象吧。

岁末午夜看美国街景

2007 年 12 月 31 日　星期一　晴

　　今晚是美国 2007 年岁末与 2008 新年元旦相连的夜晚。身在异乡为异客，不知今夕是何夕。窗外忽传爆竹声，尚知新年来临。几声爆竹声让我浮想联翩，长沙总是以热烈的爆竹烟花迎接新年到来，每每这个时候，窗外的爆竹声盖住了电视的声音，然后问候的电话、信息铺天盖地而来……现在想起来那是怎样的一种温馨。

　　走，上街看美国人怎样过元旦去。我一边更换衣服，一边鼓动着身边的同学上街看街景。走出宿舍楼道门，只见校园内通明透亮，但安安静静。偶尔迎面走来一两个陌生人，都会主动道一声"HAPPY NEW YEAR"（新年好）。远处有一些喧哗声，其中夹杂着稀稀疏疏的爆竹声，也许是华人在以中国传统的方式迎接新年。我们走出校园，举着相机循声而去。街上不仅有整齐划一的路灯，街两边的建筑物窗口都亮着灯光。这里的办公楼通常都是通宵开灯，也许是为了城市的亮化吧。我们从九街出发越过好几条街来到二街，这里的摇滚乐肆无忌惮地发出有节奏的吼声，一个圆形房子的大玻璃窗口霓虹灯闪烁，里面男男女女随着音乐节奏在尽情地舞动。天气十分凉爽，我们穿着厚毛衣，还挡不住阵阵袭来的寒意。然而，这个舞厅就像一炉火在熊熊燃烧着……时间已逾 12 时，我们来到往日里热热闹闹的圣诞公园，这里已变得十分宁静，只有一两个摆摊的人在收拾桌椅。我们来到 Santa Clara 街，这好像是一条主街，街上一个接一个的舞会正酣，有年轻人的专场，也有中老年人的专场，街上来来往往的女人大都戴头饰、着高跟鞋和穿超短裙，好像正赶往舞场。偶尔走过一群少年老远就喊"Happy new year"，走近还上来与我们同学拥抱，我赶紧按下快门，记录下美国少年这奔放的热情。

　　然而，在舞厅不远处的路灯下，却还有一个成年男子双腿盘坐在人行道上，前面放着一个要钱的缸子，一脸喜气洋洋地说着："Happy new year"。横过一个街区，一个高大的胖子，戴着花花绿绿的装饰，站在街头，见人就说"Happy new year"，并非常乐意和我们照相。旁边一个流浪吉他手则在尽情地弹奏。街上，到处是警车，并且时不时发出警笛声，旁边还停着一台长长的消防车，看来圣荷塞市政府做好了各种应急方案。

　　夜色越来越深，路上行人越来越稀少，舞厅的摇滚乐声也越来越远，长长的路灯在漫过的雾中变得越来越朦胧，好像打起了瞌睡……

坐火车再探旧金山

2008 年 1 月 3 日　星期四　大雨

　　旧金山（San Francisco）或称"圣弗朗西斯科""三藩市"。离我们所在的圣荷塞市大约两小时的车程，前面三次去旧金山都是匆匆而过。今天，我们相约自己坐公共交通工具去仔细地看一看。

　　一早出门，第一次看见美国也是这样乌云压城，看来一场大雨免不了，一些同学打起了退堂鼓，最后还是我们三名女同学有韧性坚持下来了。我们先是在一街坐轻轨到 Mountain View（山景城），然后坐 Caltrain（加州的火车）去旧金山。这里的交通设施设计十分合理，各种交通工具基本达到无缝对接，下了轻轨马上就可以坐火车。自动售票机就在铁道边。根据提示，先按我们所在的 3 区然后再按目的地旧金山所在的 1 区显示每人 5.7 美元，三人共 17.1 美元。我们投币后，零钱和三张票都自动滚了出来。站台冷风飕飕，我和 Selina 穿得厚还挡得住，Rose 只穿了一件薄薄的毛衣冷得直哆嗦，幸好我多带了一件毛衣能够支持她。火车一会儿就到了，里面到处是空位，火车很干净，座位是高靠背椅，中间没有小桌子，每节车厢都有上下两层。终点站在旧金山的四街，处于市中心的位置，非常的方便。

　　下了车，我们有很多选择，可以去金门大桥看海，也可以在 Union Square（联合广场）逛街。可以走路漫游，也可以坐轻轨或公共汽车观街景。刚开始我们准备往三街方向走，后来发现越走越不对，便去问人。一个金发碧眼的帅哥正好在遛狗，我们向他打听情况。他一听我们是中国来的，变得十分热情，并改用洋腔洋调的中国话对我们说："我到中国四川当过老师。"他告诉我们去 Marana 区，那里有一个艺术馆，还有海边金门大桥公园。我们很顺利地坐上了 30 路电车，终点站就是 Marana。可是天公不作美，下起了倾盆大雨，这让我们想起了长沙，长沙的春天就是这样淅淅沥沥地下个不停。好在我们凭直觉拐了一个弯，就看到了一个罗马式圆形建筑，我们快步走进去躲雨。

　　这里面是一个儿童乐园，但并非我们想象的儿童游乐园，而是一个让孩子玩得乐滋滋的科技艺术宫。它分为触觉、听觉、视觉三个区，可以让孩子在玩中体验和发现一些自然现象和自然奥秘。这里的500多件设置，不仅给孩子们看，而且都可以给孩子们玩。在一个电影室里，屏幕正在放一个科幻片，一个人头不停地变幻，一会儿头掉了伸出一个舌头，一会儿又长出三四个头，观者都是那两三岁的孩子，我担心他们会害怕，谁知一个个看得哈哈大笑。这里还有吃有喝，儿童们在这里可以快快乐乐地玩上一整天。虽然，这个艺术馆对我们来说，是因躲雨而进，但我们都觉得不虚此行。

　　我们仍然乘30路电车返程。不知是天气的缘故，还是旧金山特有的景象，这里的公交车居然也坐得满满的，不过多是老年人，其中90%是中国广东人。我们听不懂广东话，他们听不懂普通话，我们发现用英语交流更方便。旧金山的中国城是全美最大的中国城，所以在这里随处可以遇见中国人。

　　雨还在淅淅沥沥地下，在雨中，我们再次告别了旧金山。

美国见闻

飞抵夏威夷

2008 年 1 月 11 日　　星期五　　阵雨

　　到昨天为止，我们在圣荷塞大学的公共管理课全部上完了，中英文论文都写完交给学校了。今天我们轻轻松松去夏威夷。早晨不到五点我们就起床，五点半从学校出发，到旧金山（San Francisco）乘八点半的飞机去夏威夷（Hawall）。

　　据说，夏威夷是最后一个加入美国的州，因而成为美国的第五十个州。夏威夷州，也是美国唯一的群岛州，由太平洋中部的 132 个岛屿组成。这里陆地面积为 1.67 万平方千米，有很多地方是归联邦政府直接用地，属于热带海洋性气候，平均温度约 26 ℃ ~ 31 ℃之间。

　　从旧金山到夏威夷的直线距离约 3850 公里，上午八点半，我们从旧金山机场准时起飞，大约 5 小时后，降落在夏威夷州政府所在的欧胡岛（Oahu）的火奴鲁鲁机场。欧胡岛是夏威夷的第三大岛，也是夏威夷的政治、经济和文化中心，有 100 万人口，8 个城市。首府火奴鲁鲁市（Honolulu），又称檀香山。这里早年是檀香木的故乡，因檀香木坚实而芬芳的品质，招来世人贪婪地砍伐，几近绝迹，如今只留下一个美丽动听的中国式地名檀香山。

　　走出火奴鲁鲁机场，满眼都是着夏装的人。我们身上的毛衣、外套不仅与当地人格格不入，而且让身体火烧火燎地热了起来，大家迫不及待地脱下了外套和毛衣。时间已是下午 3 点，我们没有去宾馆，而是按计划直接去参观珍珠港。

　　从机场到著名的 Pearl Harbor（珍珠港）很快就到了。这里风平浪静，谁能想象到曾发生过一起震惊世界的珍珠港事件。虽然一切已归于平静，但那 1177 名美国海军将士殉难的亚利桑那号战舰的残骸却还停在那里，仿佛无言地诉说着战争的血腥和残酷。那是 1941 年 12 月 7 日清晨，日本帝国海军偷袭美国，轰炸了夏威夷珍珠港的战舰和军事目标。350 余架日本飞机对珍珠港海军基地实施了两波攻击，并向美国的战列舰和巡洋舰发射鱼雷。美军毫无防备，士兵在爆炸的巨响中醒来，仓促应战，死伤惨重。据说，亚利桑那号战舰被大火烧了两天两夜，才渐渐熄灭。舰身大部分沉没于水下，很多士兵，甚至没有逃出舱室，便已死亡。美国上下震怒了，袭击事件次日，当时的美国总统罗斯福发表了著名的"国耻"演讲，随后签署了对日本的正式宣战声明。战后，美军在亚利桑那号沉没的地方，建了一座纪念馆。我们观看了一段 23 分钟的关于珍珠港事件的历史纪录片，该片再现了当时那惊心动魄、战火弥漫的一幕。当时的火奴鲁鲁报也记录了这一战事。在纪念品店，我买了一份 1941 年报道珍珠港事件的火奴鲁鲁报的复制报纸，带回宾馆慢慢地阅读，深感战争的残酷与和平的重要。

从珍珠港去宾馆的路上，大家沉默了很久，思绪才慢慢地从战争震撼中回到现实。不知谁说，夏威夷真美啊！是啊，环顾四周，蓝天白云，大海沙滩，椰树芭蕉，别致的建筑，还有那些穿着花花绿绿短衣短裤短裙子、趿着拖鞋的男男女女。一些年轻美女头上还插着鲜艳的喇叭花，而这花可不是随手插的啊，据说，插在左边表示已结婚，因为人的心脏在左边，意谓心有所属。插在右边表示未婚。

汽车途径州政府。州长的官邸有点小白宫的味道。据说，州长是一名女性。官邸前插着三面旗，说明州长在办公。离州长官邸不远处还有一座宫殿，那是旧时的王宫，由英国人建设。我想，建筑承载了历史的信息，是历史的见证，其实也是历史的一部分啊。

刚才，岛上还是艳阳高照，忽然，天空下起了瓢泼大雨。据说，这儿下雨就像浇花，一会儿就会过去。果真十分钟左右，雨停了，挂满雨滴的树叶显得更加的苍翠和精神了。难怪四周植被如此之茂盛，大概就是拜这天空之手的自然浇灌和恩赐吧！

迷人的海岛之夜

2008 年 1 月 12 日　　星期六　　晴

　　昨晚，我们就住在夏威夷州的火奴鲁鲁市（Honolulu）的 Ambassador 酒店。虽然，大家从凌晨起一路颠簸，但晚餐后谁也不舍得将自己关在房间里立即补觉。有的迫不及待地跳进海里泡澡，有的则三三两两结伴上街观景。

　　夏威夷的夜晚真是非常迷人啊！温度适宜的海风吹拂在身上，是那样地令人神清气爽。我们沿宾馆门前的海滨大道往前走，两侧那些椰树和热带植物，在我们眼里，是那样地充满浪漫气息与热带情调。忽然，天空燃起了无数的烟花爆竹，美丽的夏威夷忽然多了几分热闹和繁华。街道一侧是世界著名品牌店，一家接一家富丽堂皇，店里流动的是各色人种。而最引人注目的是人行道上流浪艺人的各种表演。一些身材不错的真人扮成雕塑一动不动，许多游人纷纷与他们合影；一些自弹自唱的表演艺人，则旁若无人声情并茂地弹唱着歌曲，有的三五一群好似一个小乐团，有的是一个人抱着一把吉他，但都是那么投入；还有一些年轻人在跳街舞和玩魔术，越是围观的人多，他们越是情绪高昂，表演越起劲……此景此情，我想用风情万种来形容夏威夷的夜晚。

　　穿过这段热闹的人行道我们往前走，人行道一侧就是海滩和无边无际的大海，当晚霞的余晖还没有完全落尽的时候，只见大海里的冲浪者还站在冲浪板上挺立潮头起起伏伏，一会儿在晚霞的余晖里，一会儿又钻进波浪里……而人行道另一侧的草地上，一台很有水准的歌舞表演正在进行，围观的人里三层外三层，不时爆发出掌声……

　　我们大约走了二三公里，发现类似的海边演出就有两场。漫步街头，你还可以欣赏到各式各样的服装和打扮，开放的露背装和各种民族服装五花八门，偶尔还可看到一些人挟着冲浪板，穿着泳装从你身边走过……

　　夏威夷的夜晚，远不止这些，这是一个旅游城市，还有各种各样的娱乐设施，是一个极乐不夜城。回到房间，站在第 11 层住房的窗口，极目望去城区灯火阑珊，大海深邃无边。躺在床上，仿佛睡在汪洋大海之中的一艘船上，疲惫袭来，我梦见我和同学们一会儿头枕着波涛，一会儿脚踩着白云，在海天之间自由自在地滑翔。

夏威夷的阳光与沙滩

2008 年 1 月 13 日　星期天　晴

　　今天是我们到达夏威夷的第三天。在我们居住的欧胡岛上，中间是大山，四周是平地和海洋，因而，阳光、沙滩、海洋、椰树便成了这里的景色。离我们住的宾馆步行七八分钟，就是一个白色的沙滩和一个天然游泳场，我们当然要抽空去体验一下这里的阳光与海滩。也许是入乡随俗吧，平时里我们这群中规中矩的人，也像一群野孩子一样，穿着泳衣光着脚丫子一头扑进太平洋温暖的海水之中。

　　冬日，夏威夷的阳光暖暖地照在太平洋上，我浮在海面上，享受着阳光的照射和海水的抚拍，感觉全身心的放松。再看看大海里，人们冲浪划船、游泳、嬉戏打闹，好不惬意。沙滩上，穿着泳装的男男女女在沙滩上躺着或趴着，一个个都晒成了古铜色。不远处还有一些身材极好的年轻男女在玩沙滩排球，同样晒成了那种特有的健康色。

　　老外崇尚运动和自然，以太阳晒黑的颜色为美。相比之下，我们却很害怕晒黑，绝大部分不会游泳，更不敢去海中冲浪。由此，我想到在美国这段时间，感受到的一个现象，那就是美国人喜好挖空心思想点子玩，比如，开着私家车，有的车后还拖着一辆水上摩托艇或小游艇，他们引以自豪的不是他们的跑车，也不是他们的房子，而是他们到哪里度假，到哪里打猎。他们会绘声绘色地告诉我们，打野猪的方法和乐趣，打梅花鹿用什么枪，打野猪如何补射……

　　静观眼前的沙滩，令我们感到欣慰的是享受这阳光沙滩海水的不仅仅是中青年人，还有许多的老年人，有的老两口穿着泳衣在沙滩上互相擦着防晒油，然后手牵手到大海游泳；也有的双双静静地平躺在海滩上享受阳光的温煦。还有一些孩子在父母的带领下，在大海里嬉戏打水仗。美国人很重视家庭生活，他们出去度假都是全家出动。美国人观念确实与我们有所不同，令我们吃惊的是，一些中学和大学都办有幼儿园，据说，并非为老师的孩子准备的，而是为那些没有经济能力的学生未婚生育的孩子准备的。但是，美国人一旦结婚，据说就会很认真、会非常顾家。在海滩上，一家大小欢乐的情景随处可见……

阳光、海滩也许是大自然的恩赐，我们人类应该尽情地接受大自然的这份馈赠。我们的生活不应该总是忙得像陀螺，而应该多一些轻松生活、享受生活，参与生活……

美国见闻

再见了夏威夷

2008 年 1 月 14 日　星期一　晴

　　不知不觉在夏威夷待了四天了，今天我们将离开夏威夷回加州圣荷塞大学。不经意间，大家都流露出一种留恋之情。

　　夏威夷真的很美。她独有的以其结合了阳光、阵雨、彩虹、海浪、沙滩、鲜花和棕榈树的波利尼西亚文化，而成了美国境内最具梦幻魅力的异域情调之地。马克·吐温说："夏威夷是大洋中最美的岛屿，是停泊在海洋中最可爱的岛屿舰队。"其实，对大多数美国人来说，夏威夷同样具有魅力，但可惜其地处远隔本土的大洋深处，东距美国旧金山 3846 公里，来去不容易有时也只好望洋兴叹。

　　夏威夷真的很独特。最早的土著人，主要来自亚洲、美洲间的太平洋岛屿，各色人种经上千年混合而成 Polynesian（波利尼西亚）人。公元 4 世纪左右，一批波利尼西亚人乘独木舟破浪而至，在此定居，为这些岛屿起名"夏威夷"，意为"原始之家"，是"神的地方""诸神之地"或"神仙福地"。古时，当地居民认为岛上著名的冒纳罗亚火山与冒纳克亚火山是诸神的住地，由此得名。最早发现该群岛的欧洲人是西班牙的胡安·盖塔诺，而真正使夏威夷为世人所知的是英国航海家库克船长，他于 1778 年登上夏威夷群岛。1795 年，卡米哈酋长征服了其他部落，建立夏威夷王国。夏威夷于 1898 年被纳入美国的管辖，1959 年经当地居民投票表决加入美国和美国国会表决认可而正式成为美国的第 50 个州。

　　夏威夷人真的很热情友好。不管到哪里，常可听到"Aloha"（啊罗哈）的问候声。这是波利尼西亚语，表达见面时的问候，分别时的祝福。所以岛上男士流行穿的花衬衫即夏威夷衫也叫阿罗哈衫（Aloha Shirts），夏威夷州的别名是"啊罗哈州"。我们下飞机后，我们学会的第一句话就是"啊罗哈"。在夏威夷还有一个常见的手势、即手握拳举起，拳心向外，大拇指和小拇指伸开朝上。并配上"Hangloose"的语言，表示祝愿"轻松自在地享受生活好运"。在世界各地，许多男女老少在照相时喜欢竖起食指与中指摆"V"型，但在夏威夷时兴的则是"Hangloose"手势。

夏威夷位居太平洋中央，离本土很远，过去，在交通不发达的情况下，她的闭塞是可想而知的。而今天的夏威夷就像联合国，随处可见各色人种，随处可听到各种语言，随便可以买到国际名品。

夏威夷的风景美丽，夏威夷的气候宜人，夏威夷的木瓜特香，夏威夷的人真热情……在踏上飞机的那一刻，我们同学纷纷表示，有机会将再相约夏威夷。

（三）特色人文

巴士上的风景

2007 年 11 月 11 日　星期日　晴

　　今天周日，学校没有安排课余活动，于是我们一群同学相约去著名的斯坦福大学（Stanford University）参观。在圣荷塞市，凭学生证我们可以免费乘坐公共汽车，因此，只要不是班委会组织的活动，我们都是坐公共汽车出门。去斯坦福大学来回的路上，我们花了将近四个小时，让我们充分体验了美国的巴士。

　　我们乘坐的是 22 路巴士，七八个人同时上车，个个都能找到座位。虽然都是公共汽车，但与我们国内的还是有所不同。其一，汽车挡风玻璃前有一装置，可以搭载自行车，时不时有戴安全帽的乘客先将自行车搁在那里，然后再上车。其二，汽车内时不时发出 "Stop Requested"（要求停车）声音，原来，汽车内的左右两侧，各有一根绳子，乘客需要停车时就主动拉一下绳子，司机听到后就会在适当的位置停靠。遇到公共汽车站时，如果站台内没有人等车，汽车内又没有人要求停车，汽车就不会停靠，直接往前开。

　　返程时我们见到既新奇又感人的一幕。我们原坐在汽车的前两三排位子上。到达一小站时，司机将汽车停靠在站台，令人吃惊的是汽车竟会缓缓降低，直到车内站人的位置和站台保持同样的高度。这时，开车的女司机从驾驶椅上走下来，示意我们前几排的乘客到后面就座，我们不知发生了什么事，便按她的要求迅速往后撤。只见那位女司机将前几排空出的位子一一翻边，将椅子折叠后靠在汽车一边，汽车内顿时腾出一大片空间。这时，一位坐轮椅的残障男士将轮椅徐徐开上汽车，女司机帮他将轮椅摆好位置，用安全带将轮椅固定好，然后，回到驾驶座关好汽车门并将汽车调回正常的高度，继续往前开。

此间全车的人都在等待，没有一人催促，此情此景我心生感动，仿佛看到了一道美丽的人文风景。

在美国的停车场、图书馆、公共汽车甚至公用卫生间里，我们都能看到一些蓝色的轮椅标志。据悉，这些标志表明这些地方有为残疾人专门设计的设施。比如蓝色标志下的停车位只对残疾人开放，非残疾人若把汽车停在这里，不仅汽车会被交通管理部门的拖车拉走，当事人还会受到重罚。残疾人是社会中的特殊人群、弱势群体。如何关心他们、照顾他们，其实是衡量一个社会文明程度高低的重要标志。

在美国买鞋

2007 年 11 月 12 日　　星期一　　晴

　　到美国 23 天了，还没有做过体育运动。我发现一些同学坚持每天跑步，便决定加入他们的行列。因此，决定上街买双合脚的跑步鞋。然而，我和一位同学在圣荷塞大学周边方圆一公里范围内找了一圈，除了发现一些生活超市外，没有发现一家卖服装、鞋子的店。正当我们感到纳闷时，比我们早来一个月的济南培训班的同学告诉我们，购服装、鞋帽要去 Great Mall 或 Outlets。

　　还有几位同学和我一样也想买运动鞋服，昨日，正好是星期天，于是我们便拿着地图结伴而行。圣荷塞市（San Jose City）属于三坦克拉那郡（Santa Clara County），我们的学生证在此郡的范围内可以免费乘坐公共汽车和轻轨车。我们决定坐轻轨车去 Great Mall。坐上轻轨后，足足花了 40 多分钟，我们才到达 Great Mall。这里不是我们想象的高楼大厦，所有的建筑基本是平层，不过占地面积非常大。这里的商品既有常见的美国品牌，又有其他国家的世界级品牌，品牌数量很多，商店一家接一家，围成了一个很大的圆圈。如果一家一家地逛，我们估计一天还逛不到头。

　　为了节省时间，我们直奔主题，到我们熟悉的品牌耐克（Nike）店买运动衣服和鞋子。令我们惊喜的是这个品牌的服装和鞋子，价格很亲民，有的感觉比国内还要便宜。这里的运动鞋琳琅满目，我左挑右选并进行试穿，最后挑中了一双白色、鞋底富有弹性的运动鞋，但发现货物架及鞋盒上都没有标注价格，于是便拿到收银台去查询，查询后我感觉此鞋价格还算合适，便决定买下来。于是，将鞋子放回鞋盒抱着去排队交钱。好不容易轮到我，刷卡时显示的价格却比刚才查询的要高两块多美元，于是我瞪着一双疑惑不解的眼睛，问收银员这是为何？收银员只说了一个词：tax（税），我突然想起前两天，买咖啡时被要求付税，立刻恍然大悟。在国内购物时，标价多少付费就是多少（可能标价内已经包含了税费）。可老美丁是丁、卯是卯，硬是在标价之外明明白白地收税费，让我们有些不习惯，好几次都反应不过来。据悉，无论是吃饭、购物、住宿还是任何需要消费的项目，美国都需要消费者交税。看中任何一件商品，在付费的时候永远都不会是标签上的那个价格，除非是在免税店。不过，听说某些州也不收消费税，但不知是真是假，但到目前为止，我们还没碰到过。

　　买完鞋子有点累了，想找椅子休息、喝水。这才发现 Great Mall 里面的服务设施很齐全，到处都能找到休息的椅子，一定的距离就有卫生间，标识也很清楚。有位同学一边喝水一边感叹，这里商品真多真好，环境也很舒适，就是太远了。其实，美国是一个轮子上的国家，几乎每家每户都有小轿车，不方便的只是我们这些来自异国他乡短暂停留的过客。当然公共交通还是很方便，只是坐车的时间有点长。

管动物的警察

2007 年 11 月 15 日　星期四　晴

从昨晚开始，美中交流协会每周三晚上给我们安排一堂讲座，主要是关于美国政府、商业、教育、科技、医疗、艺术和音乐等。昨晚讲的是美国政府机构的设置，由 Shyli 和 Joyce 讲座。

Shyli 在中国学的是英语专业，到美国后改学计算机。Joyce 是国内恢复高考后的首批大学生，学建筑专业，到美国已有 21 年，在圣荷塞市政府的建设部门工作。她给我们讲解了圣荷塞市政府的机构。市长是市民选举的，与市长平行的是市议会，市长下面设总经理，总经理下面又设公共基础设施、公共安全、急难处理服务、社区服务、经济开发和社区发展以及运作支持辅助机构。令我觉得新鲜的是警察局还有特别的管动物的警察。

美国国土广袤，动物资源丰富，在几个世纪的社会演进中，保护动物不仅形成了普遍的公民意识，而且有了很多法规。早在 1866 年，美国即在纽约市成立了禁止虐待动物协会，并通过了《反虐待动物法案》，禁止虐待所有的动物，包括野生动物和家养动物。而 1966 年通过的《动物福利法案》从研究机构应该如何对待动物，州和地方的动物收容所应该如何组织管理，从运输动物时要注意的问题，到如何处理被盗动物等等都有规定。在《动物福利法案》的基础上，美国各州及地方也根据各自的具体情况，出台了一系列保护动物的法律法规，从法律角度对动物保护进行补充、细化和完善。美国民间组织在保护动物方面也发挥着重要作用。这些我们早有耳闻，但 Joyce 说，管动物的警察，不仅保护动物，处理因动物而产生的纠纷，而且也按规定管理惩罚动物。她说，有一次她家的猫猫 Gorge 与侵犯它家领域的邻家猫打架，邻居太太去扯架被 Gorge 咬了 21 个牙印，告到了警察局。第二天早晨，一位警察敲开她家的门，对 Gorge 展开调查，是否打了防疫针，是否有咬人的不良记录，是否属于正当防卫等，最后根据 Gorge 所犯事的严重程度，判 Gorge 关 10 天禁闭（只准在自家房子里）。十天内还不时来抽查，十天后还及时通知她们解除禁闭。

次贷金融危机

2007 年 11 月 21 日　星期三　晴

　　今天晚上照例有讲座。一个是来自菲律宾的彼特博士，一个是来自中国的姜忠孝博士。彼特讲的是美国的习俗，一些我们认为赞美的话在美国就有可能变成没有礼貌的话，在中国可能没有礼貌的话，在美国却有可能有别的理解。比如，我们不赞成别人的意见，别人会不高兴，而在美国却会认为你这个人有思想。姜忠孝博士讲的是美国的宏观经济，他让我们看到美国繁荣背后隐藏着的经济危机。

　　姜博士给我们介绍了美国次级抵押贷款市场危机的起因。但我们大都不是学金融的，便问姜博士什么叫次贷。原来次贷就是指"次级按揭贷款"（Subprime Mortgage Loan），"次"是与"高""优"相对应的，是指贷款信用低，还债能力低。在美国，贷款是非常普遍的现象，当地人很少全款买房，通常都是长时间贷款。可是在这里失业和再就业又是很常见的现象。这些收入并不稳定甚至根本没有收入的人，买房因为信用等级达不到标准，就被定义为次级信用贷款者，简称次级贷款者。而次级抵押贷款是一个高风险、高收益的行业，指一些贷款机构向信用程度较差和收入不高的借款人提供的贷款。而这种贷款因有较大的风险，利率相应地比一般抵押贷款高很多。那些因信用记录不好或偿还能力较弱而被银行拒绝提供优质抵押贷款的人，会退而求其次，申请次级抵押贷款购买住房。在 2006 年之前的 5 年里，由于美国住房市场持续繁荣，加上这几年美国利率水平较低，美国的次级抵押贷款市场迅速发展。而到 2006 年，房价达到高潮继而迅速逆向下跌，有的竟跌到只有原价的 20%，随着美国住房市场的降温尤其是短期利率的提高，次贷还款利率则大幅上升，购房者的还贷负担大为加重。同时，住房市场的持续降温也使购房者出售住房或者通过抵押住房再融资变得十分困难。这种局面直接导致大批次贷的借款人不能按期偿还贷款，有的甚至弃房而走。银行只得收回房屋，而这些房屋却卖不到高价，这便造成大面积亏损，引发了次贷危机。

姜博士认为，美国的生产力转移到中国、印度等国家，而消费没有下降，房价向下走，就业机会减少，而高科技只能形成一些亮点，并不能支撑美国的经济，美国经济透支太厉害，必然走下坡路。他悲观地认为，美国未来五年将会比较萧条。

无条件退货

2007 年 11 月 24 日　　星期六　　晴

　　前天晚上昨天凌晨，我通宵未睡，和联谊家庭的女主人丹妮尔去体验感恩节的购物打折。一进 Outlets（奥特莱斯），我们首先在信息处办了一个 Coupon（优惠卡），凭此卡我可以在购买商品时享受 20% 的折上折。我看中了一个 CK 牌子的手提包，两个小时的长队排下来轮到我交钱时，已是第二天凌晨，我半梦半醒竟发现拿在手里的优惠卡不见了。买吧要多交 20% 的费用，不买吧一晚上一无所获不甘心，最后还是一咬牙买了下来。今天，我听说美国可以无条件退货，正好周六不上课，便想体验一下美国无条件退货，看看到底是真是假。

　　今天到 Outlets（奥特莱斯）CK 店仍然要排队交钱，不过队不是很长，只要排几分钟就够了。我排队是为了退包，轮到我时，我非常客气地说："May I Return This Bag?"（我可以退还这个包吗？）没想到收银员小姐根本不问缘由，非常有礼貌地说："Yes."（可以），并向我要了购包的银行卡和收据，就开始为我办理退包手续。为了不再排队买包，我试探着说：我非常喜欢这个包，只是我买的价格太高了，我听说凭这个优惠卡可以优惠 20%。没想到她帮我办完退货手续后，马上问我一句："还买吗？"我高兴地说：是的。

　　终于我通过退包买包，将多出的 20% 的冤枉费用要回来了，而没有受到任何的质疑。美国商场无条件退货还真是名不虚传呀。

迈克的管理理念

2007 年 11 月 26 日　星期一　晴

　　今天上午正式开始上公共管理课。一位男老师叫 Peter，一位女老师叫 Loretta。全部英文讲课，还时不时要提问，让人丝毫不敢分心。好在下午是考察企业管理，紧绷的神经才渐渐舒缓下来。

　　参观地是联谊家庭 Julie 家的公司。Julie 的老公叫 Mike，是公司老板。公司于 2000 年成立，生产半导体电源转换器。目前已成为全球性的公司，在中国的上海、深圳都有他们的分公司。Mike 大概五十岁，他为我们讲解了他的管理理念。他说：谁愿为公司老板，谁必做大家的佣人；谁愿为团队的头，谁必做众人的仆人。我理解他这话的大概意思便是，当老板的要为员工服好务，员工才是公司真正的主人，老板不过是仆人。他还认为一个公司应该像一个家庭，人与人之间应该互相尊重、关心，公司应该帮助员工实现自己的理想。

　　我们问他这种管理理念来自哪里。他和我们聊了德国一个叫黑塞的作家于 1932 创作的一部小说：有一群人前往东方进行探险，团队中的每一个人都很有主见，并愿意充当领导的角色。只有服务于他们的里奥是个仆人，里奥负责为团队提供生活服务，他积极乐观，还爱唱歌，渐渐地大家都很信任和喜欢他，愿意听从他的建议，团队旅途一切顺利。突然有一天，里奥不见了，这群人立刻陷入一片群龙无首的混乱之中，所有人都试图说服别人听从自己的建议，但谁也说服不了谁，最后，整个探险活动被迫停止。从中人们感悟，原来仆人里奥才是这个团队的领导。反过来理解就是，团队领导只有像仆人一样才能获得大家的信任，才能拥有领导力。据说，这个简单的故事后来引发了一场管理学的革命。1970 年罗伯特·K. 格林利夫首次提出"仆人式领导"概念，并著有《仆人式领导》一书，被认为是"仆人式领导"这一现代管理思潮的发起人。

　　迈克的管理理念应该已经运用在他的管理之中了。迈克的美国公司有一百多名员工，他为员工设立了娱乐休闲厅、餐厅等。当 Mike 领着我们参观办公区域的时候，一些员工正在上班，Mike 叫着他们中一些人的名字和他们互相打招呼，看得出他和员工很融洽。在他的办公室的书柜里，摆放着他和夫人 Julie 的合影及女儿的照片，有这种管理理念的人，我相信对家人也会非常好，家庭也应该是非常幸福的家庭。

市政府实行经理制

2007 年 11 月 30 日　星期五　晴

今天，我们参观了加州圣荷塞市政府。接待我们的是一个美国志愿者、一个非常认真可爱的美国老头，曾在 IBM 公司工作。

市政府的办公楼总共 18 层，在圣荷塞市已经是非常高的楼了。楼内的很多摆设和细节相当有文化内涵，我们花了两个多小时只看了三层楼。在一楼大厅内，有整个圣荷塞市的沙盘模型，另一侧陈列着许多友好城市送的纪念品，其中一个玻璃柜内有中国孔子的塑像和哥伦布的塑像。在一楼的另一走廊的一侧，则摆着许多早先的发明，如惠普的第一台存储器、最原始的收音机、消防车等。在二楼的走廊，挂着许多富有纪念意义的老照片和画，每一张都有一个故事，志愿者老头讲得栩栩如生。中间的一些楼层，我们都未能来得及参观，就直接到了最高层 18 楼。

18 楼可以鸟瞰全市。冬季的圣荷塞市虽然气温不是很低，但是非常干旱，我们到这里快四十天了，只有一天下过几滴毛毛雨，远处的山一片枯黄，据说要到这里的雨季，山才会变成绿色。这一层是市长和议员的办公室，有一个议员是中国人，志愿者老头神秘地说，他和这个议员有很好的私交，可以把他请出来。不一会儿，老头果真将这位先生请出来了，他叫朱感生，据说是圣何塞市 150 多年来历史上第一位华裔市议员。他见到我们非常热情，和我们合影，并给每人发了一张他的名片。他说，他已答应加州中美交流协会，不久将会去学校为我们上一堂课。走进议员及其工作人员的办公室，发现一个巨大的办公室被隔成了许多小格子，每一个人一个小格子，既紧凑又整齐。令我觉得有些特别的是，每一个人的桌子上都摆着家人的照片，有夫妻合影，儿子女儿的照片，由此，我感到美国人其实有很强的家庭观念。

后来，我们回到一楼，参观了另一个大厅，墙壁上挂着市长和一些议员的照片。据介绍，这个厅可以租给市民举行婚礼，整个市政府大楼是对市民开放的，市政府委托市经理对城市进行运营和管理。早就听说，美国一些城市在 19 世纪末 20 世纪初开始执行经理制。看来，圣荷塞市就是执行的这种经理制度。在该体制中，市议会由市民选举的市议员组成。市议会公开招聘一位专业人士担任城市经理，并把行政权授予市经理，由他来对市政府和城市实行专业化的管理。城市经理对市议会负责，必须执行市议会通过的地方性法规和决议。市议会议长兼任市长，但市长只有一些礼仪性的职权，也无权干预城市经理的工作。据说，美国一部分中等城市和多数小城市实行的都是这种体制。

州长是影星施瓦辛格

2007 年 12 月 4 日　星期二　下雨

嘀，一大早电话铃响了，班委会电话通知大家今天外出参观要带雨伞穿厚衣。到窗户边一看，果真下雨了。今天我们 7 点集合，目的地是加州的州府萨克拉门托（Sacramento）。司机大龙告诉我们，加州开始进入雨季，并说加州一年分旱季和雨季，一年没有四季，四季天天有。这是加州当地人介绍加州气候通用的一句话。

萨克拉门托是一座位于美国加州中部、萨克拉门托河流域的城市，是萨克拉门托县的县府所在地，也是加州的州府所在地。在 19 世纪中的淘金潮时，萨克拉门托是一个重要的人口集散地，商业和农业中心，也是运货马车队、驿马车、河轮、电报、驿马快递和第一横贯大陆铁路的末端站。令大家感到兴奋的是，现任州长是著名影星阿诺德·施瓦辛格。如果运气好的话，今天我们还可以见到他本人。作为中国观众，我只熟悉施瓦辛格在电影《终结者》中塑造的一个从 2029 年返回 1984 年试图杀死莎拉·康纳的赛博格杀手、半机械半血肉的阿诺那冷酷的银幕形象，而真实的施瓦辛格却知之甚少。

接待我们的是州府的一位政策分析师，五十岁左右的样子。他给我们介绍了州长施瓦辛格：1947 年 7 月 30 日生于奥地利，原是美国好莱坞男演员、健美运动员，在 2003 年 10 月 7 日的州长特别选举中获胜。2003 年 11 月 17 日宣誓就任加利福尼亚州第 38 任州长，上任后仅仅几个小时之内，他就兑现了竞选中承诺过的停止车牌费上涨的政策。此后，还宣布了一个非常具体的环保计划，提倡使用清洁能源，推广燃料电池车的使用。同时，他也放弃了州长薪金。2006 年底，施瓦辛格再度投入州长大选，得到半数选票的 55.9% 支持率，获得 2007 年至 2011 年的完整州长任期。

分析师还给我们介绍了加州的政府结构，以及立法、行政、司法三权分立的部门机构情况。州长施瓦辛格是共和党，而立法机构却是民主党。虽然，前任州长和立法机构都是民主党，但是施瓦辛格和立法机构关系比前任州长和立法机构的关系还好，其所以能这样是因为宪法在起作用，大家都按宪法办事就不存在关系好与不好。他说，州长不能想干什么就干什么，必须和其他部门机构谈判，征得其他部门机构的同意。他还说，在美国从政必须学会谈判，必须学会说服别人。

　　集中介绍后，分析师领我们参观了州众议院和州参议院的会议室。最后参观的是施瓦辛格的办公室。不巧的是施瓦辛格不在，我们也只能在办公室门口拍拍照。

美国 "创新型富翁"

2007 年 12 月 5 日　星期三　晴

今天白天，我们到甲骨文体育馆（Oracle Arena）和麦卡菲竞技场（Mcafee Coliseum）参观；晚上，两位华人朋友和我们座谈他们在美国创业的经历和经验。一天下来马不停蹄、信息扑面而来，我的潜意识里突然冒出一句话：无论商业运营，还是个人创业打拼，"创新"都是一个共同的话题。

原先，我以为硅谷只有高科技，参观甲骨文体育馆和麦卡菲竞技场后，我才意识到硅谷的文化娱乐业也很不错。甲骨文体育馆是一个大的竞技体育馆，由著名的软件公司 Oracle（甲骨文）赞助冠名，里面可以举行篮球赛和拳击比赛等各种赛事，有 1.6 万个观众席。体育馆的运营者并没有守株待兔将门票作为唯一的收入来源，而是不停地创新活动模式和创新服务模式。馆内除了赛场外，还设置了近百个贵宾室。贵宾室内有沙发、桌子和厨具，大的贵宾室可以开 Party，满足人们通过看球来接待贵宾谈生意的目的。而 Mcafee Coliseum 实际上是一个巨大的足球馆，可以容纳 6 万观众，球票从 25 美元到 250 美元不等。看台有好几层，每一层都有相关的餐饮服务设施，而且根据票价的不同，提供餐饮的档次也不同。球馆的外观并不会比我们的贺龙体育馆气派，但通过创新创意活动却将场馆经营得非常好。当我们提出请他们谈谈创新之道时，接待我们的黑人小伙抱歉地说：这是商业秘密，必须请示总部。

晚上，第一位和我们座谈的是物理博士张先生，他大概四十岁的年龄，中国科技大学本科毕业，1989 年来美国。他在美国拿到物理学博士后，突然对经济产生浓厚兴趣，便改变方向专攻经济。不过，他的计算能力为他在经济方面的发展插上了翅膀，使他在行业内脱颖而出。他现在美国世纪投资管理公司工作，管理 150 亿美元。据说，华裔能进入这一领域者非常少见。

后一位座谈的是来自中国香港的威廉，他的题目直接就是《告诉你怎么赚钱》。他原来在东南亚读博士，读的半导体专业，当时他觉得学这专业在香港难找工作，便放弃学业到美国找工作。刚下飞机还没出机场，他的行李和钱包就被小偷偷走了，他说，美国给了他一个下马威。但是，他坚持认为美国是一个让每个人都有钱赚，让有特殊才能的人有大钱赚的社会，于是便留了下来。他认为美国赚钱的区域完善，配套环境存在，大家能够互相配合、互相赚钱。他说，赚钱要靠卖产品、卖技术、卖公司、上市等主要途径，卖产品不合算，他主要是靠创新卖技术，他通过创新获得了几个专利，转让后赚了不少钱，然后，再把资金投到房地产。他给我们讲了他成功开发房地产的故事。

无论是体育馆的运营还是个体创业打拼，今天的核心主题都离不开一个主题：创新。因为创新，硅谷每两年产生一个世界顶级的大公司。难怪流传一句这样的话，美国富人大都凭本事赚钱，被称为"创新型富翁"，而欧洲富人很多靠遗产致富，被称为"继承性富翁"。

《同一首歌》曾在这里演出

2007 年 12 月 7 日　星期五　晴

　　上午参观惠普体育馆（HP Pavilion），下午参观詹姆斯中学（James High School），从中了解了很多东西。

　　惠普体育馆是体育文娱演出中心，惠普（HP）是家著名软件公司，用 5000 万美元赞助获得该娱乐中心 15 年的冠名权。房子和设施由圣荷塞市政府建设，经营公司只负责经营，向圣荷塞市政府交纳租金。据介绍，该中心的活动频繁率在全美第二，他们的经验是用著名大腕来提高活动中心的知名度，吸引观众的眼球。同时，不停地进行策划，使活动中心每天有活动，这些活动有曲棍球等，许多支球队与这里有合作。该公司也和中国有一些合作，中央电视台的《同一首歌》曾在这里演出，这里还有一支中国鲨鱼队。据说，该队成立于 2007 年，由中国冰球队和北美冰球职业联盟的美国圣何塞鲨鱼队联合组建。接待我们的该公司副总经理查理，还担任了美国鲨鱼队执行副主席，到中国去过三次，所以接待我们十分热情、客气，临走时，还赠送我们每人一顶有鲨鱼队 logo 的帽子和一个曲棍球。

　　下午，我们参观了一所名为詹姆斯的中学（James High School），这是一所公立学校。公立学校同样希望学生毕业后能考上四年制大学，学生和老师的负担也同样不轻。一个学生如果想考名校，除了学好高中课程外，还要学 AP 课堂，相当于大学二年级的课程。同时，还必须有一门艺术特长。老师每天有五节课，一小时做教学计划，很多老师还必须把工作带回家完成。不同的是学生不固定教室，上完一门课就要到别的教室上另外的课，每节课 53 分钟，7 分钟时间变换教室，每班有 30 来个人。据说，私立学校的人数更少。这里的教学注重创新精神的培养，要求学生对每门课都能提出问题，不要求暂时能找到答案。学校十分重视体育活动，该校有好几个运动场馆和室外足球场。

　　我们参观时，看到学生们正在运动，有一间教室正在上教摔跤课。

圣荷塞水星报

2007 年 12 月 10 日　星期一　晴

　　到圣荷塞大学学习一个多月了，每天能看到的报纸就是 *USA Today*（《今日美国》）和 *San Jose Mercury News*（华侨们称其为《圣荷塞水星报》）。这两份报纸就摆在学校我们住的 A 栋一楼的电梯口，可以免费拿取。每天上午我都会取这两份报纸来看。渐渐地我对《圣荷塞水星报》产生了浓厚的兴趣，因为报道的就是我们身边的事。

　　这是一份非常"瘦"的报纸，我用尺量了一下，长 57 厘米、宽 30.5 厘米，比常规大小的《长沙晚报》长 2 厘米、窄 8.5 厘米，比 *USA Today*（《今日美国》）还窄 1.5 厘米，短 1 厘米。拿到手里，能感觉其小巧。报头放在中间，报头字体和大小很像 *The New York Times*（《纽约时报》）。这份报纸标价 50 美分。版面数不固定，常常分为 ABCDEF 版。就拿 2007 年 12 月 7 日的报纸来说，A 版有 20 版，从 1A ~ 20A，还有 8 个版从 1AA 到 8AA；B 版有 10 版，从 1B 到 10B，书页式排列，其中 3B 到 4B 单独成一张；C 版从 1C 到 20C 共 20 个版；D 版从 1D 到 8D 共 8 个版；E 版从 1E 到 10E 共 10 个版；F 版从 1F 到 16F。这天的报纸共 102 个版。周一到周五大概版面数差不多。星期天更多。其中广告版面将近 50 个。内容 drive（汽车）、sports（体育）和其他一些专版等。

　　今天，我放弃两节课，朋友晓辉开车陪我到水星报进行了参观学习。接待我的是一位白人女士，名叫 Pamela A. Larussa，职务是 Executive Assistant（大概可理解为执行助理）。这是位中年女性，她在这家报社工作十余年了。一见面，她就告诉我，只能给我 40 分钟的时间，因为接下来她要开一个重要的会，可能是编前会。于是，我加紧提问。我问，能不能介绍一下你们报社的基本情况。她说，他们有 1 位总编辑，1 位执行总编辑，6 位副总编。总编辑管全面，执行总编辑要总揽所有的稿件和版面内容，6 个副总编各有分工。共有采编人员 185

人，其中 30 多名是编辑。晚上 11 点截稿，早晨 3 点出报。当我问她是记者重要还是编辑重要时，她想了想说，不好说，应该差不多，最重要的是管理层。整个新闻部门大概设有 10 个部门，与广告、发行是严格分开的。当我问她，为何水星报那么窄？她简单地说：一是便于读者阅读，二是节约成本。"作为传统报纸都同样面对被网络冲击的问题，你们是如何去吸引年轻读者的？"我问。她说，一是送一些免费报纸给学校；二是让中学生大学生到报社来参观；三是他们的总裁会到各学校去演讲；四是多办一些年轻读者爱看的内容。还来不及讲完，她匆匆看了看手表，说"对不起，我要开会了"。看来，跟我们报社的情况差不多，下午开编前会，编辑做夜班，早晨出报发行。

环顾他们的办公室，除了管理层，所有工作人员都在一间非常大的办公室工作，由于是一楼，房间显得比较暗。已是下午两三点钟，还见一名穿马甲的男记者端着一碗方便面，看来还没吃中饭。办公室的人并不多，从他们桌上摆设的设备来看，每个桌上都有大屏幕的液晶电脑、电话机、传真机等。报社外面是一个非常大的草坪，大厅前面还精心设计了水池，能听到哗哗的水声，真有点风生水起的感觉，据说，这家报社已经两次易主。不过，晓辉告诉我，他和周围的一些朋友经常看的就是这份报纸，因为有当地的内容，与他们的工作和生活都贴得很近。

小偷行窃受伤罚主家赔偿

2007 年 12 月 12 日　　星期三　　晴

　　在美国，我们陆续听到一些有关法律的故事，让我们对美国法律的一些规定感到非常诧异，甚至有些疑惑不解。今天给我们上"风险管理"课的沈先生和我们进行了相关交流。

　　记得刚到美国从机场到学校的路上，接我们的 TOM 给我们讲了一个故事：一名日本留学生去同学家玩，误入同学家的花园，同学家人不认识他，就大声喊：freeze（站住）。那名日本学生没有听懂，继续往前走，那位同学的家人就放了一枪，那名学生倒地而死，结果法院判决这家人无罪。因为美国私权至上，私人的领地神圣不可侵犯。这让我们感到不可思议。后来还了解到美国的法律允许私人持枪。因此，我们在美国非常谨慎，不敢接近私人住宅。

　　前不久，给我们讲座的 Willon 提到美国的社会系统，他说这个系统是让每个人都有钱赚。他说，美国房门的设计都可以从里面打开，其理由就是让小偷进屋偷东西时方便出门。假如你家的门从里面不能打开，遇到火灾，进屋偷东西的小偷被烧死，主人要负法律责任。这个故事却让我觉得不合情理，这不是变相地鼓励偷窃吗？

　　更让我感到迷惑不解的是，上周到郑先生的农场参观，郑先生告诉我，邻居家的狗到了他家花园里，他不能直接将狗赶出去，而必须报警让警察牵出去。如果狗踩死了花，警察根据情况，会让狗的主人赔偿损失。至于为何不能将狗直接赶出去他说不清楚。讲到他们的支出时，他说，我们必须给花园买保险。我问，为何？他说，假如小偷到他的花园偷花，不小心摔断了腿，他们必须赔偿医药费。沈先生没读过多少书，说不清为什么，只是强调这是真的，因为他们会怪他们花园的地面不平。与前面第一个故事联系起来，我觉得有些费解，同样是闯入私人领地，一个把人打死了没责任，而另一个什么也没干还要赔偿。

晚上，给我们上"风险管理"的沈先生，提到"liability claims"（责任险）时，举例说，如果下了雪，你家门口没有及时将雪清理，人家过路摔伤了，主人必须赔偿医药费。于是，保险公司就设计了这样一种保险。这个例子与我后面提到的两种情形类似，于是，我把我听到的这些故事和疑惑求教沈先生，沈先生说，这些情况都是存在的。他说，美国的法律有各式各样的规定，以上的故事，一个是保护私权，一个是保护人权，这两种权利都是美国法律保护的。小偷偷东西自有法律规定，该怎么判就怎么判，但小偷的人权是受到保护的。我问当两者发生矛盾时怎么办，他说，官司可以一层层打上去，最后由联邦法院终审。

要让市长满意得先让市民满意

2007 年 12 月 13 日　星期四　晴

圣荷塞市是加州人口第三大城市，号称硅谷之都，圣荷塞大学是这个城市的主要大学。上次在一位义工先生的带领下，我们参观了市政大厅，但是大家都觉得意犹未尽，于是通过和市政府有关部门网上沟通，市政府答应今天下午3 点半和我们交流。

给我们介绍情况的是一位国际信息部门的先生。他说圣荷塞市政府的结构：市长由选民选出来，另外还有 10 名市议员，是圣荷塞十个选区选出的代表。市长和议员任期四年，最长只能连任两届。市长与郡长、州长、总统没有行政隶属关系，因此，市长所做的一切都是对选民负责。市长和市议员主要是负责全市政策的制定和城市的预算。市长任命市政经理，他们把圣荷塞市看成一个大公司，像管理一个公司一样来管理这个城市，市政经理再任命各个部门的经理，这个层次都要对市长负责，而要让市长满意必须先让市民满意。市与郡、州、联邦虽没有行政隶属关系，但是市政府往往会处理好与郡、州、联邦的关系，主要是为了争取资金支持地方的发展。当国家遇到紧急情况时，美国联邦政府按照法律规定有权调配各州各地的力量。但是正常情况下，地方政府都是独立自治，因而美国各州之间各市之间有些法律、税收比例等有所不同。

特别有意思的是，美国还根据需要自发形成了一些区域委员会，比如交通委员会，几个相邻城市为了解决区域的交通问题，各市根据人口比例选出代表，人口多代表人数就多，然后组成委员会来筹集资金发展交通。圣荷塞公共交通中的轻轨就是由区域交通委员会来发展管理的。值得一提的是，在我们看来，应该由市政府管理的一些事情圣荷塞市政府不管，而是由这里的非政府组织（Non Government Organization）在管。这些组织不需要批准，可以由一个人组成，也可以由几百人几千人组成，涉及的范围相当广，由服务老年人、预防犯罪到开发经济适用房等，这些组织非常之多，互相之间竞争激烈。这些组织如果有好的方案，通过审计，政府会给予部分资金进行帮助。

此外，lobby 一词在美国非常重要，其意是游说，说服他人。无论是市长还是州长，都没有绝对权力，他们要干一件事情都要通过 lobby 来争取有关部门和选民支持，还需通过投票进行表决。因此，在美国从政，口才不好是肯定不行的。

Nothen 家的百年老宅

2007 年 12 月 14 日　星期五　晴

　　昨天，应 Nothen 之邀，我陪一同学去 Nothen 家教汉语。Nothen 家的房子竟然有 101 年的历史了，让我很惊讶。

　　这是一栋白色的尖顶小洋楼，上下两层，可能还有地下室，从外观上看，造型与周围的房子差不多，没有风雨飘摇 100 年的沧桑感。走到台阶上，我看到上面刻有 "Nothen 1975"，Nothen 告诉我们，当时买这栋房子时只花了 4 万美元，现在已升到 100 多万美元了，而我则在感叹 30 多年的房子还这样好。走进房内，更令我吃惊的是，墙上还挂着两个镜框，一个是这栋房子的照片，另一个是这栋房子的历史，上面介绍这栋房子建于 1906 年，什么时候到什么时候房主是谁，在 Nothen 前还有一排名字。啊，101 年了。美国的历史不长，1776 年独立，只有 200 多年的历史，而一栋普通的民宅却有 101 年历史。

　　我感叹，一是这个房子的规划真是一步到了位。房子就建在街道的一侧，与其他房子整齐划一，说明当时的道路设计就是如此。而现在这栋房子没有被拆除或列入拆除，说明选址仍然合理。二是建筑质量非常好。一百年来这栋房子所在的圣荷塞市经历过几次大地震，就在一个多月前的万圣节之夜，我们亲历的 5.6 级地震，都没有对它造成损伤；三是房子保护得非常好，里里外外干干净净，毫无破损。特别令我感动的是，这栋房子几易其主，谁曾是房主记录得一清二楚。而这一栋房子的现任房主对此毫不隐讳，反而以此为骄傲，更不担心由于几易其主或年岁太长而影响其市价。

　　据介绍，美国要盖一栋房子不是一件容易的事情。前些日子，给我们讲"告诉你怎样赚钱"的威廉，他开发一栋房地产花了六七年的时间，主要是大到规划、环保、交通，小到一棵树甚至门把的高度都要进行论证和符合规定。他说就他的房子前要不要设红绿灯，交通方面的专业人士就在那里每天测算人流、车流，整整花了一个星期。他的地上有棵树，园艺专家提出树周围多少米之内不能硬化，他只得修改图纸去掉一间房子。而门把的高度都要考虑残疾人是否方便开门。美国政府要批准盖房子，首先要经过方方面面的专家论证，只有这些专家都签了字后，政府才会给你发许可证。当然，这些专家都是公司化运作，其资格也是严格考出来的，为了维护自己的信誉和以后的生意，绝对不会随便签字盖章。这样，虽然速度慢一些，但是盖出来的房子质量相当高，方方面面的问题都考虑很全面。也正由于报建非常之难，美国人建房子也绝不会拆了建、建了拆。

硅谷有一个宽松的创新环境

2007 年 12 月 16 日　星期天　晴

硅谷以创新高科技闻名。去硅谷之前，以为这里讲效率，抓纪律，管理很严。今天，我们参观硅谷的 Google（谷歌）公司和 Oracle（甲骨文）公司后，发现完全不是我们想象的这么回事。

Google 是搜索引擎公司，是硅谷和世界排名第一的公司，由斯坦福大学两名在校研究生创立。走进这家公司，映入眼帘的便是一个巨大屏幕。一个巨大的地球在屏幕上转动，地球发出五颜六色的光线，这些光线代表各地正在使用 Google 的情况，非常直观地看到，欧洲和美洲的光线非常强，非洲非常弱。中国正好是晚上，此刻的光线也比较弱。在另一栋楼里，一个大屏幕上正在显示人们搜索时打出的各种各样的"关键词"。

穿行在 Google 公司的几栋办公楼，时不时飘来咖啡和蛋糕的浓浓香味，原来办公楼内每 100 英尺内就有一个小咖啡吧，摆着咖啡牛奶等吃的喝的东西，员工可以各取所需，无须付费。不仅如此，该公司的员工三餐饭也全免费。在另一栋楼里还为员工准备了洗衣房，员工不愿回家也可以住在公司。他们的上班时间也完全自由，你可以来上班也可以不来上班，你可以白天在家睡觉，选择晚上来上班，没有大公司常见的考勤制度。

上班时间，你可以去游泳也可以去泡桑拿。在这个公司，一个管理人员管理 30 多名员工，员工能三天见到一次管理人员就算不错了，管理人员也不会给员工安排具体的工作，而是由员工自下而上地提出想法和项目。因为，他们认为员工都是有关方面的爱好者和专家，自然每个人都有自己的想法，只有让他们提出来想做什么才可能创新。据说，每半年召开一次大会，公司高层回答员工提出的任何问题。有一次，一名新员工竟然提出了一个这样的问题："我来公司半年了，是不是应该做点什么了？"然而，这样的问题也没有人笑话。

美国见闻

公司的理念是给大家创造一个宽松的创新环境，让员工处在一个完全放松的完全平等的环境里。他们认为只有这样的环境，才有可能激发每一个员工的创新灵感。

Oracel 公司也是著名的世界顶级软件公司，他们同样给员工创造了一个宽松的工作环境，该公司大厅就摆着一台钢琴，如果员工愿意，可以随时去弹琴。经过他们的健身房、游泳池时，也见一些员工在健身与游泳，据说他们的娱乐、体育设施比 Goolge 公司的还要好。他们的理念是：只有员工的身体好了，员工才能为公司做贡献。

其实可以想象，在一个环境优雅且不安排具体工作的公司上班，员工虽然去除了外在的束缚，但内心无形的压力应该不会小，因为他们要时刻提醒自己创新！

搬家从 room 到 room

2007 年 12 月 20 日　星期四　晴

　　"美国的电子化程度已经高到几乎没有个人隐私"，今天给我们上"电子商务"的 Steve 老师一开课就感叹。他说几天前，一位山东学生第二天要回国时说，还没有去看过金门大桥。Steve 老师为了不让他留遗憾，便在晚上 11 点带他去看大桥。昨晚他的太太从他的账单上看到他晚上 11 点多钟的过桥费，就"拷问"他为何 11 点钟还在金门大桥上。我们知道这只是一个玩笑，但从一个侧面说明美国的电子化程度非常高。

　　先不说美国的电子对商务的影响，对生活的影响已经到了每一个细节。开学时，我们收到的第一件东西就是开门的磁卡。我们进宿舍大楼、进自己的房门、进学校其他的公共大楼都必须带这片磁卡，否则，就无法通行。我们带的信用卡付款时到处畅通无阻，从未出现刷不出来的情况。据介绍，美国绝大部分人都使用信用卡，只有非常穷的人才用现金。据 Steve 介绍，他家每年的日常开支十几万元，都是从信用卡上支出的，很多美国人都会透支。他还说，如果中国都使用信用卡，消费会增加很多。

　　美国的电子商务就更发达。Steve 讲了他从加拿大搬家到美国的亲身经历。美国的搬家公司利用电子技术可以做到从 room（房间）到 room 甚至从 shelf（架子）到 shelf，意思就是主人搬家只要把钥匙交给搬家公司，什么也不用管。搬家公司可以做到将你的东西是卧室的就摆到卧室，是厨房的就摆到厨房。甚至会将你衣架和书架上的东西按原来的顺序排好。他们的原理就是一开始将旧房子的东西迅速进行射频记录，到新房子后就根据原来的记录将东西复位。搬家公司可以根据电子技术，监控其公司的 800 台运输车辆的状况，包括在全国的哪个位置、哪条道路，并为汽车司机计算车程和预订住宿的宾馆。其实这些搬家车辆都是司机自己的私车，搬家公司通过电子商务将这些车辆进行统一管理，为他们接受业务和提供服务。据说，这些个体司机加入这个电子网络后，收入增加一倍，而且比原来还要省心很多。其实打理一个这样的公司不需要很多的人力。

24 小时运转的纸板厂

2007 年 12 月 21 日　星期五　晴

今天下午上"美国的税收政策"，一个有吸引力的课程，可是同学肖的联谊家庭邀请我们去参观一个节能的纸板厂，我又不想错过。下午 2 点上课，上了四十分钟的课后，我把步步高录音器交给同学洪健，便溜走了。

这个工厂叫 Altivity 纸板厂。厂长是一个哲学博士，中国人，姓宓，听说还是长沙的女婿，50 多岁，高高瘦瘦的样子。他原来在美国东部的总部，后来总部为了锻炼他，让他到西部来管理这个厂。谁知他到西部圣荷塞这个地方后就喜欢上这里的气候和中国人多的氛围，再也不想离开了，一干就是很多年。人生易老啊，现在他的头发已经花白了。

他有些遗憾地说："这个厂是总公司最赚钱的厂，可惜，总公司不太景气，为了筹措资金就把我们这个厂卖给另一个老板了。"宓先生的惋惜之情溢于言表。新老板还好吗？我在心里暗暗地为他着想。他说，新老板卡得很紧，像他们这种利用回收纸日产 400 吨纸的工厂，在国内可能需要七八百人，但他们厂只有 100 多人，机器每天 24 小时运转，工人做四天白班，休息四天，然后做四天夜班，每班长达 12 小时。

这是一个具有 50 年历史的厂，但宓先生说，在美国还算是一个年轻的厂。他给我们参观的六个人一人发一顶安全帽和一副防护眼镜和一对耳塞，便带我们到车间参观。车间看得出不是很新，但是比较整洁，里面像其他工厂一样机器轰鸣，只看见车轮在运转，皮带在运送。在一台台机器旁是一间间小房子，里面都是控制机器的电脑室，看来自动化的程度还比较高。在车间的尽头能看到一堆堆的回收纸，一名工人正开着铲车将一圈圈废纸送到传送带上，然后这些纸被送到一个大锅炉内熔化和搅拌成纸浆……

厂外是浓浓的圣诞节气氛，学校和许多公司都已经放假了，可是纸板厂的机器还在不停地运转，宓先生说，他们厂不会放假。陪我们的陈先生告诉我们，宓先生很辛苦，责任很大，停一下机损失很大，老板都要扣钱的。

奇怪，这篇日记我本来是要写美国人的环保意识，不知为何就走题了，因为宓先生那一头灰白头发深深地印在我脑海里了，一个哲学博士这一辈子美好时光就这样安安静静地耗在这样一个工厂了，内心似乎有一点为宓先生可惜！当然，我不知道他自己怎么想。

人生最后的告别庆祝会

2008 年 1 月 5 日　　星期六　　晴

　　中国人把丧事叫着白喜事，没想到美国人也把追悼会开成了为死者走完一生的庆祝会。"Celebrate Oens Life" 就是直接用的 "庆祝" 这个词。看来东西方看待死亡有某些相似之处。昨天，Rose 参加完 host fmaily 家母亲的追思会后，带回来一些资料，并为我描述现场的情景，让我有身临其境之感。

　　据 ROSE 介绍，现场并没有死者的遗体和遗像。与会者大都着正装，是死者和子女的一些朋友和亲戚。会议非常隆重热烈而又庄重文明。其程序是：主持人进行开场白并问候大家。然后是请一名歌手独唱 Wonderful World（"精彩世界"）。最让人感到特别的是自由发言。大家回忆和死者生前在一起的幸福时光，说到高兴处大家还会哈哈大笑，气氛非常轻松。在会上，还会放一段影像，是死者生前各个年龄阶段的照片，最后一张是一生最漂亮的照片，让其永远地定格在人们的记忆里。发放给与会者的资料就更有意思，一个是印有死者生前照片的会议议程，一个是死者生前就以下问题作的回答：What advice do you have for us？（你对我们的忠告是什么？）What period of your life was the most enjoyable for you？（对你来说，一生哪一时期过得最愉快？）Is there anything you have always wanted to do，but have not？（什么事是你想做而未做的事？）my deepest value are...（我最看重的是：）I was always proud of...（我感到骄傲的是：）I was always sorry I did not...（我一直感到遗憾的是我没有：）I have changed my mind，and now，i think...（我现在改变了我的想法，我认为）这些问题很有意义，回答也很有意思。既能让人们记住死者的人生观，又能让后人从中得到某些启迪。还有一个资料就是死者的亲戚朋友，对死者生前的追忆：和她生前在一起感到最高兴的事情是什么？干得最多的是什么？印象最深刻的是什么？

　　值得一提的是，我在美国的报纸上经常看到讣告新闻。我觉得他们的这种做法也值得借鉴。

不卖车的汽车展

2008 年 1 月 10 日　星期四　晴

在美国学习的日子越来越少了，大家一致认为要抓紧时间多出去看看。同室好友从网上查找得知，圣荷塞今天举办 Auto Show（汽车展）。吃过午饭，我们组的同学一人借一辆单车便骑往圣荷塞会展中心。这个中心在第一街附近，Hilton 宾馆边上，我们一会儿就到了。

老远就能看到贴在玻璃门上的 Auto Show。但是这里并不像我们在长沙举行的汽车展，到处张灯结彩，也看不到横幅和广告牌。走进大门，一楼的长廊上一边是汽车一边是卖其他东西的摊位。正当我们感到有点失望的时候，才发现真正的汽车展在二楼，而且需要 9 美元的门票。

二楼分几个展厅，一个大厅，两个小厅。大厅里摆着近二十个品牌的汽车，估计有二三百辆车。从进门的雪佛莱、福特、马自达、现代，到宝马、奔驰、悍马……展位十分漂亮，每一个品牌几乎都有一台最漂亮的车放在一个能转动的展台上。转台缓缓地转动，展示着汽车的每一个侧面。每一台车旁边都竖着一块牌子，上书汽车的型号，价格、最高时速，每英里烧多少加仑的油等，让你一目了然。每一个品牌都附有印刷精美的宣传资料。看客远没有国内汽车展多，但大都是真正有需求的看家，很少我们这种看热闹的游客。他们看得非常认真，有的上车试座，有的还带着尺子在汽车里外量来量去……不少车的价位在 2 万美元左右。

在大厅对门的两个小厅，这里的车堪称世界顶级高档车了，有宾利、保时捷、劳斯莱斯……当然这些车标价不低。

这个会展中心的负责人 Stephen，是一个很热情的白人，和我们聊了整整一个小时。当我问他会展是否与媒体合作时，他给我数出了各种各样的媒体，从报纸到电台、网络，他们都要做广告。当我问他是否很赚钱时，他笑着说：

Too much！too much!（很多）。但不肯说出具体的数字。但是，从他的谈话中，我了解到，他们的汽车展与我们的汽车展还是不同，他们主要是展出新的汽车、新的款式，而不直接卖车。观众看中车后，可以到汽车销售店去买。而且，他们每年只开一次这样的汽车展览会，所以汽车厂家、销售商都十分珍惜这次机会。

活在车轮上

2008 年 1 月 20 日　星期天　晴

早就听人说，美国是一个生活在车轮上的国家。到美国这三个月，我真切感受到了。

昨天晚上与美国朋友 Kathering 聊天，聊到汽车，她说，她和先生有四台汽车，我不理解，为何两个人需要开四台汽车？原来，Kathering 是一个大的房地产公司的部门经理，她的先生是一名医生，自己开诊所。他们有两个孩子，一个十三岁，一个六七岁。她说，她的一台车是专门上班用的，她的另一台车是专门接送孩子上下学的。我问为何不能一车两用，她说，开接送孩子的车去上班不礼貌。因为接送孩子的车上面比较乱，有孩子的玩具和游泳的衣服之类。而上班的车很干净，里面有上班的电脑、资料等，不能乱动，同时，或许车还代表她个人的形象吧。同样，他的先生一台上班车，一台作其他用的车。我明白了，为什么美国人夫妻俩总是有三四台车。

其实，美国的汽车并没有中国贵，那天去看汽车展，2 万美元左右的小轿车已很不错了，五六万美元的车就相当好了，相对美国人的工资水平，买台汽车并不困难。而且，还有一些美国人并不买车，而是租车开。我的同学 Linda 在纽约一家中文报纸工作，开一台宝马，她说是从租车公司租的，准备开三年后又去换一台新车开，这样就没有卖旧车的麻烦，费用也合算。

另外，美国人一人多车还有一个原因，就是美国不像中国，一台车停在家里也要交养路费、过桥费等，而美国也有这些费用，不过他们叫燃油费，在你加油时交，你跑得少就交得少，所以多一台车并不多这些费用。还有一个重要的原因是美国的公路网极其发达。路况大都不错，加上人口密度小，道路又比较宽阔。因此，绝大部分美国人出门都选择自驾。

朋友莉莎快五十岁的人了，总是打扮得很漂亮，开一台橙色的本田吉普在路上跑，在我们看来真的很潇洒，可是在美国人看来很正常。因为美国的老头老太太都开车，经常到我们班来玩的 Nathan 老头，是一个退休的小学老师，68岁了，他有一台小轿车和一台红色的跑车。

美国人有车，因此买房子就会选择离闹市较远的山上居住。因此，他们上下班开车的时间非常多，经常住在这个城市而到另一个城市上班。朋友华林住在圣荷塞市，但她在旧金山上班，每天开车来回需要两小时。美国人的车上大多有一个 GPS，你只要将你要去的城市和街道名输入 GPS 里，它就会非常准确地指示你开车，而不需问路。如果你没有装，那你会很惨。昨天，带我们去奥克兰参观航空母舰的吴博士没有装 GPS，在原地绕来绕去，却很难找到人问路，因为路上行人少，大家都坐在车上。这是其一。其二，美国的公路网特别发达，一不小心就会走错路，浪费很多时间。今天，华林带我们去 Outlets，一不小心上错了公路，我们本来应该十点一刻到达，结果迟到了 45 分钟。

美国人的车又多又漂亮，但是美国人也很累，因为每天要开很久的车。

（四）他乡生活

去硅谷马燕家吃烧烤

2007 年 10 月 28 日　星期日　晴

　　今天十分忙，上午的课上到中午12点，中午要做饭，下午两点又跑步赶去上课。下午下课时，范坤的同学马燕和美国丈夫 Tim 来学校接我们小组的同学去她家吃烧烤，她家在硅谷。

　　我们一组七人，马燕开一辆丰田小轿车，Tim 开一辆丰田的商务车。马燕是长沙妹子，个子高挑，很热情。学工商管理的，先前是硅谷一家公司的白领，现在做自己的事业。Tim 是苹果公司的软件工程师，是个标准身材的美国白人，见面不怎么说话，也没有常见的老美那种外向与幽默！但是，他主动帮我们开车门，从眼神看得出，他很平静也很诚恳，有点典型的"技术男"气质！我坐在 Tim 的副驾驶室，见车内一片沉寂，便自报家门告诉 Tim 我的英语名字叫 Julia。Tim 一听，说他的妻子马燕的英文名字也叫 Julia，我们这车人似乎找到了话题，和 Tim 开始有说有笑起来。

　　他们家的房子是一栋两层小洋楼，带有一个一百平方米左右的院子，院子里有花有草，但看得出没有精心打理。院子里最引人注目的是挂满金红色果子的柿子树。当然，最吸引我们的是他们的两个儿子，一个叫东东一个叫龙龙，一个 6 岁多一个 4 岁多，都坐在院子里的玩具车上玩！东东看上去像中国人多一些，龙龙则金发碧眼，更像洋娃娃。马燕说，为了让他们学好中文，她只和他们用中文交流，如果他们说英文，她就装着听不懂，不理他们。

　　马燕在厨房负责做南瓜饼（pumpkin pie），Tim 则在院子里做烧烤（barbecu）。而我们有的逗东东和龙龙玩，有的则帮忙摘柿子，这是一种吃起来很脆的柿子。当有人提出围着柿子树照合影时，Tim 迅速从屋里拿来一台照相机给我们拍照。一会儿，马燕将金黄的南瓜饼端到了摆在院子里的桌子上，Tim 的烧烤也香喷喷的，随之上了桌。当大家热热闹闹吃喝起来时，Tim 还在忙前跑后为大家服务。后来，当四岁的龙龙在妈妈怀里闹腾时，Tim 立即放下碗筷接过龙龙来哄。当夜色渐浓空气变得凉爽时，只见 Tim 折回屋里取来一双小小的袜子，然后套在龙龙的脚上。我们情不自禁地称赞 Tim。马燕告诉我们，Tim 很顾家，平时下班后准时回家，和她共同分担家务。他家的车库，除了摆放他家的两台车外，两边放着各种各样的修理工具，马燕说，她家的车都归 Tim 打理。

夜幕降临了，我们准备告辞。Tim 正在清洗碗筷，听到后马上放下手中的活，准备送我们回学校。马燕则将孩子托付给邻居家照看，他们重新一人开一台车送我们返校。一路上，Tim 时不时地看看后视镜，边开边等马燕的车。一路上，无论女同学还是男同学，都感慨不已，马燕嫁了个好丈夫！

鬼节之夜

2007 年 10 月 31 日　星期三　晴

在中国，端午节前后，我见过一些小镇家家户户门前挂艾草和菖蒲的民俗。而这两天在圣荷塞街头却看到了另一番奇观。街道两边各家各户门前，竟悬挂着各种各样类似骷髅的鬼怪装饰，有头部的，也有连着躯干的。有的挂在墙上，有的悬在窗户、门上，乍一看，还着实让人毛骨悚然。这在我们中国老百姓看来都是些不祥之物，而美国老百姓家家户户都拿来悬挂，这个文化差异真有点大呀。

据当地华侨介绍，每年的 11 月 1 日，是西方的传统节日万圣节，而万圣节前夜的 10 月 31 日之夜是这个节日最热闹的时刻。对于 10 月 31 日之夜，有个专门的单词"Halloween"，词典解释为"The eve of All Saints' Day"，中文译作"万圣节之夜"。万圣节民间俗称鬼节。关于这个鬼节的传说很多，但我听到的这个版本，基本能解释西方人为什么要挂骷髅。据说，两千多年前，西方国家的人们认为每年的 10 月 31 日是夏天正式结束、严酷的冬天开始的一天，传说故人的亡魂会在这一天回到故居地在活人身上找寻生灵，借此再生。而活人则惧怕死人的魂灵来夺生，于是把自己打扮成妖魔鬼怪和悬挂那些妖魔鬼怪，企图把死人的魂灵吓走。看来，其实也是一个驱凶避害的习俗。

鬼节之夜有一个习俗便是"Trick or treat"（不招待就捣乱），实际上是孩子们提着南瓜灯笼挨家挨户讨糖吃的游戏。见面时，打扮成鬼怪精灵模样的孩子们千篇一律地都要发出"不请吃就捣乱"的威胁，而主人自然不敢怠慢，连声说"请吃！请吃！"同时把糖果放进孩子们随身携带的大口袋里。

今天，我们上街熟悉圣荷塞的环境，寻找公共汽车站和轻轨车站，以便出去做调研。回到宿舍已经是晚上七点半。正当我们手忙脚乱做饭时，门被推开了，同学剑锋带着 Nathan 先生进来了，Nathan 先生身着黑披风一身鬼怪打扮，正当我们说"Welcome"时，Nathan 突然从背后拿出一个"鬼"头，朝大家脸上喷水，大家先被吓了一跳，反应过来后又笑成了一团，顿时有了些许"鬼节"的气氛，不过我们没有准备糖果，反而是 Nathan 给我们发了糖。Nathan 是我们在开学典礼上见过的一位热心的白胡子老头，会说"你好，谢谢"等几句简单的汉语。

刚刚送走 Nathan 先生，我们坐下来吃饭不到五分钟，房子开始晃动，并发出"吱吱"有节奏的摆动声，谁也没见过这阵势，大家都放下碗筷坐在那里屏声敛息，以观其变。大约几十秒后，房子的摇动停了，"吱吱"的声音也没了。不知谁先喊了一句：地震，快跑！这时，电梯已自动停了，我们迅速沿七楼的楼梯往下跑。

楼下坪里已是人声鼎沸，还有人正从楼栋里往外跑，有的还穿着扮鬼怪的黑色长袍。Nathan 先生也下来了，还穿着黑披风拿着那个"鬼"头，他告诉我们，这是一次小的地震。不一会儿，校广播开始喊话："All right! Go Back."（一切正常，回去）就这两句，再也没有说别的话，学生们纷纷返回宿舍了。其实，我们很想知道，刚才到底发生了什么，但广播里再没有任何的解释。后来，我们才知道圣荷塞市处于环太平洋地震带，平均一年有一到两次地震，居民已习以为常了。这里的建筑大都具有一定的抗震功能。

今晚注定了是一个不平静的夜晚。明天一早我们要乘飞机去东部进行为期十天的考察。

飞往美东

2007 年 11 月 1 日　星期四　阴天

连日来太累，加上有些感冒，昨晚吃了一片感冒药，睡了个好觉。今早七点集合，我们统一乘车赶往旧金山乘飞机到美国东部学习调研。

美国国内航班手续与中国国内航班的手续差不多，只是安检更严一些，每个人都必须脱鞋子过安检。飞机大小设施和中国国内的差不多。空姐的年龄感觉比我们来美国时乘坐的那趟国际航班上的空姐年龄还要大。按乘中国国内航班的经验，遇到饭点飞机上一般会安排用餐。而美国国内这趟航班却没有，我们从上午 10 点 40 分上机到下午 3 点 50 分下机 5 个多小时，中间只送了两次饮品和一小包零食。我们还是早晨六点半吃了两块面包，随身也没有带任何吃的，个个肚子饿得咕咕叫。幸好下飞机后，来接我们的刘佳先生没有让我们吃方便面，而是带我们到中餐店吃了顿自助餐。

由于美西美东的时间差三个小时，到纽约已是晚上 7 点多了，天已一片漆黑，路灯星星点点，没有大都市的辉煌灯火。难道纽约是这样吗？一些同学议论起来，这肯定是郊区。后来打听才知道，我们住的地方是汽车宾馆，叫 Comfort Inn，地点在新泽西州。

他乡遇故知

2007 年 11 月 2 日　星期五　晴

　　昨晚，当我得知我们住的宾馆在新泽西州时，立即想起我大学同学新莉就住在新泽西州，于是便给她打电话，她问了我宾馆名称后，激动地说："马上过来！"我不知道她家离我住的地方有多远，放下电话就开始冲热水澡。刚刚洗完收拾好，他们两口子就到了。他乡遇故知，我们彼此都很激动和高兴，聊了一个多小时还未尽兴，约好明晚去他们家参观再聊。

　　今晚我们从纽约市回来虽然有点晚了，但新莉在酒店一直等我，她开着一辆宝马车接我去她家做客。

　　新莉是我兰州大学的同班同宿舍的同学，新莉家就住在兰州。我和她还有西安的周立，有段时间，我们三人的饭菜票都放在一起。我是南方人不能连着吃面食，她们是北方人不能连着吃米饭，我们彼此照顾着。新莉妈知道我爱吃鱼，她家每做鱼就会叫上我。有一年放寒假，新莉等一群同学到火车站送我，生物系的海林等几名湖南老乡要考研究生不回家，也来送我。我们一群人在火车站聊着聊着，竟然忘了上车，没想到这竟然是个美丽的错误。火车走了，我只好改签第二天的火车。我邀请送我的海林等老乡一起到我们宿舍玩，新莉就是那晚和海林相识的。寒假回来，新莉和海林向我郑重宣布，他们成为男女朋友了。后来海林考上了研究生，毕业后又到美国读博，新莉就一起到了美国。许多年不见，新莉的性格和体形似乎都没有怎么变，笑起来脸上那对小酒窝还是那样好看和充满喜感。她在我心目中，永远是个热情善良能干的人！她拥有美满的婚姻和一男一女两个可爱的孩子。

　　去她家的路上，新莉一边开车，一边跟我讲述他们在美国打拼的故事，他们举家从加州迁移到新泽西州，竟然是她和海林一人一辆车自驾过来的。她家离我们住的小酒店不远，是一栋两层的童话式的尖顶小屋，四周绿树成荫。我分不清是他们居住在森林中，还是绿树生长在他们小城里。房子很大，有一间铺着厚厚的地毯，四周墙壁都是软包装，她说是给孩子们玩的房子，邻居家的孩子来了，不想回家还可以睡在里面。二楼的房间很多，新莉带我一一参观。这时，我想起有一年，她带她只有几岁大的女儿到我家做客，我家住在七楼，她女儿要纸和笔写写画画，我拿了儿子的作文本和笔给她。他们走后，我清理房间时，发现她在作文本上用英语写了几句话，大意是今天妈妈带我到了她同学家里，她同学住在一个"big house"里。当时，我有点纳闷，不过就是四室两厅的房子，孩子为什么认为是一个大房子，难道她家的房子很小。哈哈，现在，我突然明白了，他们住的都是独立小屋，孩子误以为，我家和她家一样，以为整栋大楼都是我家的。

Made in China（中国制造）

2007 年 11 月 8 日　星期四　晴

　　今天是考察学习的最后一天，明天就要从洛杉矶返校了。大家都想趁机放松一下，决定到洛杉矶著名的迪士尼游乐园（Disneyland）和好莱坞环球影视城（Universal Hollywood Studios）看看。

　　由于昨晚 11 点才回酒店，今天休息到上午 9 点半才出发参观。参观迪士尼游乐园需要门票，班委会采取自愿自费的原则，想进去看的同学自己购票，每票 60 美元，可以参观所有的项目。我和将近一半的同学没有进去，在外围看了一下后，便在周边的商店溜达。下午参观好莱坞环球影视城，据说这里有各种各样的影视表演，非常刺激，但我对这些也不是很感兴趣，加上接近黄昏天气有些凉，我们一群未进影视城的同学，便早早地躲到周边商店里面去了。我在迪士尼游乐园和好莱坞环球影视城周边的这些商店看着看着，忽然，产生了一个强烈的感觉，那便是中国制造（Made in China）在美国无处不在。

　　今天上午，有位同学给女儿买了一个迪士尼的洋娃娃，在车上打开一看竟然写作：Made in China。有同学议论说，在美国要找一件不是中国制造的日用品还真难，此话还真不假。想起前些日子，我给国内亲戚买了一个国际品牌的网球拍，回宿舍打开包装一看，拍子上面竟然也写作：Made in China。我们宿舍的洗衣机也是中国海尔生产的。据报道，在任何一个美国人家庭，几乎都可以找到标有"中国制造"的产品。在美国沃尔玛、塔吉特等大型连锁超市里，标有"中国制造"的鞋帽、玩具、工艺品更是随处可见，将"中国制造"商品放在购物车里的美国顾客则络绎不绝。今年，路易斯安那州的一位财经记者特地就这个现象写了一本书，叫做《一年不用中国货》（*A Year Without Made in China*）。书中通过试验得出的结论是，一般人在美国过日子，一年不用中国货实在很难。据 2007 年 8 月 14 日，中国日报网报道：我国现在已经是世界第三大出口国，对美国的出口列美国总进口的第二位，对欧盟、日本的出口均列第一。

我没有从经济学的角度研究过，但是，我能感觉得到，中国商品对美国民众的生活影响很大，因而，美国的民众对中国民众也比较友好。无论是街头或商店，你只要说："I am Chinese"。老美都能说一句"你好"或者"谢谢"。大街上行走的人中，中国人也随处可见，还能听到各种中国的口音。

在美国接待我们的肖导就是西北口音，而在东部接待我们的 Mike 就是典型的东北口音，我们所到的中餐馆大部分都是广东口音。在拉斯维加斯我们还听到了一个这样的故事，那里的"赌场"英语是 casino，其发音有点像中国话"开始了"。据说是 20 世纪初，工人们在沙漠之中建筑胡佛水库（Hoover Dam），下班后，因没有任何娱乐活动，于是以赌博解闷，一批修胡佛水库的中国广东人，每到下班时就开始吆喝"开始了"。于是"开始了"的谐音便渐渐成了美国"赌场"的发音。美国人喜吃中国的豆腐，英语里便有了"tofu"一词，其发音就是豆腐。据说，这个词还进入了美国的字典。

愿中国制造，从物质文明到精神文明更多地走向美国、走向世界。

美国厕所文明

2007 年 11 月 9 日　　星期五　　晴

　　今天，经过六个半小时的长途跋涉，我们一行从洛杉矶回到了圣荷塞大学。清理旅行箱时，发现带去的一长条餐巾纸巾仍然摆在箱子里。这些餐巾纸本来是带在包里准备上厕所用的，在国内女士们的手提袋里基本上都有，每天基本上要用上一包，但是此次前后十天的时间里，我一包也未用完。

　　以前，听一位在美国读书的小妹讲，回国最不习惯的是上公共厕所。此行，我们将近跑了美国的 10 个州，宾馆、公园、商店、路边店、汽车店、公司等地方的厕所以及一些临时简易厕所，我们都进去过，深深地感觉到小妹之言绝非作秀。我们来到圣荷塞大学的第一件事便是上厕所，对圣荷塞大学的第一印象就是厕所真的非常干净。全部坐式马桶，全部备有坐垫和手纸、洗手液以及洗完手后的擦手纸，地上一尘不染，没有任何气味。起初以为只是圣荷塞大学管理好，此行走进美国东部、西部的厕所后，才发现所有的厕所都如此，包括我们在科多拉多大峡谷中的临时厕所里都是如此，无论走到哪里，根本不用担心上厕所忘了带纸的问题。

　　在美国的大部分厕所里，我们还看到美国的人文关怀无处不在，美国的公厕里基本上都设有残疾人专用厕位以及为婴儿换尿布的台子。同时，我们在厕所里还感觉到了美国公民的法制宣传无处不在。在我们所去的餐馆的厕所里，我们会发现水龙头的上方都写着：美国卫生法规定，餐馆雇员上完厕所和厨房操作之前必须洗手。起初以为只有中餐馆有，后来发现西餐馆同样有。

　　当然，我还要感叹美国的厕所文明，首先是物质方面的文明，所有的厕所不仅有纸而且都有备用纸，防止出现空缺，同时美国的厕所都是坐式马桶，质量非常好，冲洗非常干净，从未见过某个坐厕冲不干净。其次是精神方面的文明。美国人用厕非常讲究卫生，很少见到乱扔乱丢的现象，当然也不用担心厕所的手纸被人顺手牵羊带走。

美国见闻

人人动手制作食物的聚会

2007 年 11 月 10 日　星期六　小雨

　　下午 5 时许，天空飘起毛毛雨，同学们呼吸着新鲜、湿润的空气，提着自己精心准备的一道菜，满怀期待地在宿舍楼下等待去参加一个特别的 party（聚会）。

　　这是由旧金山美中交流协会组织的一次赴美学习班与美国联谊家庭的见面会。事先告知由双方每人准备一道菜，共进晚餐。同学们基本上都是第一次参加这样的聚会，有着各种各样的疑问，要不要带餐具？菜有没有地方加热？要不要准备主食？是和联谊家庭单独在一起吃，还是所有的同学和所有联谊家庭在一起吃？大家满脑子的问号，又不好去问协会的老师，只好认真地按要求做好一道菜。有的同学炖了鸡，有的同学做了凉拌菜，有的同学还给自己的菜取了个"人约黄昏后"之名，个别同学还准备了表演的节目。

　　下午 5 时半左右，唐 Tom 带着妻子和不满周岁的孩子开着一辆中巴车来接我们，他们也准备了不少菜，都是用长方形的大盘子装着，外面用锡纸包着。来到聚会地点，那里的桌子上已经摆了许多菜和点心，看来今晚会是一顿丰盛的晚餐。来参加联谊会的家庭都是全家出动，孩子们穿梭其间，每人的胸前都贴着自己的中英文名字，以便交流。协会准备了一些一次性的餐具，大家采用自助的形式各取所需，然后端着盘子边吃边交流。

　　餐后，大家互相交换名片和小礼物并作一些自我介绍，有的还毛遂自荐唱歌跳舞展示自己的才艺，大家欢声笑语好不开心。餐后，在协会和联谊家庭的带动下，大家动手将桌椅按原来的样子摆放得整整齐齐，将剩余的饭菜全部打包带走，并将餐台擦拭得干干净净，没有留下任何痕迹。我想起葛博士所说的美国人提倡：Do it yourself（自己动手）。

　　在国内，朋友聚会，一般都是谁邀请谁做东，主人张罗所有的事情，客人只需打扮得漂漂亮亮按时出席即可。头一次接触这种美式聚会，倍感新鲜的同时，也深深地觉察到中西请客文化的差异。虽然，刚开始有点不习惯，但事后细细一想，这种美式聚会也值得我们学习。其好处是，首先，不增加任何一方的负担和压力；其次，提高了聚会者的参与感；第三，全家大小都参与，增加了彼此之间深度了解和家庭的幸福感。

圣荷塞的阳光

2007 年 11 月 17 日　星期六　晴

今天是星期六，学校没有课。下星期四是美国的感恩节（Thanksgiving Day），据说各大商店已经开始对商品打折。同宿舍的同学都约好去商店看热闹。我因要为报社组织学习班的见报稿，昨晚改稿到凌晨 1 点多钟，早晨起不来，便在宿舍睡了个懒觉。起床后，因连日来长时间伏案，感觉颈椎有些不舒服，便想到室外晒晒太阳、走一走。这是我到美国后第一次以这种休闲的心态出门，平时都是跟着大家上课下课或调研，紧追慢赶。圣荷塞的街道规划很整齐，我从第九街往第一街的方向走，边走边打量起这座城市来。

圣荷塞（San Jose），又称圣荷西，是加利福尼亚州旧金山湾区南部的城市，是加州（人口）第三大城市。地处旧金山湾以南的圣克拉拉谷地，西北距旧金山 65 公里，为美国第十大城市，被誉为"硅谷之心"，世界知名大型高科技公司（Apple、PayPal、Intel、Yahoo、Bbay、HP、FireFox、Google 等）云集于此。由于下雨的天数不多，圣荷塞一年可以有超过 300 天的阳光充足的日子。环顾四周，只见阳光懒懒地、温柔地从树叶中射过来，让人不冷不热。天空蔚蓝得似乎一尘不染，草地密密绿绿的，让人舍不得往上踩，树上的阔叶子是金黄色的，并散落一地。拖着毛茸茸大尾巴的小松鼠，调皮地在树林中窜来窜出，给油画般的画面带来些许动感。我真想找一块垫子铺在草地上，躺在上面，沐浴着金色的阳光，看小松鼠自由自在地嬉戏。这情景让我想起秋日的长沙。长沙四季分明，秋天是一年四季中最美好、最舒适的季气，秋高气爽，阳光和煦，红枫烂漫，丹桂飘香，而长沙人为了珍惜这样的好天气大都会选择出门游玩。而据说，圣荷塞一年四季差不多都是这样的好天气。不过，朋友告诉我，圣荷塞的阳光虽然很和煦，但紫外线还是蛮强。而我们却很少见人打遮阳伞，早就听说，西方人以晒成小麦色或古铜色为美，果不虚言。

街上行人稀少，偶尔驶过锃亮的汽车，只有阳光时刻伴我前行……一切很安静，也似乎很舒适，但内心却生出一种陌生感，我有点不知今夕何夕、身在何处之感。

美国见闻

雷斯请客看电影

2007 年 11 月 19 日　星期一　晴

今天，美国朋友雷斯请我们看电影，班会委通知下午 3 时半集合去电影院。

据说雷斯有广东血统，虽不会说中国话，但是有一颗强烈的中国心，一心想学说中国话。他是一个非常热情的人，他和长沙前两届赴美学习班的同学都很熟。他看上去六十来岁的样子，很健康很和善，干什么工作我不知道，但他是一个非常热情的志愿者，我们班举行开学典礼时，他就发表了热情洋溢的讲话。尔后，经常看到他在楼下等我们班的男同学。

据说，雷斯在电影院做义工，为我们争取到了打五折的电影票。票价 6 元，打完折后 3 元，他请 2 元，剩余的 1 元由我们自己出。由此，我觉得美国的请客文化很有意思。我们在上美式英语交流技巧时，老师问我们，如果有朋友请你吃饭，那意味着什么？我们说在中国意味着朋友买单。她说：在美国就意味着各买各的单。

当我们来到影院时，雷斯已经在影院门口等我们了。他今天穿得特别讲究，一身前短后长的黑色燕尾礼服，胸前还别着一朵鲜花，非常庄重又有绅士风度。他站在门口为我们开门，用洋腔洋调的中文说："请进。"我便随口回答说："谢谢！"然后，到影院的咖啡吧喝茶去了。过了五分钟之久，雷斯突然跑过来问我："刚才你说'谢谢'，我是不是应该回答'不客气'？"那认真劲真可爱，我便竖起大拇指说："Very good！"据一些和他走得比较近的同学说，他虽然不会说中文但有强烈的中国情结，他家里的摆设饰物都带有中国文化特色。他总是想方设法找中国人做朋友学中文。

我们看的电影是《色·戒》。没有别的人，只有我们三十个同学。看来美国的电影院也比较冷清。放电影之前，也放了二十多分钟的广告片。电影院的大小和我们湖南大剧院差不多。

厨房消防警报器响了

2007 年 11 月 20 日　　星期二　　晴

　　到美国后，我们自己做饭菜吃。我们组七个人由一人买菜，其余 6 人分成三小组轮流做饭。今天由我和范坤值班，我打下手，范坤掌勺。

　　这里的厨房设备很齐，灶上两大两小有四个灶，可以同时烧水、煮饭、煲汤、炒菜，下面还配有烤箱、微波炉、洗碗机等，燃料是没有污染的电，只要一按开关火就来了。但是抽烟机似乎不管用，只要炒菜，就油烟呛鼻，有的宿舍将房门打开透气，邻居老美就提意见，大家只好尽量地少炒多炖多煮，有的同学笑言，以后回去只会煮菜了。

　　没想到今天出了个意外。在中国炒菜，油倒到锅里后，经常冒火是常事。今天炒白菜，可能油停留在锅里的时间稍长一些，锅里冒出了明火，范坤是做菜高手，顺手将青菜倒进锅里，火没了，可厨房四周突然灯光闪烁、同时发出刺耳的警报声，一时间我们都慌了手脚，不知如何关掉警报器，特别害怕由此惊动校方或警察。我突然想起厨房有一个开关，平时不能控制任何一盏灯，是不是管警报器的呢？管他呢，我按了一下那个开关，果真一切恢复平静。

　　我的天啊，我们哪见过这种场面，心都跳到口里了。好在警报声只引来我们隔壁房间的同学，而没有惊动警方和校方。不过，我倒佩服美国的消防设施非常灵敏，消防意识也非常强。在电梯走廊和我们卧室的门背后，到处都有消防的设施和警示。

美国见闻

隆重的感恩节

2007 年 11 月 22 日　星期四　晴

　　今天是 11 月的第四个星期四，美国的感恩节。感恩节是美国人合家欢聚的节日。我的美国联谊家庭丹妮尔和弗兰克邀请我参加他们晚上的 party。

　　据说，感恩节是美国国定假日中最地道、最美国式的节日，它和早期美国历史最为密切相关。据悉，1620 年，一些朝拜者乘坐"五月花"号船去美国寻求宗教自由。他们在海上颠簸两个月之后，终于在酷寒的十一月里，在现在的马萨诸塞州的普里茅斯登陆。在第一个冬天，半数以上的移民都死于饥饿和传染病，活下来的人在第一个春季即 1621 年开始播种。整个夏天他们都热切地盼望着丰收的到来，他们深知自己的生存将取决于即将到来的收成。最后，庄稼获得了意外的丰收，为了感谢上帝的恩赐，人们举行了 3 天的狂欢活动。从此，这一习俗就沿袭下来，并逐渐风行各地。1863 年，美国第 16 任总统林肯宣布每年十一月的第四个星期四为感恩节。

　　圣荷塞大学星期四星期五放假，加上星期六星期日共有四天假。感恩节之于美国，我感觉像中国的春节一样隆重，成千上万的人不管多忙，都要赶回家和亲人团聚，享受一顿丰盛的晚餐。我因白天没有活动，便坐在宿舍的楼上向下看，只见校园里的老师和学生陆续提着大包小包往校外走。到下午校园已变得出奇的安静。

　　下午五点半，我的联谊家庭弗兰克先生开车来接我去参加他们的 party。这个聚会有二百多人，有大人小孩和老人，大家都像中国过年一样，穿着新衣服，女士们做了新的发型并化了妆，显得十分的隆重和喜庆。每家每户都自带一两种好吃的食物摆在一起，有火鸡、南瓜 pie（饼）、各种菜和点心。大家像中国的自助餐一样各取所取，站着或坐着边吃边聊，显得十分开心。

　　饭后，大家开始唱歌，有领唱和合唱。然后，自由发言和表演节目。大家在发言中总结一年来自己或家庭的收获，然后进行感恩，他们感谢家人、感谢朋友；生了病的还感谢医生；上学的还感谢老师和同学……一个个讲得十分诚恳和真挚，动人之处还淌下了热泪。大人小孩都可以上台讲，或长或短，拿着话筒，没有讲稿，想到哪说到哪，有时还引起哄堂大笑。

美国见闻

疯狂的黑色星期五

2007 年 11 月 23 日　星期五　晴

今天是传说中的黑色星期五。据说从星期四感恩节的当天晚上开始，人们就会在各大商店门前排队，有的甚至会搭帐篷过夜。

我早就期待感受一下传说中的黑色星期五。只是我在心里琢磨，这么一个喜庆的日子，为何要叫黑色星期五，这与中国喜庆的红色实在相差甚远。据了解，原来在这一天，美国的商场为了在年底进行最后一次大规模的促销，都会推出大量的打折和优惠活动。因为美国的商场一般以红笔记录亏损，以黑笔记录盈利，而感恩节后的这个星期五，人们的疯狂抢购使得商场利润大增，因此被商家们称作黑色星期五。

早在感恩节前几天，各大商店就开始发布打折消息。报纸、电视、网上、直投，铺天盖地都是打折信息。我联谊家庭的女主人丹尼尔早就蠢蠢欲动，并邀请我星期四晚上和她一起去排队。她说，真的很优惠，不买错过机会可惜。我很高兴地答应她，和她一同逛商场通宵不睡。

我们是星期四晚上十一点半从她家出发的，她另外还约了五个朋友，其中两个和她年龄差不多，都是有小宝宝的年轻妈咪。我们八个人分成两辆车，她的先生弗兰克开一台，她自己开一台，我们的目标是 Grily 的 Outlets（奥特莱斯）。所谓 Outlets 是我到美国后才知道的，它离城市中心很远，世界各大品牌都在这里设立了厂家直销店，其特征是品牌集中，价格较其他地方优惠。这里购物的地方特别多，其所以选 Outlets，我想丹尼尔是因为考虑这里的价格更实惠。从她家到 Outlets 平时只要 40 分钟，可是今天我们开了整整两个小时。越接近 Outlets 越堵车，有一段路比走路还慢，走走停停，单边四车道，一色锃亮的小轿车。好不容易到达目的地，可停车又成了问题，好在陆陆续续有先到者买完了东西往回开。下车后，我们约好凌晨四点半在停车点集合。

　　这里有三个购物区，如果不进店仅仅走一遍，我估计要花三四十分钟，如果要进店看东西，两三个小时就不可能逛完三个区。我决定逛一个区，主要是看看购物的情况。到处都在排队，Coach 包店进店要排队，交钱要排队，令人吃惊的是几百美元一个的包，每个人出来都提几个，我只能用疯狂来形象这种情形。我虽讨厌排队，但是如果不排队就不能买到任何东西。于是下定决心，排队买一个我看中的 CK 牌子的包。从两点半开始，到四点半终于成交。到集合点后，我已经累得睁不开眼睛了，可是丹尼尔、弗兰克还兴犹未尽，打算赶往其他商场。我坐的是弗兰克的车，四十分钟后他把我们带到一个 Mall。这里上下两层，到处霓虹灯闪烁，各种品牌应有尽有，看上去面积比 Outlets 还大两倍，大得让你找不着北。出来时，弗兰克带着我们找汽车，整整转了一个小时才转出来，到了这里我不得惊叹美国确实是购物天堂。

　　时间已经到了今天的早晨 7 点多，天已经大亮了。可是弗兰克还准备逛电器城，随他逛了一两家后，我又冷又饿实在走不动了，便不愿再下车，坐在车上作壁上观，只见老美们一箱子接着一箱子地往车上运……不过没过多久，弗兰克等人回来了，说是人多得连门都进不了，这时，弗兰克才准备把我送回学校。是否送完我后还会去逛不得而知，丹尼尔逛到什么时候也不得而知。

巴士站候车

2007 年 12 月 1 日　星期六　晴

　　今天是星期六，学校没有安排活动。我们三个女同学便约定去 Outlets。下午四点多我们就往回赶。我们需换三趟车，在下了 17 路车后我们在巴士站等 68 路车。由于美国的公共汽车大多是半个小时或一个小时一趟，我们等了很久很久的车。

　　加州进入冬季后，白天很短。下午 5 点左右，天气渐渐黑了，加上早晚温差大，气温很低，我们感到一阵阵的寒气袭来。站台上几个黑人小伙，在拉拉扯扯，有一个还把外裤脱到膝盖。我们知道我们遇到美国的人渣了，真不知他们会干些什么事。我们唯一能做的就是离他们远一点。后来，还有个黑人小伙跑过来和我们搭讪，我们不理他，他没趣走了。其他两个不久也离开了，我们回到他们刚才待的候车亭，只见一地玻璃酒瓶碎片。到美国一个多月，我们还是第一次见到这种情景。

　　好不容易 68 路车来了，女司机要我们等一等。原来她要打扫一下车上的卫生。包括我们总共只有几个人要上车。她搞完卫生后，又不紧不慢地将轮椅上车的门打开，（这辆车与们我以前见到的其他公共汽车不同，前门旁有一个上轮椅的门），前后大概花了五分钟。坐在轮椅上的是一名女青年，双脚发育不全，看得出残疾的程度比较严重，上车后，司机问她到哪里去，她说到某某医院去。望着这名残疾姑娘，在没有任何陪人的情况下，能开着一部电动轮椅车独自去医院，说明残疾人设施是比较健全的，对残疾人的服务也是比较周到的。

收到一小包美元丝

2007 年 12 月 3 日　星期一　晴天

　　事先，我没想到的是，今天我们竟然会到旧金山美国储备银行参观。接待我们的是一名年轻的金发女郎。

　　这个银行不对外营业，主要是储备美金为别的银行服务。而且这个银行与政党没有关系，是一个独立的系统。走进去并没有戒备森严的感觉。金发女郎告诉我们，必须过安检门，但并不需要脱鞋和人们所说的解裤带。走出去穿过很长的走廊，金发女郎告诉我们，可能有一个警察跟着我们，这是一个惯例并不是针对我们的。她还说，参观者的手不能插在口袋里。一会儿果然来了一个警察，带我们穿过了两道门，里面是满屋子的美元，两名工作人员正在对钞票进行整理，里面一间接一间都是满屋子的钞票，只是工作人员所做的清理工作不同而已。储藏室里面保持恒温。出来后，我们来到一个接待室，金发女郎为我们讲解了储备银行的功能，介绍了钱币的一些知识，临走时还送我们一小塑料袋的美元钞票丝留着纪念。据说，这个银行从来没有出过事。在我看来，银行的仓库应是十分神秘的地方，不会让人进去参观。美国真是一个很有意思的社会，难道不怕被坏人惦记吗？

美国见闻

浓浓的故乡情

2007 年 12 月 8 日　星期六　晴

　　今天，联谊家庭组织我们去参观一个农场。农场离我们学校将近一个小时的汽车行程，在另一个叫 Morgan 的城市。

　　亲不亲故乡人，女主人陈妈妈见到我们真像见到亲人一样的开心！她将我们带到菊花地里，他的先生郑先生，正在塑料大棚插菊花苗。

　　郑先生给我们介绍了他家的情况。他们是 20 世纪 80 年代初，从中国福建长乐来的。刚来时，由于没有多少文化，也没有技术，只好到加州的农场干活。在那里，他们积累了一定资金后，便花十几万美元买回了五英亩地，专门种植观赏菊花。前些年，美国经济十分景气，有钱人家连厕所里都摆放鲜花，他们的菊花供不应求，生意十分红火，每年收入几十万美元。但是近几年，美国经济没有过去景气了，每年收入只有十万美元左右。现在，他们退休了，农场主要由他们的儿子打理。

　　他们的大棚里冬天要烧锅炉供暖气，还要化肥、农药，每两年还要换大棚，有些活还要请墨西哥人来干，每小时需支付 7 美元，令他们犯难的是现在这些人都有了绿卡，很难请到了。据介绍，他们的收入有一半要支付成本，另一半还要支付 25％ 的税收，如果那年收入是 10 万美元的话，他们除掉成本和税收，只剩下 3 万美元，他们和儿子平均每人只有 1 万美元。而在他们这里收入低于 1 万美元，可以享受救济金，小孩读书可以免费。在另一个大棚，菊花含苞待放，每株菊花需要将花蕾抹掉只剩中间一朵，这一朵长出来就是一枝大菊花。这个程序只能人工进行，可见有巨大的工作量。而在另一个更大的大棚，则是成排成排已绽放的菊花，等待采摘。在一间屋子里，放着冷气，许多采摘好的鲜花正在里面保鲜。看来他们的设施十分全面。郑先生谈起早些年生意好的时候，眼睛闪闪发亮，昔日的辉煌仿佛浮现在眼前。

　　郑先生和陈妈妈有两个儿子和一个女儿，女儿在大学教书，一个儿子在家里种菊花，另一个儿子在外面工作。儿女劝他们休息，把地卖掉，有一年他们出价 200 万美元，可是未能卖出，陈妈妈反倒很高兴，因为他们已经在这里精耕细作 20 多年，已经离不开这块土地了。

　　当我们要离开农场的时候，陈妈妈无论如何要留我们吃饭，而我们无论如何要走。最后，陈妈妈说："我可要生气了。"实在是盛情难却。陈妈妈准备了很多的饭菜，一会儿，他开餐馆的弟弟和弟媳妇还送来了很多的菜和比萨饼。他弟弟陈先生显然比姐姐姐夫更健谈。他说，在他们老家福建长乐很流行出国，认为出国很有面子，于是他们就加入了这个队伍。刚来时，吃了很多苦，现在生活很稳定了。吃饭时，陈妈妈的女儿回来了，他还说，她是 12 岁随父母到的美国，后来自愿到湖南大学教过两年书。两个孙子辈都是十岁左右，开口都是地道的英语。看得出陈妈妈一家儿孙满堂，其乐融融。

　　告别时陈妈妈和郑先生久久不肯回去，浓浓的故乡情写在他们的脸上，当我们的车远去时，还见两位白发老人在风中招手。

归去？留兮？

2007 年 12 月 9 日　星期天　晴

　　今天上午，我和同组一位同学都要去 Fris 买东西，便结伴而行。下了轻轨，却找不到 59 路车站，便想找人打听一下，只见蓝蓝的天空下，到处是洒满阳光的金色树叶，环顾四周，寂静无人，仿佛进入一种梦境，也难怪，美国的面积和中国差不了多少，可是人口只有 3 亿多。我们自然而然聊到每星期都要到我们宿舍来的三位留学生。

　　这三位留学生中的龚先生是我们宿舍同学的同学。龚先生是西安交大的高材生，她的夫人是清华的高材生，他们两个原来都在硅谷的高科技公司做技术工作。两个人的年薪都有十几万美元，在美国已令人羡慕了。可是，龚先生最近离开公司，自己开了一个网上店，他们还在思考要不要回国发展。第二位是龚先生的朋友吴先生，吴先生是一位在美国获得建筑系博士的留学生，在美国已有二十年，是一位资深的建筑师，他研发出了一种新型环保的建筑材料，已在美国应用。他为了回报祖国，多次回国推销他的成果，可是走了很多地方都不能引起人们的重视，他感到苦闷，不知从何着手。据说，他夫人只给他两年时间到国内发展，如果不成功，就不准再这样浪费时间。第三位是纪先生，他也是龚先生带来的朋友。清华大学的毕业生，一位投资理财人士。他们三个在美国都有上十年的经历，积累了一定的资金和技术，他们感到国内改革开放的步伐很快，形势很好，都想回国发展。吸引他们想回国发展的还一原因便是叶落归根的情结，家乡的亲情、家乡的文化，甚至家乡的饭菜都是吸引他们回国的无形磁力。

　　可是，回国吧，似乎又不是那么简单。一是世俗的眼光，认为海归是因为在海外混不下去，面对这种眼光，他们无法解释，有时会让他们觉得很尴尬；二是国内的办事程序和方法与美国大不同，他们的思维已经习惯美国的方式，在国内往往行不通；三是美国的环境特别好，首先是自然环境，清新的空气和山林树木，宽松的居住条件，其次是人们的文明程度很高。这些也都是他们不想割舍的地方。

归去？留兮？像他们这几个已步入人生中秋的人，是一种艰难的选择。但是，我感觉得到，他们的内心深深地向往祖国、向往家乡。

华侨们的业余生活

2007 年 12 月 15 日　星期六　晴

今晚，受邀参加华侨朋友的一个 party，发现他们业余爱好的水准，个个不一般。

下午五点半，开车来接我们的是长沙妹子 Lisa，她带我们到了黄先生的家。黄先生也是我们同学的 host family（联谊家庭）。黄先生的家房子很大，独门独户。来参加 party 的除了我们七八位同学外，还有 8 位华侨朋友。在美国来参加 party，每家都会带一两个菜和点心。主人黄先生还炒了很多菜，并备了各种饮料和酒水。这里吃饭很随便，并不像国内大家团团坐，而是饭菜摆在中间，大家拿着盘子去取，端着盘子站着或坐着吃，非常随意，有点像在宾馆吃自助餐。没有人劝酒，想喝就自己拿。

饭后，大家开始聊天、唱歌、打牌。主人黄先生是一家高科技公司的技术人员，年近花甲，会烧饭菜。可是，当他拿起话筒一开腔就把大家怔住了，他唱美声，不仅字正腔圆，而且非常雄厚，高音也唱得轻轻松松。在一片掌声之后，黄先生告诉我们，他这一辈子，就喜欢两件事，一是科学技术，二是音乐。他的歌听起来确实有蒋大为的味道，他也经常参加一些业余表演，有一位声乐教授听了他唱歌后还跑来专门研究他的发音。

这些华侨都会唱歌，除了主人黄先生天生一副好歌喉外，Lisa 告诉我，他们很多华侨都请了专门的声乐老师教声乐。因为她们经常开 party，歌唱好了会有种成就感，非常开心。Lucy 喜欢唱美声，调子非常的高，但她唱起来非常轻松，因为她练唱歌已经好几年了。Nacty 不唱歌，但是会跳舞，经常参加一些舞蹈班，身材保持极佳。她的先生 Tim 是一个美国人，我问她为何不带他来，他说，他听不懂中文，交流起来不是很方便。

Lisa 告诉我，他们的 party 多数都是和华侨朋友在一起，偶尔也会请一些老美邻居来吃饭，但次数较少，因为大家的生活习惯和文化背景毕竟不一样。最年轻的华侨朋友当属谢小姐，她是 70 后，但她到美国也有十几年了，在著名的美林投资公司担任非常重要的职务。她的业余生活除了唱歌便是遛狗和爬山。有时他们也会在一起打"找朋友"的牌。当然，喜欢看球赛的朋友，在美国就更方便了。

在国外，实际上我们都是孤儿

2007 年 12 月 17 日　星期一　晴

今天，给我们上"风险管理"的沈先生，又邀请我们参加了华人的圣诞聚餐。这种聚餐有点像自娱自乐的歌舞晚会。

这是一个巨大的宴会厅，里面摆了几十桌。我们走进去的时候，人已经基本到齐了，我发现参会的人，互相之间并不全都认识，吃的是中菜，来的全是中国人，到这里不用再说英语。菜一道道地上，有点像长沙的婚宴，前面还有主席台，有乐队和主持人和歌手。参会的人大都进行了精心的打扮。许多男同胞头上还戴着圣诞帽。参会的人员都要买票才能进来，我们的票是沈先生送的。两个女歌手顾不上吃饭，一首接一首地唱，歌词大都是和平、友爱、诚实的主题，很多是英语的美声唱法，唱得很有水准。

餐后，我们以为可以结束了，谁知旁边的人告诉我们这才开始进入高潮。主持人介绍，有位邵阳先生想上台谈他在美国的人生轨迹。他是安徽凤阳人，非常优秀，中学毕业被保送进中国科技大学，然后到美国哈佛大学攻读博士，师从于一位诺贝尔奖得主。由于这位导师非常严厉，曾有两名博士生自杀在同一间试验室，由于压力太大，邵阳也差点想不开。后来，他还遇到过很多的困难，他离开那位导师后，一时找不到别的导师，差点不能毕业，然后，找工作也费了一番周折等。他的经历让我感觉到美国的生存压力并不小。像邵阳这样的海外游子并不是国内人们想象的那么轻松，他们有欢笑、有成功，但也有挣扎、有挫折……相比国内的高材生，在他们遇到困难的时候还不能及时得到亲人的安慰。

另一个上台谈感受的是一位来自香港的小伙子，他的人生经历很有意思。初中时代，他成绩非常差，几乎门门课不及格，甚至还好偷东西。后来由于环境变好，成绩也变好，以至成为一名高科技公司的技术人员。然而，由于爱情的力量，他辞掉上好的工作与妻子一起开餐馆，现在成为一家很有名气的餐厅老板。他在大庭广众之中，还在表达："我爱我的妻子，我一生一世爱我的妻子！"我真的有点感动了，爱动情的我禁不住热泪潮湿了双眼。在这个社会，一场经历了七八年的婚姻，还有激情这样由衷地表达爱，这是多么宝贵的一种感情啊！晚会进入高潮，全体起立唱歌，台下跟台上一起合唱，一起摆手……

晚上，送我们回家的文先生由衷地说："在国外，实际上我们都是孤儿，我们就是以这种聚会的形式找到一种祖国和家乡的温暖！"啊，海外的游子，愿你们幸福快乐！

美国见闻

261

特别的演员特别的观众

2007 年 12 月 22 日　　星期六　晴

　　离圣诞节越来越近了，美国人一年放最长假的节日即将到来。今晚到处张灯结彩，不少街道两边彩灯闪烁，刚刚参加由湖南同乡会邀请的"圣诞之夜音乐会"的我们，心情久久不能平静。不是因为他们的演出与国内的有什么不同，而是这些演员和观众让人感动。

　　这是一个全部用美声唱法唱歌的高雅音乐会，演员基本是业余歌手，年龄基本上都是上了一定岁数。可就是这样一个音乐会，约 300 席左右的音乐厅竟然座无虚席，而且门票还要 20 美元一张。演出时厅内鸦雀无声，每当演员唱完一首歌，就有人上台献花。在回家的路上，我和送我们回家的 Nancy 聊天，我说我感到奇怪，在美国业余歌手唱歌还能卖得出门票。Nancy 说，都是亲戚朋友买票捧场。演员唱歌不要钱，门票钱是用来支付租音乐厅等费用。啊，原来如此。我突然想起有一年，我们集团举办音乐会，邀请著名的女指挥家郑小瑛女士担任指挥，郑小瑛女士在新闻发布会上感慨地说："在国外，我们演出时通知一下亲戚朋友，大家都会来买票捧场。"当时，我还半信半疑，没想到果真如此。

　　演出大厅很简单，没有舞台背景，连"圣诞之夜音乐会"几个字都没有，不过观众都能得到一份节目单和演员介绍资料。台上只有一架钢琴伴奏，演员都穿了漂亮的演出服，演唱水平相当高，刚开始还以为他们是专业歌手，后来，一看演员资料介绍，我们才发现他们每一个人几乎都有一个令人羡慕的职业。欧阳飞鹏一身白色的西装和黑色的领结，倜傥潇洒，一曲意大利民歌《重归苏莲托》震惊四座，掌声雷动。然而，他却是著名的金融投资专家，注册财务会计师，现任富国银行投资服务公司高级副总裁和财务顾问。演唱歌剧《蝴蝶夫人》选段《晴朗的一天》的邵攸是一名业余女高音。今年四月她还和丈夫一起举办了二人独唱音乐会，有 200 多位朋友观赏，为美国防癌协会募捐 5000 美元。然而，她却是全职房地产经纪人。演唱女声二重唱《平安夜》的王淼和纪沉是母女俩。母亲王淼为美国著名 Cisco 公司的资深项目经理，女儿纪沉是著名的伯克利大学经济系的学生。今天演出了 19 个节目，其中还有男女声小合唱，参加演出的演员据说除了党伟光先生是专业演员外，其他好像都有别的工作，很多是硅谷计算机公司的工程师。令人敬佩的是他们还在继续从师学习唱歌。

每逢佳节倍思亲

2007 年 12 月 25 日　星期二　晴

　　今天是美国的圣诞节（Christmas），是美国的法定假日，同时也是美国家庭团聚和喜庆的节日。

　　圣荷塞市的商店大都不开门，轻轨车也不开。圣荷塞大学校园里冷清得出奇，马路上车辆和行人也很稀少，和中国的大年三十和初一差不多，人们大都回家和亲人团聚去了。幸好有位同学的联谊家庭邀请我们去他们家，让我们找到一点过节的感觉。女主人 Nancy 是湖南衡阳妹子，来美国将近二十年了，男主人 Tim 是美国人，长得很高大，是 IBM 公司的工程师。他们家是一幢二层楼的房子，收拾得非常干净。客厅里摆着鲜花和圣诞树，圣诞树呈宝塔形，象征着奋斗向上，树上挂满了五颜六色的彩花、玩具、星星和彩球，很有一些节日气氛。

　　Nancy 做了很辣的湖南菜，让我们胃口大开。我便问 Tim 是否喜欢吃中国菜，Tim 说："Just so so"。听得出不是很喜欢。Nancy 说，她天天吃美国餐也不行。平时，他们都是自己动手做各自喜爱的饭菜。他俩虽然感情很好，但是，在交流方面，由于各自文化背景不同，有些语言交流还是不能像和中国人一样心领神会，比如提到下乡插队，Tim 就很难理会到其中的含义。Nancy 虽然习惯了用英语名字，但却有很浓的中国情结，自从我们来到学校后，Nancy 一有空就跑到学校看大家，她把我们当做家乡的亲人。我知道 Nancy 物质上已比较满足，但是内心却无比渴望亲情、乡情。

　　晚上我和 Rose 照例在校园跑步，许多同学去看圣诞公园。我们也改变计划跑到了圣诞公园。这里有浓浓的节日气氛，公园里摆着很多的圣诞树，一条马路临时封闭成了步行街，街上都是一个接一个的游乐设施，有海盗船、旋转车等，吸引了很多的小朋友，不时发出刺激的尖叫声。在公园的另一侧，有点像我们正月十五的灯会，灯火辉煌。这里摆放着各种各样的造型，展示着许多劳动的场面和科技进展的步伐。有的表现工人在打井，有的表现工人在伐木，还有火车等等。平时很少有人的街头，只见人们三五成群，或者全家出动，有的推着婴儿车，有的扶着老人，拍照和游玩……马路对门一个滑冰场，这可是人造冰啊，代价肯定不低，一些孩子在尽情地滑行，发出阵阵欢笑声……

　　然而，无论如何，我觉得自己是一个外人，找不到一丝在家过节的感觉。想起 Nancy，她是不是有我这种感觉啊?！她是不是每逢佳节倍思亲啊?！

多才多艺的追梦者

2007 年 12 月 29 日　　星期六　晴

　　昨前两天，带我们去圣迭哥的导游冯先生，来接我们时穿着一件马甲，裤子有些皱，头发很随意。可是他却不是一般的司机和导游，一开口就把我们震住了，中国、美国的历史讲得清清楚楚，天文地理也如数家珍。原来，他是恢复高考后的第一届华南理工大学的高材生，是最早学计算机硬件的人，当过大学老师。一路上，也许是老师的职业习惯，他嘴里滔滔不绝，让我们感叹这真是不一般的导游。

　　今天下午，我们与北加州湖南联谊会召开了一个研讨会，晚上，又到华侨刘丽家参加了一个聚会，遇到二十多个华侨，这些人不论是专业能力，还是艺术才华或者社会活动能力，都能称得上精英。刘嘉琳女士看上去瘦瘦小小，可是她有着丰富的工作经历，从前她是学化学的，后来改学软件，担任软件工程师，两者跨度非常大，但是她做得非常成功。然而，她在专业方面卓有成就的同时，她又开始从政，先是担任学区（教育局）的领导，2004 年，她竟然高票当选为 Saratoga 市的市长。她说，美国允许失败，失败后有重新爬起的机会，还可以不断地改变自己的方向，实现自己的梦想。江宇应是圣荷塞州立大学的教授，钻研过七国语言，但是在美国会多种语言并不很稀奇，后来，他又学习公共管理，成为一名公共管理方面的教授。而岳东晓则是北大的才子，如今不仅是软件方面的专家，也是一位专栏作家，同时他关注的触角还伸到了社会的方方面面，可以称得上是一位社会活动家。他不是学法律的，但是通过钻研法律，为中国华侨在美国赢得贺梅抚养权一案，此案让他名声大振。女主人刘丽，在我的印象中她是个女高音歌手，因为她到长沙搞过演出，谁知名片上却有印着葡萄园技术公司的副总裁。欧阳飞鹏先生已经是专业级的男高音，经常上台演出，然而，他却也是金融方面的专家……

想去美国法庭旁听

2008 年 1 月 4 日　星期五　雨

　　最近，加州进入雨季。连续两天雨淅淅沥沥下个不停，我们停止了一切活动，几项参观活动都由此被取消。在美国学习的时间已屈指可数，我们觉得怪可惜的了。下午，我还是决定出去走一走。Golden Boy 说，有个法庭开庭，正好我们早就想去美国法庭旁听，于是我们撑着雨伞出发了。

　　从九街到一街，大约走了二十分钟。这是一个 superior court （高级法庭）。法庭不大，包括地下室好像只有三四层。但是安检一点也不马虎。进门就是安检门，有上飞机时检测包的那种设备，相机不准带进去，手表和皮带要取下来，如果进门时还发出滴滴的响声，警察还会拿着探测器到你身上来探。我们坐电梯到了地下室，里面开着一些对外的窗口和一间间办公室，显得有些拥挤，每间办公室都有一些看得出是来打官司的人。在拐角，是一个家庭事务法庭，正在开庭。我们不敢贸然进去，站在门口与一名法警示意，那名法警走过来告诉我们：对不起，这是一个私人案件，当事人希望保密。在美国，除了这种情况外，任何人都可以到法庭来旁听，以示法庭的公开公正。

　　我们只好离开回到进门口。安检的警察很热情。告诉我们下一次开庭是什么时候，并告诉我们附近哪里还有法庭。

我在美国街上骑单车

2008 年 1 月 7 日　星期一　晴

美国是一个汽车王国，坐公共交通工具的人很少，但是鼓励骑单车。因此，在街上还专门设有 bike（单车）道。我们班的同学到美国后，很多同学花 40 美元左右就买了一辆二手单车。今天下午没有课，我和三位同学决定骑单车去 Walmart（沃尔玛），体验一下骑单车的方便程度。

十几年没有骑单车了，加上我向 Moon 借的单车，与一般单车还不一样，没有手刹，刹车必须通过脚用踏板来控制，很不习惯，刚开始骑有些东偏西倒，在校园里练习几圈后，感觉可以，我们便上街了。街上单车道并不宽，1 米左右。幸好骑单车的人并不多，只是偶尔能碰到一两个人，整个单车道上就我们，由于我的单车轮子非常小，加上用脚刹车很不习惯，我总是掉在后面。

在一个十字路口等绿灯时，我还出了一个小插曲，让我内心久久不能平静。当时绿灯亮了，同行的三人都上车了，而我的单车因为被刹车锁住了，一时撑不动，没想到一个中年男人在横过马路时轻轻地碰了一下我的单车，我的单车倒地了，但是由于我每天坚持跑步，平衡能力还好，人还没倒。可是令我想不到的是那个碰单车的人跟跄三五步后，自己也倒地了，而且做出很痛苦的样子。当时，我心里产生两种感觉，一是这个人摔得很重；二是街头"碰瓷"。总之，我想我遇到麻烦了。不管怎样，我觉得先要尽到人道，我丢下单车，去扶那个人站起来。我一边说 sorry，一边伸手拉他。这时我才发现，这个人是一个很胖的白人，如果不是我拉他，恐怕一时自己还站不起来。他拉着我的手，我使了一把劲才把他拉起来。我想问他要不要上医院去看看，可是他站起来，蓝色的眼睛里看不出任何怨色只有一脸的尴尬，他转身就走了，我发现自己多疑了。然而，望着他的背景，我心里有些过意不去，也很内疚，但愿他没有受伤。

　　我们继续往前走，阿Z担心我再出什么状况，自己护后，我骑在中间，不过我对单车慢慢习惯了，以后再没有出什么状况了。路上汽车很多，但是汽车会很礼让，遇到都可走的时候，汽车总是让行人和单车先走。回来的路上，我们一会儿走单车道，一会儿又驶上人行道，上上下下都不需下车。这使我想到了，这就是美国的无障碍公共设施，我们经常看到坐轮椅的人单独出门，因为路上确确实实没有任何障碍让轮椅过不去。

美国见闻

五个人撑起一个华语电视台

2008 年 1 月 8 日　星期二　晴

　　在加州，有这么五个华人，本来做着别的工作，而且做得非常好，但是他们都有一个做传媒的梦，便走到一起，真的在加州湾区办起了一个华语电视台。今天，我们有幸参观了这个华语电视台。

　　因为人少，规模小，办公条件和设施都比较简陋。据说，美国除了政府部门，其他都可以视为企业。注册一家企业非常简单。办一个电视台与办其他企业完全一样，没有别的手续，因而这为他们追梦创造了一个先决条件。维平，曾在国内一家电视台当主持人，一个非常有理想的媒体人，她到美国 8 年了，原来在一家公司当管理人员，薪水不错，但是她心中有个梦，还想干她的老本行。她曾写了一首《火山石》的诗自喻："无声无息却独自美丽……"她的外貌姣好，开口说话也是字正腔圆，是我心中标准的节目主持人；汤凌跟她有着类似的经历，在台湾做过很多年的新闻记者；还有一个媒体人，加上两位学经营的志同道合者，他们便办起了一个电视台。他们首创湾区儿童节目，开办了南湾新闻、湾区夜生活……他们的节目渐渐得到了观众的认可。今天下午，当我们来到华语电视台参观的时候，维平捧出各种点心和巧克力，她说，这都是喜欢他们节目的观众送来的。

　　她说，这里的人对待不同的东西，不是先入为主进行拒绝，而是欣赏。她说，印度的食品看上去黏糊糊的，但是这里的人首先不是排斥，而是去尝试，最后还被接受。正是这样的心理，他们的节目能够被当地人接受，他们的公司因此能够生存并得到发展。

　　"任何一个节目，如果不赚钱，就要放弃。"作为一家自办电视台，这是他们的原则，因为他们首先考虑的是生存问题，维平毫不掩饰地说。他们的每个节目都是有赞助的。为了减少开支，他们每一个人既是主持人，又是记者、编辑和广告业务员，总之几乎所有的事件都是他们亲自做。他们的节目既不能曲高和寡，又不能流于庸俗……

　　谈到合作，她说："当你在为自己占了便宜偷偷笑的时候，说不定灾难就要降临了。"因此，他们强调双赢。他们的节目是通过KCNS38、32等渠道播出去的，他们以广告分成进行回报。当有人问她，对方怎么知道你赚了多少广告呢？她说，美国是一个合作的国度，诚信是第一位的。

　　她说，她们很辛苦，但很快乐，为了追求心中的梦想，她们放弃了许多物质上的追求……

参观美国警察局

2008 年 1 月 9 日　星期三　晴

今天下午没有课，班委会组织大家到圣荷塞警察局参观。坐到 Aulum Rock 方向的轻轨一会儿就到了。这是一栋非常普通的房子，如果不是墙上写着 SAN JOSE POLICE DEPARTMENT（圣荷塞警察局），真的不知道这就是警察局。

进门是一个厅，厅里设有一些座位，一些可能是来办事的居民安安静静地坐在那里。接待我们的是一个韩国籍的警官，专门负责与社区建立良好关系的部门负责人。他把我们带到一间大会议室，里面可以放碟片，还有一个演讲台。他和他的助手，一边给我们放碟片，一边介绍。据他介绍，圣荷塞市是加州的第三大城市，全美第十大城市和全美第三大安全城市。圣荷塞市近 100 万人口，大约有 2000 名警察。去年发生命案 33 起，破案 29 起。由于这里的居民由不同的种族组成，因此，也有不同种族的警察。同时还有许多的志愿者。促进警民关系这个项目，得到了社会的承认，全世界很多代表团跑来学习。他说，我们是第四个来参观的中国代表团了。

我问，警察局的主要精力是放在预防犯罪还是打击犯罪？他们说是以预防犯罪为主。他们与社区、学校等建立良好的关系，就是为了预防犯罪。他们还会开着宣传车上街宣传，深入学校开设预防犯罪的课程。我们又有同学问：当警察执法不当的时候，有没有市民控告你们？市民有没有告赢过？他说，这是一个以市民为中心的国家，市民经常会告赢。美国的警服，州与州之间不同，全美也没有统一的警察部，局长有的是由市长任命，圣荷塞警察局的局长就是由市长任命，而一些小的城市，如 Saratoga 市的警察局长则是由市民选出来的。

Nothen（雷松）的中国心

2008 年 1 月 16 日　星期三　晴

在中国，晚辈对年长者不能直呼其名，否则不尊不礼貌。而在美国，不管多大年纪、多高职务都可直呼其名。这又是中美文化的差异。Nothen（雷松）其实是一个 68 岁的老头，我们全班同学都直呼其雷松。Nothen 一个地道的美国名字，但却是一个中国血统的人，一个龙的传人，一个生在美国长在美国、不会说中国话的华裔。雷松虽然如此，但我们却能强烈地感受到，他却有一颗纯真的中国心。

第一次见雷松是在我们的开学典礼上，那天他西装革履，胸前还插着一朵红色的鲜花，非常绅士地代表圣荷塞市民对我们发表热情洋溢的欢迎词。因为他地道的英语，加上他的须发是白色的，起初我还以为他是老外。他非常热情，经常到学校联系我们班的同学，为我们班的同学做向导、开车，因此，我们全班同学都和他熟。后来，有位同学邀我一起到雷松家去给他上中文课，着实让我吃了一惊，一个 68 岁的美国老头为何还要学中文？

后来，那位同学告诉我，雷松是从中国来的第二代移民。由于那个年代，在美国的中国人很少，雷松从父母那里学的几句广东话没有机会使用而丢掉了。雷松一辈子没有结过婚，也无儿无女。

雷松的房子是一幢白色的两层楼，还有地下室和一个院子，是一座百年老宅。雷松的家无论谁去看了，都会感叹不已，因为那简直是一个小型的中国物品的展览馆。去他家，第一件事就是他会带你参观他的收藏和展览。从一楼到二楼再到院子，让你惊叹不已。从他妈妈的嫁妆，一个中国过去陪嫁的樟木箱子，到瓷器、戏服、字画和一些中国的雕塑和观音、关公像等，另一部分则是一些好玩的东西，在他的厨房里挂着一个羊头，他启动一下开关，羊头就会摆动起来，还发出声音来。雷松连厕所也不放过，厕所的四周都挂满了饰物，如果你不小心，碰了哪个玄机，说不定会吓你一跳。

雷松是一个典型的老顽童，除了家里的这些好玩的东西外，他有两部汽车，其中一辆就是充满活力的红色跑车。他总是笑嘻嘻的，非常热情地和人打招呼；他的举止更像一个小孩子，有时他开车专程来我们宿舍只是为了送支冰棒给某个同学吃。他学起中文来，就像一个小学生，听写跟读非常认真，让你忍俊不禁。然而，在他火一样热情的外表下，却有着一颗寂寞的心。

有和他交往较深的同学，半真半假地问他，为何一辈子不结婚？雷松一反平时嘻嘻哈哈的常态，若有所思地说："过去，美国人有些种族歧视，中国人很难找到体面的工作。我因为常常做义工，改变了美国人对我的成见，成为一所小学的第一名中国血统的老师。"刚开始，雷松似乎答非所问。后来，他才说："因为中国人太少，找中国人结婚非常难，而白人又不愿与中国人结婚，只能找黑人。"他妹妹找了一个黑人结婚非常不幸，所以他就一辈子没有结婚。雷松很快恢复了他热情高兴的常态，但是我们却对他有了一种异样的感觉。

雷松过几天要去参加中文考试。我们给他上了两个小时的课，听写、中译英、英译中，都是非常简单的几句话，但是雷松学起来却非常的吃力，毕竟他是一个快七十岁的人了。"雷松，你为何要学中文？"我在旁边忍不住问他。雷松的回答很简单："因为到美国来的中国人越来越多，我想和他们交流，因为我是中国人。"

雷松，快乐的雷松，孤独的雷松，虽然你不太会说中国话，但是你的心还是一颗中国心。

从私人机场到航空展馆

2008 年 1 月 18 日　　星期五　　晴

　　今天，我们距离离美还有四天。为了不占用白天的时间，昨晚，我们小组搞卫生至深夜。为了不留遗憾，今天白天，大家纷纷抓紧时间出去访问，特别是那些想去而未来得及去的地方。

　　莉莎是长沙妹子。她姐姐原是我的采访对象，在《长沙晚报》上看到我在美国发回的稿件后，就让莉莎来找我们。莉莎非常热情、活泼，穿着时尚，留着一头烫得蓬松的长发，经常戴着一副好看的太阳镜，开着一台橙色的本田吉普车，堪称圣荷塞街头一景。她曾经在圣荷塞一个私人飞机场开三明治店，多次盛情邀请我们去那里参观，并尝尝她亲手做的咖啡和三明治。今天上午，她早早地就开车来学校接我们。走进机场，莉莎忙着和遇见的每一个人打招呼，有种老朋友久别重逢的感觉，看得出莉莎在这里的人际关系很好。莉莎旅美多年，生活习惯有很大的改变，但是从性格来看，我觉得她还是典型的长沙妹子，活泼、热情、能干、爱美，你和她在一起，总会被她那种乐观向上、阳光快乐的情绪感染。其实莉莎已年近五旬，但是你一点也感觉不到。

　　这个私人飞机场安安静静，人不多，但那种蜻蜓似的小飞机起起落落倒不少，每架飞机里面只有两三个人，不需安检。她说开自己家的飞机，就像开自己家的汽车一样方便。莉莎告诉我们，这里还有一个飞机卖场，她的一个朋友就是这个卖场的试飞员。莉莎做的现磨咖啡和三明治果然很香很地道，坐在店里喝咖啡，能够看到飞机坪里飞机起起落落，一会儿工夫我们对这些飞机好像司空见惯了，内心由激动变得无比宁静起来。

　　下午，葛博士如约来接我们。葛博士很有学问，他介绍起美国来很有思想深度。一路上，他滔滔不绝地给我们介绍，让我们受益匪浅。他带我们走进一个叫 Nasa（拉沙）的地方，其实这是一个航空博物馆。这里有碟片播放着有关

太空的录像，记录了美国 17 次登上月球的情况。展台上还摆放着一块从月球
上取下来的石头。另一间展室则挂着从火球上拍下来的照片喷绘，照片前放着
一把椅子，人们坐在椅子上拍照片，就好像在火星上拍的，等着坐椅子拍照片
的人还不少，看来人人都有太空梦。还有一个太空船的模拟室，游人也可以在
里面操作。在美国，无论是博物馆还是科技馆，大都重视游客的参与性与体验
感，很少见 "No Touch" 的标识。当然，他们也不会放过赚钱的机会，这不旁
边还有一个小纪念品店，在卖宇航员在太空吃的食品，人都有好奇心，谁不想
知道这是一种怎样的食品呢。

愿友谊地久天长

2008 年 1 月 20 日　星期日　晴

今晚，我们和 host fmaily 举行告别联欢会。host fmaily 中文意思是：寄宿家庭、接待留学生的家庭。三个月前，我们刚到美国时，负责接待我们的美中友好协会就为我们每位同学找了一个 host family。我的理解，这个家庭其实就是我们的结对联谊家庭，我们没有寄宿在他们家，但是，他们会主动一对一帮助我们。三个月的时间，这些联谊家庭的爱心和友谊给我们的旅居生活增添了许多色彩，也让我们从他们身上学到了许多优秀品质和观念。

我的联谊家庭的女主是丹妮尔，男主叫弗兰克。他们有一个 1 岁的女儿叫 Jasmine（茉莉花）。弗兰克祖籍中国台湾，父母也在美国，他上班养家，丹妮尔在家带 Jasmine。和我联系的主要是丹妮尔。丹妮尔没有告诉过我，她的中文名字以及她来自中国哪个省，我也不好意思问她，但从她讲普通话的口音我听得出，她应该是中国南方人。她带我去她家做过客，她家住在一栋两层楼房子的第二层，是一套公寓间，没有单独的院子，但有一个大露台。丹妮尔个子高挑单瘦，说话柔声细语。她的车上有一个儿童安全座椅，每次来学校找我，基本上都带着 Jasmine，我看得出她带孩子很用心很辛苦，因此，我怕给她增加麻烦从不提要求，可是她总是主动打电话问候，想方设法带我出去参观，特别是感恩节前邀请我逛 Outlets，体验美国人在黑色星期五购物的疯狂，让我很感动，内心深处喷发出一种感激之情。

同学肖的联谊家庭张先生工作很忙，家庭两个孩子都只有几岁，可是他基本上每周都要主动抽时间带肖出去活动。参观、访问，开车带路有时还要贴门票钱。如果肖有什么困难总是有求必应。南希是同学刘的联谊家庭，她们像姐妹一样无话不谈，结下了深厚的友谊。圣诞节那天，南希还亲自下厨，请我们一大群同学到家里聚餐，并将家里的房间门打开，让我们参观。同学江的联谊家庭黄先生，是一位科技工作者，不仅歌唱得好，还烧得一手好菜，我和其他几位同学也曾被邀请和江一起去他家聚会，一些新的华侨朋友就是在他家认识的。同学刘的美国妈妈，不仅热心做我们同学的联谊家庭，在她的家里还收养了好几个孤儿。她还热心其他的公益事业，她是一个普通的市民，拿着一份普普通通的薪水，却自愿为社会奉献爱心。

他们，这些联谊家庭，把对我们的关心与帮助，不仅看作是自己的一份责任和义务，而且把和我们的交往作为一种珍贵的友谊与情意。而我更愿意理解为，他们是在把内心深处对祖国和家乡的那份深沉的眷恋和热爱之情，倾注于我们。这样的理解还能解释，为什么许多没有结成联谊家庭的朋友，对我们也非常主动地表示无微不至的关怀。

晓辉，上期培训班朋友介绍认识我们的，可是他总是觉得要帮我们做点什么。其实这段时间他家里事情十分多，可是他还是抽了很多时间帮助我完成了几个大的访问，他的那份情谊让我感到沉甸甸的。莉莎是通过国内的姐姐主动找上我们的，她像一团火照亮和温暖着我们，带我们去参观、去购物，还邀请我们去她家做客……

如果说对美国的印象，大家的感受是多种多样的，但是对联谊家庭的感受却是相同的。南希代表联谊家庭表达对我们的祝福，她的一句话，变成了大家的共同心声："希望这个联谊会只是我们友谊的开始，而不是结束。"大家互相留言、合影、互赠小礼物……难舍难分。我相信，联谊会虽然结束了，但我们的友谊却会长留心间，随着时间的打磨、发酵会变得浓烈醇香。

后 记

  《岁月不居》付梓了。这是岁月的馈赠，也是一路走来领导同事朋友以及家人关心支持的结晶。岁月不居，二十多年来做过的事，走过的路，遇过的人随着时间的推移渐行渐远，所幸留下了这些文字，能让自己重温往日的燃情岁月；岁月不居，不居的是时间以及那些过往的人和事，其实岁月并非完全不居，因为岁月会沉淀很多东西，如我们对生活的感悟、人性的光芒、世间的温情……因此，在感叹岁月无情的同时，我还想说一句：感谢岁月！

  记得在上大学新闻系时，有老师就说过，很多从事新闻工作的记者到最后都变成作家了，像写作《老人与海》的海明威、写作《百年孤独》的马尔克斯。因为新闻现场是记者写作的练笔地，更是创作的主要灵感来源。作为一名地市级媒体的新闻记者，我虽然从事新闻工作很多年，但没有这样的奢望，更没有这样的才华。不过，在写作新闻之余，我内心常常有种意犹未尽之感，进入我视野的一些人一些事，虽然不能作为新闻来写作，但总觉得有一些闪光和令人感动的东西吸引我，让我内心产生一种表达的冲动。于是在二十多年前，我就开始在采编工作之余，学会用散文的形式来表达内心的感受。像《裁缝袁师傅》，她的故事不具备新闻的要素，但是我又觉得她由一个山里小裁缝到如今过着有车有房幸福生活的故事打动着我，于是我用散文的笔调轻松讲述了她的故事，后来专家们评价，她的故事其实就是时代变迁的故事；《晖哥》写的则是一个普通的后勤工作人员，在抗击新冠疫情工作中，他主动报名担任志愿者引起了我的注意，在十多天的共同工作中我发现，平凡人身上其实有许多人性的闪光点。2018年我所在的老旧社区开始加装电梯，虽然作了新闻报道，但这些报道却难以表达我作为住户内心的情感，于是我便一气呵成写就散文《作别没有电梯的日子》。该文在长沙晚报副刊版刊登后，当天在长沙晚报新媒体"掌上长沙"推出，令我没想到的是，该文竟然引起不少市民的共鸣和转发，成为 10W ＋ 的爆款产品。除了这些大众生活中的人和事外，其实，我也写了一些小家庭的生活，我一直在探索如何相夫教子，如何让家庭更健康更幸福，如《装"宝"也是生活艺术》《家长"盯跟管"不如点燃火焰》等。

由于记者的身份和工作性质，我有机会接触各行各业。在和文化界接触时，我学习欣赏字画，特别是瓷器上的字画，渐渐地也喜欢了瓷器。到外地城市旅游，我喜欢到博物馆看瓷器。瓷器是凝固的历史，在玻璃橱柜里，一件件瓷器泛着特有的酥光，深深地吸引了我，后来我就写了一篇《读瓷》，文中写道："元青花不仅器型大，图案纹饰也大气；成化少大器，鸡缸几无多。每件瓷器后面，都有一个或一串的故事。"2017 年我参加全国晚报协会南昌采风活动，参观了滕王阁，并听到了滕王阁在 1300 多年的历史里，建而修，修而毁，毁而重建，迭废迭兴达 29 次之多和王勃作《滕王阁序》的故事，便查阅了许多资料，写作了《永远的滕王阁》。尔后，到北京学习，我又写了《邂逅陶然亭》。2018 年，听说长沙与美国明尼苏达州圣保罗市结为友好城市 30 周年，长沙将以爱晚亭为原型按 1∶1 比例制作湘江亭赠送给圣罗保市，并将安放在圣保罗市费梭公园（Phalen Park）时，又写作了《闲话爱晚亭》。这些都收到了《岁月不居》这本集子里。

文明因交流而多彩，因互鉴而丰富。我还有一段宝贵的经历，那就是 2007 年 10 月至 2008 年元月，我参加长沙市中青年干部培训班到美国圣荷塞大学学习。我十分珍惜这次机会，当时一心想把自己所学所闻毫无保留地告诉读者，我不仅按组织的安排，从美国发回多个"多赢在美国"的专版刊登在《长沙晚报》，而且，无论多忙我坚持每天以日记的形式记下当天的见闻和感受。未曾料到，这一写竟有 80 多篇 8 万余字。此次将其纳入《岁月不居》编辑出版，为了便于读者阅读，我将其分成了学习教育、异域景观、特色人文、他乡生活四个板块。整理这些日记时，我发现当时我赞美美国生态环保，羡慕美国人一家多辆汽车的富裕生活，十多年过去，那些过去赞美和羡慕的一切仿佛都已经变成了我们今天的现实，放眼望去无处不在的美丽乡村、满大街锃亮的小汽车，让我瞬间领悟到我们的祖国这些年发生了翻天覆地的变化。

从大处来说，《岁月不居》所录所写无非是我与内心、我与社会、我与自然相处中碰撞出的火花或情感，朴实且真实。但愿在芸芸众生中，我的忠诚能通过《岁月不居》来打动您，让我们成为心灵交流的或熟悉或陌生的朋友。

最后，我要感谢组织的栽培、领导和同事们的关心和支持。2019年我获得中宣部文化名家暨"四个一批"人才专项资金资助，让我有压力也有动力，在2022年5月完成31万字的《融媒时代地方政府舆情应对》一书后，又花一年多的业余时间整理出这本20万字左右的集子。我还要特别感谢为此书出版给予帮助和关心的老师和朋友。感谢中国作协原副主席、湖南省文联原主席、著名作家谭谈先生为此书作序；感谢中国作协会员、湖南省作家协会副主席、鲁迅文学奖获得者沈念先生为此书写推荐语；感谢中国作协会员、长沙市作协副主席、湖南省散文学会副会长、我的好朋友奉荣梅女士前期编辑并认真阅评书稿后作序；感谢湖南师范大学出版社黄林总编辑和莫华编辑全程指导和精心把关，感谢鹏飞、孟春前后两任社长以及辉东、李颖、先根同事给予的默默支持和关心。

图书在版编目（CIP）数据

岁月不居／庄居湘著. --长沙：湖南师范大学出版社，2024.6
ISBN 978 - 7 - 5648 - 5296 - 2

Ⅰ. ①岁…　Ⅱ. ①庄…　Ⅲ. ①散文集—中国—当代　Ⅳ. ①I267

中国国家版本馆 CIP 数据核字（2024）第 024152 号

岁月不居
Suiyue Buju

庄居湘　著

◇出　版　人：吴真文
◇责任编辑：莫　华
◇责任校对：张晓芳
◇出版发行：湖南师范大学出版社
　　　　　　地址／长沙市岳麓区　邮编／410081
　　　　　　电话／0731 - 88873071　88873070
　　　　　　网址／https：//press. hunnu. edu. cn
◇经销：新华书店
◇印刷：长沙印通印刷有限公司
◇开本：787 mm×1092 mm　1/16
◇印张：18.75
◇字数：328 千字
◇版次：2024 年 6 月第 1 版
◇印次：2024 年 6 月第 1 次印刷
◇书号：ISBN 978 - 7 - 5648 - 5296 - 2
◇定价：78.00 元